Jenny Völker

Die Weltenfalten – Von Wasser geschützt

AF236973

Die Weltenfalten:

Band 1: Wenn Feuer erwacht

Band 2: Von Wind getragen

Band 3: In Eisen verewigt

Band 4: Von Wasser geschützt

Band 5: Mit Erde verbunden (in Vorbereitung)

Jenny Völker

DIE WELTEN FALTEN

Von Wasser geschützt

Band 4 der Weltenfalten - Saga

ISBN: 978-3754-330692

Herstellung und Verlag: BoD – Books on Demand, Norderstedt

Lektorat: Christoph Stephan

Korrektorat: Christiane Zaremba

Umschlaggestaltung und Siegelgrafiken: Juliane Buser – Grafikdesign
(www.jb-grafikdesign.de) unter Verwendung von Bildern von Shutterstock,
Adobe und Depositphotos

Bibliographische Information der Deutschen Nationalbibliothek: Die
Deutsche Nationalbibliothek verzeichnet diese Publikation in der Deutschen
Nationalbibliografie; detaillierte bibliografische Daten sind im Internet unter
dnb.dnb.de abrufbar.

»Die Welt wird nicht bedroht von
den Menschen, die böse sind,
sondern von denen,
die das Böse zulassen.«

Albert Einstein

Gründerin des Zirkels: Alrun von Flammenstein

Mayla von Flammenstein: Seelentier Kater Karli

Melinda von Flammenstein: Maylas Oma, Seelentier Eule Merlin, derzeitige Oberhexe des Feuerzirkels, Verbündete der ehemaligen Verstoßenen

Emma von Flammenstein: Maylas und Toms Tochter, Seelentier Katze Karamella, wurde mit der Alten Magie geboren

Violett Piers: Maylas beste Freundin, Seelentier Krähe Merkur, ehemalige Verstoßene

Angelika von Donnersberg: Burgherrin von Burg Donnersberg, ehemalige Verstoßene

Artus von Donnersberg: Burgherr von Burg Donnersberg, ehemaliger Verstoßener

Susana Sanchez: ehemalige Verstoßene

Markus Reichel: ehemaliger Verstoßener

Gründerin des Zirkels: Eleonora da Fonte

Gabrielle da Fonte: derzeitige Oberhexe des Wasserzirkels

Georg Stein: Maylas bester Freund, Verlobter von Violett, Kriminaloberkommissar in Frankfurt, Seelentier Eule Creola

John Stone: ehemaliger Verstoßener

Matthew McGregor: ehemaliger Verstoßener

LUFTZIRKEL

Gründerin des Zirkels: Hazel Montgomery

Andrew Steven Montgomery: derzeitiger Oberhexer des Luftzirkels, letzter lebender Montgomery

Cesaro Aguilera: Ziehvater von Andrew

Nora Anderson: ehemalige Verstoßene

Pierre Dubois: ehemaliger Verstoßener

Thomas Winkler: ehemaliger Verstoßener

Gründerin des Zirkels: Maude de Rochat
Die Gründerfamilie de Rochat ist ausgestorben

Phylis Drimakou: derzeitige Oberhexe des Erdzirkels

Anna Nowak: ehemalige Verstoßene, Seelentier Katze (Name unbekannt)

Verbotener Zirkel
Gründer des Zirkels: unbekannt,
vermutlich Melchior von Eisenfels

Tom Carlos: Geburtsname Valerius von Eisenfels, derzeitiger Oberhexer des Metallzirkels, ehemaliger Verstoßener, Seelentier Katze Karla (von Mayla Kitty genannt), in ihm ist die Alte Magie vereint, doch er kann sie nicht nutzen

Bertha: richtiger Name Valentina Victoria von Eisenfels, ehemalige geheime Oberhexe des Metallzirkels, hat die Alte Magie vereint, Toms Oma, hat Gabrielles Mutter Alessia und ihren Bruder Francesco getötet, Tarnung: betrieb ein Hotel in einer Frankfurter Weltenfalte

Vincent von Eisenfels: Toms Vater, hat Maylas Eltern, die de Rochat und die Eltern von Andrew getötet

Marianna Lauber: Jägerin, Verräterin unter den ehemaligen Verstoßenen

Eduardo de Luca: Jäger, Verräter unter den ehemaligen Verstoßenen

Habt Ihr Pralinen an Eurer Seite?

Prolog

Sie saß auf ihrer überdachten Veranda und betrachtete den blauen See, dessen Wasser selbst im Spätsommer erfrischend kalt war. Die Arme um die Knie geschlungen hockte sie im Schatten. Wie gewohnt beließ sie ihren Kopf dabei im Halbdunkeln, zusätzlich bedeckt von der Kapuze ihres Umhangs. Erkannt zu werden, wollte sie um jeden Preis verhindern. Wer wusste schon, ob sich nicht der ein oder andere alte Bekannte in diese nördliche Wildnis verlaufen hatte?

Sie folgte dem Flug eines Seeadlers mit den Augen, der beutesuchend über dem Wasser kreiste und unvermittelt zum Sturzflug ansetzte. Leo, die Krähe, die auf der Lehne des Liegestuhls saß, schrie empört auf, als missgönne sie dem Greifvogel sein Abendessen. Die Krähe krächzte, laut, durchdringend, doch das störte niemanden, denn kaum einer der an zwei Händen abzählbaren Touristen konnte sie in ihrer Weltenfalte sehen und hören. Und die wenigen Hexen, die ihren Sommerurlaub in Norwegen verbrachten und wie sie in einer der Ferienhäuser der Weltenfalte lebten, kannten das Schauspiel zu genüge, weshalb niemand aufsah.

Sie hätte auch in einer einsamen Hütte leben können, doch jemand, der sich gänzlich von der Gesellschaft zurückzog, übte stets eine Faszination auf andere aus, die darauf brannten, das Geheimnis zu lüften. Wer lebte schon gerne völlig alleine mitten im Nirgendwo? Genau, jemand, der etwas zu verbergen hatte, ein schreckliches Geheimnis hütete oder den die Last der Vergangenheit erdrückte – alles Dinge, die auf sie zutrafen. Deshalb mietete sie sich regelmäßig in eine der kleinen Ferienhütten ein. Niemand vermutete sie hier, niemand rechnete mit ihr, weshalb sie seit Jahren in Ruhe gelassen wurde.

Die Grüße an die anderen Feriengäste waren unterkühlt, sodass niemand auf die Idee kam, sie in ein Gespräch zu verwickeln. Der Vermieter ignorierte sie wie jeden anderen zufriedenen Gast und da kaum jemand länger als zwei Wochen in dieser nördlichen Einöde verbrachte, konnte sie sich leicht im Verborgenen halten.

Statt ihre Krähe Leo zu maßregeln, schickte sie ihm das Bild einer Maus, die abends stets um die Häuser zog. Er brauchte keine Angst zu haben, verhungern zu müssen. Obwohl die Konversation mit ihrem Seelentier eine Gelegenheit darstellte, sich zu unterhalten, unterließ sie es. Sie wusste die Stille zu schätzen, die Abgeschiedenheit, die Ruhe.

Umso mehr blickte sie auf, als eine alte Frau, verhüllt in einen weiten Umhang, in die Weltenfalte gesprungen kam, sich suchend umsah und zielgerichtet auf sie zulief. Alles in ihr schrie nach Flucht, dennoch blieb sie sitzen. Leo spürte ihre Unruhe und hüpfte auf ihre Schulter, wo er seine Krallen um sie legte. Dabei tat er ihr nicht weh, niemals. Es war eine

Geste, als wolle er sie umarmen oder als lege er beschützend den Arm um sie, wie es ein Gentleman getan hätte. Natürlich hätte sie es bei einem Mann niemals zugelassen, derart vertraut berührt zu werden. Nie wieder. Nie, nie wieder.

Keine Frage, die Fremde steuerte direkt auf sie zu. Niemand schaute auf, keiner außer ihr bemerkte sie, was nur eines bedeuten konnte. Die Frau war eine ihrer ... alten Bekannten.

Als die Fremde die drei Stufen zu ihrer Veranda hochstieg und direkt vor ihr stehen blieb, wandte sie den Blick ab und schaute auf den See. Der Greifvogel war verschwunden, dennoch starrte sie auf das eisige Blau, als wäre nicht zum ersten Mal seit Jahren jemand zu Besuch gekommen und als würde das Ignorieren bewirken, dass die Frau es sich anders überlegte und verschwand. Denn das tat sie natürlich nicht.

Auf einen Schlenker der anderen verwandelte sich einer der alten Fensterläden in einen Liegestuhl und platzierte sich direkt neben ihr, auf dem sich die Besucherin wortlos niederließ.

Sie wusste mittlerweile, wer die Fremde war, hatte es sofort geahnt. Seit Jahren hielt sie sich vor ihnen versteckt, felsenfest davon überzeugt, nie wieder mit ihnen etwas am Hut zu haben nach all dem, was geschehen war. Offensichtlich hatte sie sich getäuscht.

Eine Weile saßen sie da, schweigend, bis die Frau die Stille durchbrach. »Es ist nicht leicht, dich zu finden.«

»Wundert dich das?« Ein Kratzen lag in ihrer Stimme.

Die Besucherin strich sich eine graue Strähne hinter die Ohren, wodurch ein wenig Licht auf ihr Gesicht unter der Kapuze fiel. Zahlreiche Falten umrundeten ihren schmalen Mund und selbst die hellwachen großen Augen waren von einem Kranz aus Runzeln umzogen. Sie war alt geworden, keine Frage, obwohl sie sich von ihnen allen am besten gehalten hatte.

»Madeleine, es ist etwas geschehen.«

Ein Stich durchfuhr sie beim Klang dieses alten, alten Namens. »Madeleine heiße ich schon lange nicht mehr.«

Die Besucherin seufzte auf, wollte nach ihrer Hand greifen, doch sie verbarg sie zwischen den Knien. »Wann wirst du dir endlich verzeihen?«

Sie schwieg. Die einzig plausible Antwort auf die Frage war ein klares Nie, aber dann würden die alten Diskussionen nur wieder von vorne losgehen.

»Es ist etwas geschehen«, wiederholte die Besucherin ihre Warnung. »Wir müssen handeln, dringend!«

Sie schnaubte auf. »Ich habe schon lange nichts mehr mit euch zu tun.«

»Doch, das hast du. Gebunden in alle Ewigkeit, hast du das vergessen?«

»Mein neues Bündnis hat das alte zerstört.«

»Du hattest immer eine Wahl.«

»Die hatte ich nicht und das weißt du.«

Die Besucherin schwieg einen Moment, als suche sie nach Worten. Scheinbar geduldig faltete sie die Hände in ihrem Schoß. »Er kommt zurück.«

Erschrocken sah sie auf. »Wie bitte?«

Auf dem Gesicht der Besucherin malte sich ein zufriedenes Lächeln ab. Sie hatte gewusst, womit sie sie aus der Reserve locken konnte. »Sie warten nur auf ihn.«

Am liebsten wollte sie sich abwenden, so tun, als ginge sie das alles nichts an, nur konnte sie das nicht. Eine leise Stimme, tief in ihr, flüsterte. Sie flüsterte seit Jahren, seit Jahrzehnten. Bislang hatte sie sie erfolgreich ignoriert und daran durfte sich nichts ändern. Sie hatte schon genug Unheil angerichtet.

»Ich weiß, du machst dir Vorwürfe. Du musst endlich die Vergangenheit hinter dir lassen und von vorne beginnen. Wir brauchen dich.« Die Besucherin zog etwas aus ihrem Umhang hervor. Als sie erkannte, was es war, weiteten sich ihre Augen, bevor sie sie gewaltsam von der Fotografie löste und wieder starr auf den See richtete.

»Er braucht dich ebenso wie wir dich brauchen.«

»Ihr alle habt die letzten Jahre gut ohne mich überstanden und dabei wird es bleiben.«

»Genug!« Die Besucherin stand auf. »Dein Selbstmitleid ist nicht zu ertragen.«

Unbeeindruckt blieb sie sitzen, stierte auf den See und ignorierte die Besucherin, die leise zischend fortfuhr.

»Jeder macht mal einen Fehler. Sich allerdings auf ewig vor der Verantwortung zu drücken und sich im Nirgendwo zu verstecken, macht die Dinge nicht ungeschehen.«

»Ihr alle seid besser dran, wenn ich euch fern bleibe.« Die Worte waren ihr entwischt, bevor sie sie hatte aufhalten können. Eine Wehmut schwang darin mit, die sie tief in sich verborgen geglaubt hatte.

»Madeleine, ich will ehrlich sein. Die anderen haben versucht mich davon abzuhalten, zu dir zu gehen, aber wir alle wissen, ohne dich gelingt es uns nicht. Wir brauchen dich. Und er braucht dich auch.« Die Besucherin drehte sich noch einmal zu ihr um. »Er wird morgen zurückkommen und dann werden die Dinge nicht mehr aufzuhalten sein. Ich bin mir sicher, in dir ruhen noch immer die Liebe und die Kraft, die dich zu der gemacht haben, die du einst warst. Ich erwarte dich bei unserem Treffpunkt. Bitte enttäusch uns nicht.« Mit den Worten verschwand sie und zurück blieb nur ein feines Glitzern. Selbst der Liegestuhl hatte sich wieder in den alten Fensterladen verwandelt und hing ebenso schief an der Hauswand wie vorher, als wäre der Besuch niemals da gewesen, als hätte sie sich die Unterhaltung nur eingebildet.

Schon wollte sie den Blick zurück auf den See richten, als ihr etwas auffiel, das auf dem Holzboden lag, dort, wo eben der zweite Stuhl gestanden und die Besucherin gesessen hatte. Es war die Fotografie. Die Fotografie, die ihr Herz schneller schlagen und die leise Stimme in ihrem Inneren lauter werden ließ. Sie bückte sich nicht, um sie aufzuheben, blieb wie erstarrt sitzen, die Arme um die Knie geschlungen, und betrachtete die Farbaufnahme.

Darauf zu sehen waren ein Mann, eine Frau und ein kleines Mädchen.

Stimmte es? Brauchten sie sie? Brauchte er sie? Nach allem, was sie getan hatte?

Leo schrie leise in ihr Ohr und schickte ihr das Gefühl, das sie nicht mehr hatte fühlen wollen. Liebe.

Erschöpft schloss sie die Augen. Eine einzelne Träne löste sich und wanderte ihre Wange hinab. Sie spürte die nasse, kühle Spur, bis das Gefühl innehielt. Der Tropfen verweilte an ihrem Kinn, als müsste er ebenso wie sie überlegen, ob er blieb, wo er war, oder ob er hinabtropfen und damit den Lauf der Dinge verändern sollte.

Kapitel 1

Sie können jetzt gehen.«

Wie bitte? Niemals! Mayla atmete tief durch, um ihrer Stimme einen ruhigen Klang zu verleihen.

»Sie ist noch nicht soweit. Sehen Sie, sie steht ganz alleine in der Ecke und niemand –«

Die Erzieherin legte ihr die Hand auf den Arm und neigte den Kopf, dabei landete ihr kurzer blonder Zopf auf der Schulter. »Glauben Sie mir, Frau von Flammenstein, Emma wird sich einfügen und Freunde finden. Vertrauen Sie mir.«

Ihr vertrauen? Georg hatte sie durchgecheckt und nichts Verdächtiges in ihrer Akte gefunden. Dennoch schlug Maylas Herz schneller und schneller angesichts der Tatsache, dass sie ihren kleinen Liebling in die Obhut dieser Fremden geben sollte. An diesem Ort, der nach Knete roch und an dem unzählige Kinder wild umherrannten, dessen Wände mit Bäumen und Vögeln bemalt waren und durch dessen große Fenster die Kinder auf den umliegenden Spielplatz und den Wald blicken konnten.

Ihre kleine Tochter schutzlos zurücklassen, von der sie niemals gedacht hätte, dass sie sie bekommen könnte, die Tom gerettet hatte und die eine Magie wirken konnte, von der niemand je erfahren durfte.

Lautes Kindergeschrei ließ sie zusammenzucken. Unruhig trat sie von einem Fuß auf den anderen, dabei klackerte ihr Absatz auf dem Linoleumboden und sie stieß an eine Spielzeugkiste, aus der ihr eine Puppe mit großen blauen Augen entgegenlachte. »Sehen Sie, die Umstände sind bei uns ein wenig anders.«

»Das sind sie immer.« Die Erzieherin lächelte wissend. Dabei erschien ein Grübchen auf einer ihrer ebenmäßigen Wangen. Verdammt, diese Frau sah viel zu harmlos aus. »Und nun bitte ich Sie, sich von Emma zu verabschieden. Wenn Sie unsicher sind, wird sie es auch sein. Vermitteln Sie ihr hingegen das Gefühl, dass sie im Kindergarten gut aufgehoben ist, wird sie gerne bleiben und einen wunderschönen Vormittag mit uns verbringen.«

So ein Mist! Was sollte sie nur tun, damit die Erzieherin verstand …? Sie durfte ihr nicht den wahren Grund für ihr Zögern verraten. Niemand durfte es wissen, das hatten Tom, sie und ihre Oma mit Emma ausgemacht. Seit Wochen schon. Gestern nach dem Vorlesen hatte Mayla wie an jedem Abend eindringlich mit Emma geredet.

»Im Kindergarten darfst du nur deine Feuermagie wirken. Zu was du in der Lage bist, ist unser Geheimnis, denk daran, mein Stern.«

»Was ist, wenn jemand in Gefahr steckt und ich mit meiner Feuermagie nichts ausrichten kann?« Erst vier Jahre alt und trotzdem sorgte sich die Kleine stets um andere. Lag es daran, dass sie ihren Vater gerettet hatte? Obwohl sie damals erst zwei gewesen war, hatte sie den Tag nicht vergessen. Ständig redete sie davon, wie Papa endlich aufgewacht war. Hatte sie auch begriffen, dass es ihre Kräfte gewesen waren, die Tom aus dem endlosen Schlaf erlöst hatten?

Melinda betonte seit Jahren, dass Emma eine große Heilerin werden würde. Woher sie das wusste, war die Frage. Wahrscheinlich brauchte sie nur einen Vorwand, um der Kleinen zusätzliche Pflanzenkundestunden aufzuschwatzen. Seit Emma laufen konnte, war Melinda mit ihr regelmäßig in die Natur gegangen und hatte ihr Pflanzennamen und deren Wirkungskräfte beigebracht. Mayla wusste nicht, ob es die gemeinsame Zeit mit Melinda war, die Emma genoss, oder ob sie wirklich ein großes Interesse an dem Thema bekundete. In jedem Fall liebte ihre Tochter die Zeit, die sie mit ihrer Urgroßmutter verbrachte, das erkannte jeder an dem freudestrahlenden Lächeln, das dabei auf ihrem Gesicht lag.

Mayla schluckte die Tränen hinunter, die sich emporkämpfen wollten. Sie musste tapfer bleiben. Wie schwer ihr der Abschied auch fiel, Emma würde es gut tun Freunde zu finden, Lieder zu singen und mit Gleichaltrigen erste Hexentricks zu versuchen. Mit wackeligen Knien lief sie zu ihrer Tochter, die in ihrem gelben Kleidchen und mit den dunklen Locken bezaubernd aussah. Sie stand mit dem Rücken zur Wand und beobachtete die tobenden Kinder. Die Worte der Erzieherin im Kopf hockte Mayla sich vor sie und lächelte sie an. »Mensch, ist das toll hier! Du wirst viele Freunde finden und eine schöne Zeit verbringen.«

Emma betrachtete sie eingehend aus ihren dunklen Augen. Viele sagten, es seien die dunkelbraunen Schokoladenaugen von Mayla, die sie geerbt hatte, doch wenn man genauer hinsah, war das Dunkle der Familie von Eisenfels darin zu erkennen. Weder war es böse noch arglistig, aber das Erbe ruhte in ihr, das konnte Mayla nicht leugnen. Toms Erbe, nicht nur das von Vincent und Bertha, das wusste Mayla. Nur ob es auch die anderen sahen?

»Mach dir keine Sorgen, Mami, es wird schon gutgehen.« Mayla schmunzelte. Emma sah mehr als andere, auch das war nicht zu leugnen. Die Kleine verfügte über eine Empathie, die außergewöhnlich war – insbesondere für ihr Alter.

Emma winkte ihre Mutter näher, richtete ihre Lippen an Maylas Ohr und schirmte ihre Worte mit den Händen ab, damit niemand hörte, was sie flüsterte. »Ich werde nur Feuermagie wirken, das verspreche ich.«

Stolz betrachtete Mayla ihren kleinen Liebling. »Ist gut, mein Schatz. Ich hab dich lieb.«

»Ich dich auch, Mami.« Emma gab ihr einen Kuss auf die Wange, dann wandte sie ihre Aufmerksamkeit den lärmenden Kindern zu, ohne den angestammten Platz in der Ecke aufzugeben.

»Bis später, mein Stern.« Obwohl alles in ihr rebellierte, sie ihre Tochter schnappen und an sich drücken wollte, erhob sie sich und lief davon. Jeder Schritt klackerte wie ein Vorwurf, dass sie ihre Tochter zurückließ. Bevor sie kehrtmachen konnte, fiel die Tür der Gruppe hinter ihr zu, ebenso wie die Tür des Kindergartens selbst. Draußen stand sie still.

Ihr Herz klopfte unruhig, ihre Handflächen wurden feucht und entschlossen ballte sie sie zu Fäusten. Sie würde den Teufel tun und ihre Kleine unbeschützt lassen. Unauffällig sah sie sich um. Es war niemand zu sehen. Der zweistöckige Kindergarten lag in einer großen Weltenfalte im Reinhardswald, nahe dem Hauptquartier des Feuerzirkels.

Die Falte war so groß, dass sich um das Gebäude ein großer eingezäunter Spielplatz erstreckte und die Erzieher mit den Kindern darüber hinaus im Wald spazieren gehen konnten, ohne den magischen Schutz zu verlassen.

Eine bessere Tarnung hätte sich Mayla nicht wünschen können. Die anderen Eltern waren bereits gegangen, weshalb niemandem auffiel, dass sie sich kurzerhand umdrehte und hinter die Büsche sprang. Auf allen vieren kämpfte sie sich seitlich an der Einrichtung vorbei und gedanklich beglückwünschte sie den Gärtner zu dem Einfall, dichte Büsche den kompletten Zaun entlang zu pflanzen, wodurch sie ungesehen das Gebäude und den Spielplatz umrunden konnte. Sie ignorierte die Erde an ihren Knien und unter ihren Nägeln, bis sie in der Nähe des Fensters landete, das zu Emmas Gruppe gehörte. Dort verharrte sie, gab keinen Mucks von sich und schielte über das Blattwerk. Sie versuchte zu erkennen, was im Inneren vor sich ging. Verdammt. Das Licht der Morgensonne spiegelte sich auf der Scheibe und es war nichts zu sehen.

»Illustra!«, dachte sie, worauf die Sicht besser wurde.

Um Himmels willen, Emma stand noch immer mit dem Rücken zur Wand. Kein Kind spielte mit ihr, keines kam, um mit ihr Zeit zu verbringen. Wieso unternahm die Erzieherin nichts, verdammt? Wieso saß sie mit den anderen Kindern am Basteltisch und zeigte ihnen etwas in einer Kiste, anstatt Emma zu helfen?

Schon wollte Mayla aufspringen und empört in die Gruppe stürmen, als neben ihr ein feines Glitzern durch die Luft waberte. Im nächsten Moment sprang der kleine schwarze Kater, der ihr Seelentier war, durch die Büsche auf sie zu.

»Karli, alles in Ordnung?«

Der Kater schenkte ihr ein Gefühl von Wärme und Vertrauen. Er war hier, um ihre Nerven zu beruhigen und ihr beizustehen. Leise maunzte er.

Rührselig streichelte sie ihm über das weiche Köpfchen. »Ich weiß, mein Schatz, aber sie ist völlig allein da drinnen.« Erneut funkelte es und Karamella, das Seelentier ihrer Tochter, und Kitty kamen ebenfalls aus den Büschen gesprungen. Maunzend strichen sie um ihre Beine, worauf Mayla erschrak. »Wieso seid ihr hier? Ist Emma in Gefahr?«

Ein leises Lachen ertönte hinter ihr. »Nein, aber wir wissen, dass wir dich ablenken müssen, damit du den Kindergarten vor lauter Sorge nicht in die Luft sprengst.«

Tom. Augenblicklich beruhigte sich Maylas Herzschlag, während er in die Hocke ging und einen Arm um sie legte. Offenbar wollte er ihre Deckung nicht auffliegen lassen.

Sie hatte keine Ahnung gehabt, dass er auftauchen würde. Sein vertrauter Geruch drang zu ihr und beruhigte ihre angespannten Nerven. »Ich dachte, du musst ein paar Dinge erledigen. Deshalb bist du heute morgen aufgebrochen, anstatt mit herzukommen.«

Er beugte sich zu ihr und drückte einen Kuss auf ihre Lippen. Wie am Anfang flatterte ihr Herz, wenn er das tat. »Ich wusste, dass es Emma schwerer fallen wird, wenn sie sich von uns beiden verabschieden muss.«

Maylas Brust schnürte sich zusammen. Er war ein wunderbarer Vater. Aber war das wirklich der alleinige Grund oder hatte die Tatsache, dass er sich noch immer von der Öffentlichkeit fernhielt, zu der Entscheidung beigetragen? »Wenn du mich abhalten willst, über unsere Tochter zu wachen, dann sag ich dir, das wird nichts. Ich werde diesen Ort nicht verlassen!«

Leise hörte sie ihn lachen, was ein Kribbeln zwischen ihren Schulterblättern verursachte. »Ich weiß. Deshalb habe ich Proviant mitgebracht.« Unvermittelt hielt er ihr eine Schachtel unter die Nase.

Tränen schossen Mayla in die Augen. »Pralinen?«

»Und ein Fernglas.« Er setzte es an die Augen und spähte in die Gruppe. »Wie schlägt sie sich?«

Grinsend schob sich Mayla eine Rumkugel in den Mund. Sie war offensichtlich nicht die einzige, die wegen des heutigen Tages aufgeregt war. Während die Schokolade auf ihrer Zunge schmolz, entspannte sie ein wenig. Wieso hatte sie nicht selbst an eine Notfallration gedacht? Sie war die letzten Tage so aufgeregt wegen Emmas erstem Kindergartentag gewesen, dass sie vergessen hatte, eine kleine Schachtel in ihrer Handtasche zu bunkern. Wie fahrlässig!

Als die Köstlichkeit vertilgt war, spürte sie ihren Puls gleichmäßig arbeiten und fühlte sich imstande, einen weiteren Blick in das Gebäude zu werfen. Mühelos entdeckte sie inmitten der umherspringenden Kinder Emma, die wie zu Beginn abseits stand. »Sie beobachtet die anderen, aber niemand redet mit ihr.«

»Das wird schon. Schau mal.«

Er hielt ihr das Fernglas hin und Mayla schnappte es sich. Gerade rechtzeitig setzte sie es an, um mitzuverfolgen, wie ein Junge auf Emma zuging und ihr ein Auto zum Spielen überreichte.

Ergriffen legte Mayla die Hand ans Herz.

»Wie goldig.«

Karamella maunzte, strich ihr um die Beine und sprang mit einem Satz durch die Büsche davon. Karli schickte ihr Bilder, dass Emma sicher war. Sie brauchte sich keine Sorgen zu machen. Selbst Kitty schmuste mit Maylas Knie und streckte ihr die Stirn entgegen, wie sie es früher schon immer getan hatte. Dankbar legte Mayla ihre Stirn an die der Katze und verharrte einen Augenblick.

»Ihr seid wundervoll.«

Leise maunzend verabschiedeten sich die Seelentiere und verschwanden im angrenzenden Wald. Zurück blieben sie und Tom.

»Glaubst du wirklich, wir können …?« Sie seufzte auf.

Tom legte ihr einen Arm um die Schultern. »Ja, Mayla. Emma ist ein starkes Mädchen.«

»Aber wenn sie ihre Magie einsetzt und es lila leuchtet? Wie werden die anderen reagieren? Wird die Erzieherin sie beschützen? Was wenn –«

»Stopp.« Tom legte ihr einen Finger an die Lippen. »Wir haben unserer Tochter viel beigebracht. Sie ist ein kluges, verständiges Kind. Sie wird nur Feuermagie wirken. Und jetzt müssen wir sie den ersten Schritt von uns ziehen lassen.«

O Gott, wie sich das anhörte. Den ersten Schritt von ihr ziehen lassen. Dabei war sie erst vier! Mayla umfasste die Kette mit dem herzförmigen Anhänger und packte ihn so fest, als wäre er ihr Kind. Natürlich hatte Tom recht. Emma verstand, dass ihre Magie außergewöhnlich war und dass andere Angst davor haben könnten. Wenn in den letzten Jahren Besuch bei ihnen gewesen war, hatte sie sich stets mit ihren Kräften zurückgehalten. Keiner hatte bislang Verdacht geschöpft, niemand ihre außergewöhnlich starke Energie bemerkt. Tom hatte darauf bestanden, nicht einmal Violett und Georg einzuweihen. Niemand wusste um ihr Geheimnis außer ihnen beiden und Melinda.

Erneut seufzte Mayla auf. »Also schön. Nur wie zum Teufel soll ich die drei Stunden überstehen, bis wir sie abholen dürfen?«

»Das wirst du gleich sehen.« Tom hielt ihr die Hand entgegen. Bei der Geste knirschte seine Lederjacke leise. Trotz der Wärme trug er sie, als wäre sie wie damals sein Panzer, aber sein Lächeln war breiter geworden als früher. Er war blass, obwohl sie die letzten Jahre im Süden gewohnt hatten. Allerdings hatte er sich die meiste Zeit drinnen aufgehalten und Bücher gewälzt, war oft auf Recherche unterwegs gewesen. Dennoch wirkte er insgesamt entspannter. Seine grünen Augen funkelten und mit klopfendem Herzen ergriff sie seine Hand. Selbst nach fünf Jahren war es wie früher, wenn er mit ihr durch die Weltenfalten sprang.

Lächelnd sah sie zu ihm auf. »Wohin gehen wir?«

»Lass dich überraschen.« Während er ihre Hand umschloss und sie die Pralinenschachtel schützend an die Brust drückte, holte er den Amulettschlüssel unter seinem Shirt hervor und dachte einen Zauber. Alles um sie herum drehte sich, das Grün und Braun des Waldes verschwammen zu einem Brei und wurden zu einem Blau und Beige, das sich nach und nach klarer zeigte. Bevor das Rauschen der Wellen an ihr Ohr drang, wusste sie, wo sie gelandet waren. In der Weltenfalte am Bodensee.

Kapitel 2

Vor ihnen erstreckte sich der scheinbar endlos weite Bodensee, dessen Wasser in rauschenden Wellen auf den Sandstrand schäumte. Möwen kreisten am blauen Himmel und schrien, und keine zwanzig Schritte entfernt befand sich die Felsengruppe, die bis ans Wasser reichte.

Tief atmete Mayla die frische Seeluft ein. »Was tun wir hier?«

Der Wind toste, zerrte an ihren dunklen Haaren und löste unzählige Strähnen aus der Klammer am Hinterkopf. Tom beugte sich näher und löste sie, worauf ihr die Strähnen noch wilder um das Gesicht tanzten. Er liebte es, ihr Haar offen zu sehen. Zärtlich strich er hindurch.

»Uns entspannen.«

»Entspannen?« Sie waren hinter die Klippen gesprungen, wie früher auch immer. Wie sollte sie entspannen, wenn sie sich mal wieder den tosenden Bodensee entlang an den Felsen vorbeikämpfen musste und dabei pitschnass wurde?

Klar, sie kannte längst den notwendigen Zauber, um sich im Anschluss trocken zu hexen, mehrere sogar, dennoch war diese Kraxelei kein angenehmer Zeitvertreib. Trotzdem erwiderte sie nichts. Tom gab sich Mühe und das wusste sie zu schätzen.

Seit Monaten hatte sich Mayla nachts umhergewälzt, seit sie beschlossen hatten zurückzukommen. Die Jahre auf Lesbos waren idyllisch gewesen, fernab jeglicher Probleme, Regeln und Zirkel. Sie hätten beinahe vergessen können, dass Emma die alte Magie in sich trug … und Tom ebenfalls – und dass das zu Problemen führen konnte. Tom besaß diese Macht nur, weil Bertha und Vincent die Magie der fünf Elemente mittels eines Zaubers vereint hatten und sich dieser Zauber auf alle Blutsverwandten und Jäger ausgewirkt hatte, doch uneingeschränkt nutzen durfte er diese Energie nicht. Er konnte das Geschirr abwaschen und Emmas Kuscheltiere tanzen lassen, auch für Schutzzauber waren seine Kräfte besonders hilfreich, aber kämpfen konnte er damit nicht. Die Magie, die er für einen Angriffszauber einsetzen musste, konnte ihn das Leben kosten, so wie es bei Bertha und Vincent der Fall gewesen war.

Im Gegensatz zu ihm war Emma mit der alten Magie geboren worden, weshalb sie sie uneingeschränkt nutzen konnte. Ihre Macht überstieg die sämtlicher anderer Hexen – doch das durfte niemand wissen, weshalb die letzten Jahre in gesellschaftlicher Abgeschiedenheit entspannt gewesen waren. Von Anfang an war allerdings klar gewesen, dass sie nicht für immer auf der griechischen Insel bleiben würden. Insbesondere Mayla musste sich ihrer Verantwortung stellen, die zukünftige Oberhexe des Feuerzirkels zu sein. Und das wollte sie auch – nur am liebsten erst in ein paar Jahren.

Normalerweise wäre erst ihre Mutter an der Reihe gewesen und sie hätte die Zeit, eine Familie zu gründen und Kinder zu kriegen, privat genießen können. Doch da ihre leibliche Mutter leider nicht mehr am Leben war, hatte Mayla keine Wahl, als sich bereits jetzt auf ihre zukünftige Aufgabe vorzubereiten.

Natürlich hoffte sie, dass ihre Oma zahlreiche weitere Jahre die Oberhexe des Feuerzirkels bliebe. Sie war rüstig, gut in Form und nichts sprach dagegen, dass sie noch viele gute Jahre verlebte. Und das lag mit Sicherheit nicht nur an diesem ekelhaften Kräutertrunk, den sie jeden Morgen runterkippte und den sie Mayla regelmäßig aufs Auge drücken wollte. Bevor Mayla das Zeug trank, würde sie ihre Sucht nach Schokopralinen verlieren, das stand fest!

Tom und sie hatten sich entschieden, direkt von Lesbos zum Kindergarten zu springen. Während Tom ein geeignetes Domizil für ihre Rückkehr gesucht hatte, war Mayla bereits mehrere Male für Schnuppertage gemeinsam mit ihrer Tochter dort gewesen, damit Emma sich mit den Erziehern und den Räumlichkeiten vertraut machen konnte. Anschließend waren sie immer in das kleine Häuschen nach Griechenland zurückgekehrt. Heute allerdings würden sie nicht wieder heimgehen.

Heimgehen. Mayla seufzte. Es war ihr Heim gewesen, doch nun war es an der Zeit, ein neues Zuhause zu beziehen. Traditionell würde sie das Haus im Hauptquartier des Feuerzirkels bewohnen, gemeinsam mit ihrer Oma. Melinda hatte jedoch klar gemacht, dass sie dort zwar regelmäßig vorbeischauen und sich den Belangen der Feuerhexen widmen sollte – dies schloss jedoch nicht aus, dass sie sich einen Zweit-, Dritt-, oder sogar Viertwohnsitz zulegten. Es hatte schließlich unzählige Vorteile, mit einem Amulett-schlüssel von jetzt auf gleich durch die Welt springen zu können.

Das Haus, das Tom als ihr neues Heim ausgesucht hatte, gefiel Mayla, weshalb sie zugestimmt hatte umzuziehen. Es war sinnvoll, in der Nähe von Emmas Kindergartenfreunden zu wohnen, deren Eltern sehr wahrscheinlich nicht alle im Besitz eines Amulettschlüssels waren und deshalb nicht uneingeschränkt von Falte zu Falte springen konnten.

Seit vier Jahren hatte sich Mayla nicht im Hauptquartier des Feuerzirkels blicken lassen. Es war eine Schonfrist gewesen, die mit diesem Tag endete. Doch offenbar musste sie nicht sofort dort hinspringen. Tom hatte andere Pläne mit ihr, worüber sie nicht traurig war.

»Komm.« Er unterbrach sie in ihren Gedanken, verstaute die Pralinen in ihrer Handtasche und streckte ihr die Hand entgegen. »Ich weiß, du bist kein Fan davon nass zu werden, aber beiß für zehn Minuten die Zähne zusammen, in Ordnung?«

Mayla nickte. Hand in Hand spazierten sie über den Strand, der an der Felsnase endete, die wiederum bis in den See hineinreichte. Um auf die andere Seite des hohen Felsens zu kommen, balancierten sie über den schmalen Pfad aus glatten Steinen, der sich zwischen den Felsen und dem Meer befand. Dabei wurden ihre Füße und Knöchel immer wieder von Wellen umspült. Durch die Brandung, die zwischen-durch bis an die Felsen klatschte, klebten Maylas Rock und die Bluse an ihrer Haut und einzelne tropfende Strähnen hingen ihr ins Gesicht.

Endlich kamen sie auf der anderen Seite an, wo sich der Strand fortsetzte. »Aresce!«, murmelten sie gleichzeitig, worauf sie und ihre Kleidung trocken waren. Während sie händchenhaltend das Ufer entlangliefen, gruben sich Maylas Absätze in den Sand. Erinnerungen an früher kamen hoch. Als wäre es gestern gewesen, sah sie sich hinter Tom herstapfen, der sie damals mit zu dem Detektiv genommen hatte, um das Verschwinden ihrer Oma aufzuklären.

»Du bringst mich doch nicht zu Tauber, oder?«

Sie hörte das Lachen in seiner Stimme. »Nein, keine Sorge. Keine Action heute morgen, auch wenn ich dich damit vermutlich besser ablenken könnte als mit dem, was ich geplant habe.« Geplant. Das klang fantastisch, sogar romantisch. Glücklich drückte sie seine Hand. Wie dankbar war sie, dass sie und Tom ihr Happyend bekommen hatten.

Sie gelangten an die weitläufige Terrasse des Cafés, in dem sich Taubers geheime Detektei befand und in dem wenige Hexen zu Gast waren. Sie stiegen die Stufen hinauf und aus Gewohnheit visierte Mayla das kleine Café und den Gang an, der nach hinten zu Tauber führte, als Tom sie am Arm zurückhielt.

»Stopp, wir bleiben draußen.«

Verwundert blieb Mayla stehen. Was hatte er vor?

Angesichts ihres ratlosen Gesichtsausdrucks schmunzelte Tom. »Du hast damals so oft davon gesprochen, dass du hier frühstücken möchtest …« Abwartend sah er sie an.

Maylas Augen weiteten sich. Wie oft waren sie in diesem Café gewesen, aber immer hatten sie einen Termin mit dem mürrischen Detektiv gehabt. Nie war die Zeit geblieben, die Aussicht auf den laut brandenden Bodensee und die strahlende Sonne zu genießen. Jedes Mal hatte sie gefragt, ob sie nicht wenigstens für einen kleinen Snack bleiben konnten, doch es war schlicht und ergreifend nie möglich gewesen.

Nicht zuletzt deshalb, weil Tom ein gesuchter Verstoßener gewesen war.

Und Tom hatte es sich gemerkt. All die Jahre. Ihr Herz hüpfte, während sie den Kopf in den Nacken legte, um Tom ins Gesicht sehen zu können. Ihr Herz schlug schneller, als sie seine grünen Augen auf sich ruhen sah und ein feines Lächeln seine Lippen zierte.

»Das ist eine wunderbare Idee.«

Glücklich suchte Mayla einen freien Tisch, von dem aus sie eine uneingeschränkte Sicht auf den riesigen Bodensee hatten, dessen Wasser wie ein Meer auf den Strand brandete. Es war nicht sonderlich viel los, wahrscheinlich weil es später Vormittag war und Kindergarten und Schule diese Woche gestartet hatten. Größtenteils ältere Leute saßen beim Frühstück zusammen oder lasen die Zeitung bei einer Tasse Kaffee.

Selig ließ sich Mayla auf einem Korbstuhl nieder und beobachtete die wenigen Segelboote, die sich vom Wind treiben ließen. Sogleich kam ein Kellner an ihren Platz und legte eine Speisekarte vor sie, auf die Mayla nur einen flüchtigen Blick warf. Das war ihr Moment und damit der Tag für ihr Lieblingsfrühstück. »Ich nehme einen Milchkaffee mit extra viel Schaum, ein Croissant, dazu Butter, Marmelade und einen Obstsalat, danke.«

Tom gab dem Kellner die Karte zurück. »Für mich einen schwarzen Kaffee.«

Sie war es gewohnt, dass er kaum frühstückte, generell aß Tom nicht viel. Ein Wunder, dass er dennoch so groß geworden war, aber womöglich hatte er als Junge besser reingehauen. Wie immer, wenn ihre Gedanke sich seiner Kindheit und Jugend zuwandten, krampfte sich ihre Brust zusammen. Es war keine schöne Zeit für ihn gewesen. Mehrmals hatte sie versucht ihn darauf anzusprechen, doch er wollte nicht darüber reden, was sie mittlerweile akzeptierte.

»Wird deine Oma vor Ort sein, wenn wir gleich ins Hauptquartier springen?«, durchbrach er ihre Gedanken.

Mayla nickte. »Seit sie es wieder aufgebaut haben, hält sie sich die meiste Zeit dort auf, um den Anwohnern Sicherheit zu vermitteln. Es hat wohl Jahre gedauert, bis die Hexen nicht mehr zusammengeschreckt sind, wenn ein lautes Geräusch durch den Wald hallte. Die Erinnerung an Vincents Verbrechen sitzen tief.«

Tom sagte nichts dazu. War er aufgeregt? Sicherlich – und das nicht nur, weil er eine öffentlichkeitsscheue Person war. Er würde nachher zum ersten Mal das Hauptquartier betreten. Darüber hinaus war er der Sohn desjenigen, der es damals zerstört hatte.

Er redete nicht gerne über das, was ihn beschäftigte, dennoch beugte sie sich vor und legte ihre Hand auf seine. »Machst du dir Sorgen, wie die anderen auf dich reagieren werden?«

Bevor Tom antworten konnte, brachte der Kellner ihre Bestellung. Als er den Tisch verließ, blickte sie Tom fragend an. Vor einer Antwort würde er sich nicht drücken können, dass schien auch er einzusehen, denn einer seiner Mundwinkel zuckte. »Wir sind nicht hier, um die einen Sorgen durch die anderen zu ersetzen.«

Emma. Sie hatte tatsächlich für ein paar Minuten ihre kleine Tochter vergessen. Sofort begannen ihre Gedanken um ihren kleinen Liebling zu kreisen. War das Toms Absicht gewesen, um nicht über seine eigenen Sorgen sprechen zu müssen? Gut möglich, trotzdem konnte sie das Bild von Emma, einsam in der Ecke, nicht aus ihrem Kopf verbannen.

»Glaubst du, sie spielt mit dem kleinen Jungen?«

Tom trank einen Schluck Kaffee und blickte auf den weiten Horizont. »Entweder das oder sie sitzt im Morgenkreis und singt lustige Lieder.«

Die Vorstellung beruhigte Maylas Nerven. Während sie die Heidelbeeren aus dem Obstsalat pickte und genüsslich auf der Zunge zergehen ließ, erinnerte sie sich an ihre Zeit im Kindergarten der normalen, nichtmagischen Menschen. Eine Zeit voller Lachen, erster Freundschaften, Feste und fröhlicher Kinderlieder. Emma würde es gutgehen, sie musste Vertrauen haben – etwas anderes blieb Mayla wohl gar nicht übrig …

Kapitel 3

Nach dem Frühstück, das viel zu schnell vorbei war und bei dem Tom das Thema, das ihn persönlich betraf, immer wieder umschifft hatte, verbargen sie sich hinter einer Felsengruppe, die abseits des Cafés lag, um in das Hauptquartier des Feuerzirkels zu springen. Mayla nahm seine Hand und umfasste den Amulettschlüssel. Immerhin war Tom nie zuvor dort gewesen, weshalb er nicht ohne sie springen konnte. Eindringlich dachte sie:

»Perduce me in caput ignis!«

Sie landeten im Reinhardswald im Norden von Hessen inmitten von Farnen, Kiefern und Buchen. Der Geruch nach feuchter Erde und der Würze des Waldes drang ihnen in die Nase und ließ Mayla wohlig aufseufzen. Sie hatte nicht bemerkt, wie sehr sie die Waldluft in den letzten Jahren vermisst hatte. Dabei war sie absolut der Großstadttyp!

Mit einem schiefen Grinsen sah er sie an.

»Wirst du mir die notwendigen Sprüche verraten, damit ich auch ohne dich herfinde?«

Irritiert blinzelte sie. »Natürlich, es war keine Absicht, ihn nur zu denken.«

Tom drückte ihre Hand. »Danke für dein Vertrauen.«

Nebeneinander machten sie sich auf den Weg. Mit jedem Schritt klopfte ihr Herz schneller, während sie bis zu der Stelle liefen, an der sich die Falte in der Weltenfalte befand. Wie würde das erste Wiedersehen ablaufen? Sah sie bekannte Gesichter? Wie reagierten die Hexen auf Tom? Bevor die Gedankenflut sie überrollte, hob sie die Hände. »Te aperi, caput ignis!« Sie sprach die Formel deutlich aus, damit Tom sich nicht ausgegrenzt fühlte.

Während sich die Tannen und Fichten zu den Seiten schoben, breitete sich dazwischen ein malerisches Dorf aus. Lachen erklang, unzählige Stimmen und der Duft nach frisch gebackenem Brot erreichten sie, bevor sich das versteckte Hexendorf komplett geöffnet hatte. Das Pulsieren der Magie strahlte bis zu ihnen hinaus. Hatte sie je den Energiepunkt, auf dem das Hauptquartier errichtet worden war, derart intensiv wahrgenommen? Vielleicht lag es daran, dass ihre Kräfte mit jedem Jahr stärker wurden. Oder sie war sensibler geworden, empfänglicher für Übernatürliches.

»Komm mit.« Eine glitzernde Pfahlmauer umgab das Dorf, deren Tor aufleuchtete, während Mayla mit Tom an der Hand hindurchschritt.

Auf den ersten Blick sah das Dorf fast genauso aus wie damals, bevor es durch Vincent von Eisenfels und die Jäger zerstört worden war. Ein windschiefes Hexenhaus mit Garten stand neben dem anderen, alle wahllos aufgestellt und zu keinerlei Ordnung verpflichtet. Wenn Mayla sich nicht täuschte, stand jedes Haus an dem Platz, den es auch zuvor eingenommen hatte. Dazwischen befanden sich altmodische Backöfen, Obstbäume und separate Kräutergärten.

Lediglich die Schule war durch einen anderen Bau ersetzt worden, vermutlich um die Kinder dazu zu bewegen, sich wieder auf den Unterricht einzulassen, ohne die schrecklichen Bilder des vergangenen Kampfes ständig vor Augen zu haben.

Eine Welle der Zugehörigkeit flutete ihr Herz. Vier Jahre war sie fort gewesen. War nun endlich die Zeit gekommen, Teil dieser Gemeinschaft zu werden? Ein Mitglied der Feuerhexen? In Zukunft sogar die Anführerin?

Während sie sich umsah und die Rückkehr genoss, wurde sie beinahe umgerannt von einer Frau, deren langes karottenrotes Haar im Licht der Vormittagssonne glänzte.

»Mayla!«

Überglücklich drückte sie Violett Piers an sich, deren viele Armreife in ihrem Nacken klimperten. Wie sehr hatte sie sie vermisst – dabei war Violett erst vorgestern zum Frühstücken bei ihr gewesen. »Ich wusste nicht, dass du hier sein würdest.«

Violett lachte ihr glockenhelles Lachen. »Natürlich. Ich bin kaum noch woanders. Endlich kann ich wieder an den Sitzungen teilnehmen und das Zirkelleben auskosten. Ich bin soo glücklich!«

Mayla lachte und zwinkerte ihr verschmitzt zu. »Dass du soo glücklich bist, liegt nur daran, dass du nicht mehr als Verstoßene leben musst?«

Sofort schoss Violett die Röte in die Wangen. Sie brauchte nicht zu antworten. Auch so konnte Mayla sehen, dass Georg ihre Freundin über die Maßen glücklich machte.

»Apropos, wo ist er eigentlich?«

Violett grinste verhalten. »Er kann doch gar nicht herkommen. Schließlich ist er ein Wasserhexer, bis wir geheiratet haben, und die Hochzeit findet erst in zwei Monaten statt.«

Stimmt, Georg gehörte einem anderen Zirkel an. Wie aufregend, dass sie bald alle zu ein und demselben gehören würden. Freudestrahlend sah sie Tom an. »Das wird wunderbar werden, findest du nicht auch?«

»Wegen mir könnte der Bulle ruhig ein Wasserhexer bleiben.«

Empört wollte Mayla auffahren, als Tom leise lachte. Er liebte es, sie auf die Palme zu bringen. Doch anstatt dass er sich zu ihr beugte und sie küsste, wie er es auf Lesbos in einer solchen Situation getan hatte, ließ er ihre Hand los und verschränkte die sehnigen Arme vor der Brust. Glaubte er noch immer vor seiner Familie und unzähligen anderen Bedrohungen auf der Hut sein zu müssen? Sah er sich deshalb wachsam um?

Er war nie der Typ gewesen, der sie in aller Öffentlichkeit geherzt und geküsst hatte, und obwohl sie sich innerlich schalt, versetzte ihr die Geste einen Stich. Doch Violett wäre nicht Violett, wenn sie eine solche Stimmung nicht sogleich durch ihre Aufgedrehtheit kompensieren würde.

»Komm, Mayla, wir haben mit der heutigen Sitzung auf dich gewartet. Ich bin so gespannt, was wir besprechen werden.«

Eigentlich hatte Mayla Tom das Hauptquartier zuerst in aller Ruhe zeigen wollen, aber das musste sie offensichtlich auf später verschieben. Ohne ein Widerwort zuzulassen, zog Violett sie an den Wohnhäusern und dem öffentlichen Brunnen vorbei bis zu dem runden Platz, in dessen Mitte ein großes Feuer brannte. Es war ein magisches Feuer, das nicht nur in gelben und roten Tönen flackerte, sondern zwischendurch lilafarbene, blaue und grüne Funken warf. In mehreren Kreisen um die Flammen herum lagen Sitzkissen auf dem Erdboden verteilt und auf fast allen hatten Feuerhexen ihren Platz eingenommen. Melinda war eine davon. Ihr gebührte der Platz direkt bei den Flammen. Umringt wurde sie von zahlreichen Zirkelmitgliedern jeglichen Alters, die sich ungezwungen miteinander unterhielten und derart normal gekleidet waren, dass sie in der Menschenwelt nicht aufgefallen wären.

Sobald die Anwesenden ihrer gewahr wurden, verstummten sie. Als würden das sämtliche Einwohner des Dorfes bemerken, hielten alle in ihren Tätigkeiten inne und starrten sie an. Hatten sie wirklich erst jetzt ihre Anwesenheit bemerkt? Maylas Herz klopfte schneller, während sie die Blicke der Dorfbewohner auf sich spürte. Der Moment war gekommen. Damit die Feuerhexen sie in Zukunft ernst nahmen, straffte sie die Schultern und verkündete mit fester Stimme: »Ich freue mich sehr, dass ich wieder bei euch sein kann.«

Zufrieden nickte Melinda ihr zu, doch die Leute erwachten trotzdem nicht aus ihrer Erstarrung. Stirnrunzelnd ließ Mayla den Blick umherschweifen, bis sie bemerkte, dass die Augen nicht länger auf ihr ruhten, sondern auf dem Mann hinter ihr.

Tom.

»Was tut der hier?«

»Er ist ein von Eisenfels!«

Ein Tumult brach los, die Hexen schlossen sich zu Gruppen zusammen, die Teilnehmer der Ratsversammlung erhoben sich von ihren Kissen und nicht wenige zückten die Zauberstäbe.

»Sein Vater hat –!«

»RUHE!« Melinda hob die Arme, worauf augenblicklich Stille herrschte. Gemächlich, vielleicht um die Anspannung aus der Situation zu nehmen, erhob sie sich von ihrem Platz und strich über ihren langen Rock. »Er hat damals an unserer Seite gegen Vincent von Eisenfels gekämpft und wäre beinahe gestorben.«

Die Leute tuschelten, einige nickten. Gleichzeitig schlossen sich hinter den Räten zunehmend mehr Leute zusammen, als müssten die gewählten sieben Hexen und Hexer sie vor Tom beschützen. Einer der Räte riss sofort das Wort an sich. »Was, wenn das nur eine Farce war?«

»Viele Male hat er mir das Leben gerettet.« Empört blickte Mayla die Räte an und stellte sich direkt neben Tom. Obwohl er die Arme fest vor der Brust verschränkt hielt, zog sie seine Hand hervor und umfasste sie demonstrativ. »Tom gehört zu mir!«

Misstrauische Blicke huschten zwischen ihnen hin und her. Furchtlos stellte sich Violett neben Mayla und ergriff ihre andere Hand. »Ich vertraue Tom. Er hat uns von Anfang an im Kampf gegen die Jäger unterstützt.«

Dankbar für den Beistand lächelte Mayla ihrer Freundin zu. Dabei ließ sie die Anwesenden nicht für eine Sekunde aus den Augen. Ruhelos blickten die Feuerhexen von ihr zu den Räten und wieder zurück zu Tom. Sie spürte, dass alles in Tom darauf drängte, sich zurückzuziehen. Es fehlte nicht viel und er würde gehen. Und das durfte er nicht. Er gehörte zu ihr und das mussten diese Menschen akzeptieren.

Bitte halt stand, Tom, bitte zieh dich nicht zurück!

»Wie konnte er das Hauptquartier betreten? Hat er eine Feuerhexe getötet und ihre Kräfte in sich aufgenommen?«, fragte eine Rätin skeptisch.

Mayla wurde blass vor Empörung. Wie undankbar konnten Menschen sein? »Für derart Schändliches hat er seine Magie niemals missbraucht!«

Ein anderer Rat, den Mayla nicht kannte, zückte seinen Zauberstab und ließ ihn angriffsbereit in seiner Rechten. »Wieso kann er dann unseren magischen Boden betreten? Seid ihr verheiratet?«

»Nein, wir ...« Verdammt. Sie hatte sich so viele Gedanken darüber gemacht, wie sie Schaden von Emma abwenden konnte. Unter keinen Umständen durfte durchdringen, dass ihre Tochter die alte Magie in sich trug. Dabei hatte sie vergessen zu überlegen, wie die Leute darauf reagierten, dass es bei Tom eine unumstößliche Tatsache war. Angesichts der damaligen Ereignisse hatte sie jedoch felsenfest damit gerechnet, dass sich die Feuerhexen zumindest aufgeschlossen ihm gegenüber verhalten oder in anderer Form erkenntlich zeigen würden. Immerhin hatten Emma und sie nur dank seines Eingreifens überlebt. Somit war das Fortbestehen der Gründerfamilie des Feuerzirkels insbesondere Tom zu verdanken.

Melinda nickte Mayla beiläufig zu. Sie wollte die Sache klären. Zum Glück stand die Oberhexe des Feuerzirkels und die darüber hinaus derzeit mächtigste Hexe an ihrer Seite.

»Hört mir gut zu. Ich verbürge mich für Tom. Auch wenn die beiden noch nicht miteinander verheiratet sind, so werden sie es bald sein.«

Wie bitte? Wie kam ihre Oma darauf so etwas zu behaupten? Mayla wollte empört auffahren und vortreten, doch Violett hielt sie am Arm zurück, worauf sie die Lippen verschloss. Ohnehin ließen sich die Räte davon nicht beschwichtigen.

»Er trägt die alte Magie in sich.«

Stille.

»Deshalb kann er das Hauptquartier betreten. War er dabei, als Bertha und Vincent sie vereint haben? Hat er ihnen dabei geholfen?«

»Nur seinetwegen sind die von Flammensteins nicht ausgelöscht!«, rief eine Rätin, die sich aus der Gruppe schälte und demonstrativ neben Melinda stellte. Ihr Blick aus den blauen Augen war stolz, die sonnengebräunte Haut faltenfrei und ihre Haltung selbstbewusst. Mayla schätzte sie auf Mitte dreißig und ihr Akzent deutete darauf hin, dass sie aus einem nordeuropäischen Land stammte.

»Trotzdem trägt er eine derart große Macht in sich, wie sie niemand besitzen sollte«, ereiferten sich die übrigen Räte.

Mayla war außer sich. Wieso reagierten die Feuerhexen so undankbar? »Tom respektiert die alte Magie und würde sie niemals gegen jemanden einsetzen.«

Niemand beachtete ihre Worte. Die Leute redeten aufgeregt miteinander, bis Melinda erneut beschwichtigend die Hände hob. »Sobald Tom und Mayla geheiratet haben, wird die Feuerenergie seine Kräfte überlagern und er wird nur unsere Energie wirken können. Ihr kennt die Gesetze der Magie.«

»Wann findet die Hochzeit statt?«

Erneut wollte Mayla protestieren. Das war keine Angelegenheit, die die Zirkelmitglieder beschließen durften. Auch nicht ihre Oma. Himmel, Tom hatte ihr nicht einmal einen Antrag gemacht.

Doch Melindas warnender Blick ließ sie ihre Widerworte zurückhalten.

»Beim übernächsten Vollmond.«

Beim übernächsten Vollmond? Wann war das? Sie brauchte dringend einen Mondkalender. Hilfesuchend sah sie zu Tom, der die Diskussion kommentarlos verfolgte und dessen Miene undurchdringlich war. Da war er wieder. Der zurückhaltende, verschlossene Tom. Hätten sie nur auf Lesbos bleiben können! Aber die dortige Zeit war nur eine Schonfrist gewesen, das hatten sie alle gewusst.

Die misstrauischen Räte ließen ihre Blicke zwischen Mayla und Tom hin- und herspringen. »Sobald die Eheschließung vollzogen wurde, werden wir ihn in unserem Hauptquartier akzeptieren. Bis dahin verlangen wir, dass er von diesem Ort und unserem Wissen ausgeschlossen bleibt.«

Mayla schnappte nach Luft. »Aber wir haben schon ein gemeinsames K–«

Bevor Mayla Emma erwähnen konnte, traf sie ein warnender Blick ihrer Großmutter. Sie hatte recht, ihre Kleine durfte nicht in Toms Probleme involviert werden. Natürlich wusste jeder, dass sie ein gemeinsames Kind hatten, da jedoch die Kinder immer zum Zirkel der Mutter gehörten, stand Emmas Zugehörigkeit zum Feuerzirkel außer Frage. Niemand durfte den richtigen Schluss ziehen, dass auch in ihr die alte Magie vereint worden war, weshalb Mayla ihren Satz nicht fortsetzte.

Obwohl alles in ihr vor Empörung aufschreien wollte, ließ sie Violetts Hand los und wollte gemeinsam mit Tom dem Hauptquartier den Rücken zukehren, doch ihre Oma ließ das nicht zu.

»Mayla, setz dich neben mich. Der Platz gebührt dir.«

Wie bitte? Sie sollte bleiben, während Tom rausgeworfen wurde? Niemals! Krampfhaft umklammerte sie seine Hand, als er ihre Finger bedächtig löste und ihr zuraunte: »Wenn du mit mir gehst, zeigst du Schwäche. Und das darfst du nicht als zukünftige Oberhexe.«

Alles in ihr schrie auf bei dieser Ungerechtigkeit. Unter allen Umständen wollte sie ihm zeigen, dass sie damit nicht einverstanden war. Sie stand zu ihm, egal was kam. Das musste er mittlerweile wissen. »Ich lass dich nicht allein!«

Er entzog ihr seine Hände und verschränkte sie erneut vor der Brust. Seine Körperhaltung wirkte derart abweisend, als wären sie wieder an dem Punkt von damals, an dem er sich nicht hatte auf sie einlassen wollen. Beiläufig zwinkerte er ihr zu. Hatte sie es sich nur eingebildet? Doch die Wärme in seinem Blick erkannte sie deutlich.

»Ist schon gut. Wir sehen uns nachher.«

»Tom …«

Ohne auf eine Erwiderung zu warten, wandte er sich um und verließ das Hauptquartier. Während sie ihn davonlaufen sah, war es wie ein Déjà-vu. Gleichzeitig klopfte ihr Herz schneller und schneller, als wollte es sie warnen, dass ihr Glück auf Messers Schneide stand.

Kapitel 4

In der Ratssitzung an diesem Morgen verlor nicht einer ein Wort über sie und Tom. Mayla hatte damit gerechnet, dass das Thema noch nicht abgeschlossen war und sie sich einiges würde anhören müssen, doch ihre Oma führte die Sitzung, als wäre nichts vorgefallen. Ohnehin hatten die Räte ihren Beschluss verkündet und Melinda konnte auch als Oberhexe nicht dagegen vorgehen, ohne eine Revolte auszulösen.

»Gibt es Angelegenheiten, um die ich mich kümmern soll?«, fragte Melinda in die Runde.

Ohne zu sehen, wer sprach, hörte Mayla die krächzende Stimme eines älteren Herrn. »Wir würden uns freuen, wenn die Weltenfalte am Königssee deutlich größer gehext werden könnte. Der Andrang wird jedes Jahr stärker.«

Melinda winkte beiläufig mit der Hand, worauf das Notizbuch zu ihren Füßen aufklappte und ein Bleistift etwas niederschrieb. »Ich werde sehen, was ich tun kann. Da es eine öffentlich zugängliche Weltenfalte ist, muss ich mich mit den anderen Oberhexen dazu besprechen. Aber ich notiere es mir gerne, Heinz. Gibt es sonst etwas?«

Eine Frau aus der hinteren Reihe erhob sich von ihrem Sitzkissen und streckte den Zeigefinger in die Höhe, als säße sie in der Schule. »Ich habe beobachtet, wie die Meyer-Zwillinge gestern Abend in Hannahs Garten gestiegen sind und Pflaumen vom Baum gestohlen haben. Sie –«

Ungeduldig unterbrach Melinda sie. »Deine Beobachtungen darfst du gerne Hannah oder den Eltern der Zwillinge mitteilen. Im Übrigen meine ich mich zu erinnern, dass Hannah es den beiden erlaubt hat. Bevor du also Anschuldigungen in die Welt posaunst, solltest du erst mal mit ihr sprechen. Gibt es ein weiteres Thema, was den Feuerzirkel betrifft?«

Eine junge Frau meldete sich zu Wort, die sich über den deutlich sichtbaren Schwangerschaftsbauch strich. »Ich würde gerne wissen, ob das Hauptquartier wirklich sicher ist. Seit die Jäger eingebrochen sind, frage ich mich, ob sie nicht jederzeit wieder eindringen können. Schließlich verfügen sie durch die alte Magie auch über unsere Energie – und sie wissen, wo unser Hauptquartier liegt.«

»Das habe ich mich auch schon gefragt«, stimmte ein junger Mann zu, neben dem ein Messerchen durch die Luft schwirrte und stetig an einem Stock schnitzte, weshalb ein Haufen Späne neben seinem Sitzplatz lag.

Das Gerede wurde lauter, jeder wollte seine Meinung beitragen, bis Melinda die Arme erhob. »Ruhe. Gemeinsam mit Mayla werde ich nachher den Zauber auffrischen. Wir geben unser Möglichstes, den Zirkel zu schützen. Aber wachsam zu bleiben, schadet nie.«

Mayla hielt sich bei den Besprechungen zurück und wartete nur darauf, dass die leidige Angelegenheit ein Ende fand. Sie war nie ein Fan von Politik und den Sitzungen im Feuerzirkel gewesen – und würde es wohl auch nie werden. Trotzdem hatte sie sich ein wenig auf ihre Verantwortung gefreut und würde sich davor nicht drücken. Aber durch die Tatsache, wie ablehnend die Gemeinschaft auf Tom reagiert hatte, fühlte sie einen ungewohnten Groll gegen die Feuerhexen. Doch dann schalt sie sich. Sie durfte nicht sämtliche Anwesenden verurteilen. Nicht alle von ihnen hatten derart ablehnend ihm gegenüber reagiert – sich im Moment der Anklage an ihre Seite gestellt, hatte sich außer der einen Rätin und Violett allerdings auch niemand.

Während ein graubärtiger Ratsmann über irgendeine bevorstehende Wahl informierte, wollte Mayla am liebsten zu Tom und gemeinsam mit ihm erörtern, was vorgefallen war und ob eine Heirat überhaupt infrage kam. Nicht ein einziges Mal hatten sie bislang darüber geredet. Sie hatten ein wundervolles Familienleben auf Lesbos geführt. Sie gehörten zusammen, seit Emma unterwegs gewesen war, und ein Trauschein konnte ihre Verbindung nicht inniger machen.

Natürlich war es trotzdem eine schöne Vorstellung, Tom zu heiraten. Sie hatte immer von einer klassischen Hochzeit geträumt und natürlich von einem weißen Brautkleid. Schon als kleines Mädchen hatte sie mehrere Varianten des Kleides gemalt, das sie an jenem Tag tragen würde – und eine Kutsche mit sechs weißen Pferden sowie eine dreistöckige Hochzeitstorte ebenso. Die Erinnerung ließ sie schmunzeln. Ihr Leben war definitiv anders verlaufen, als sie es sich vorgestellt hatte.

Heute brauchte sie keinen Ring zu ihrem Glück. Wobei, offenbar brauchte sie ihn doch, damit Tom im Zirkel akzeptiert wurde. Würde er überhaupt zustimmen? Nicht mit einem Wort hatte er Melindas Beschluss kommentiert. Vielleicht war es ihm die Sache nicht wert und er zog sich auf seine Hütte in den Pyrenäen zurück. Er war ohnehin nicht der Typ für Trubel und Sitzungen und Zirkel und Feste. Und erst recht nicht für Hochzeiten.

Als Melinda endlich die Sitzung für beendet erklärte, drückte Mayla mehr als nur ein Stein im Magen. Bevor die Anwesenden den Platz verließen, blickten sie alle zu ihr. Sie las Skepsis in den Gesichtern, aber auch Bedauern. Niemand kam zu ihr, um mit ihr zu reden, zu diskutieren oder seinen Zuspruch zu betonen. Wenn Violett nicht vor Ort gewesen wäre, stünde sie völlig isoliert nach der Sitzung herum, nachdem sie und Melinda den Schutz um das Versteck erneuert hatten.

Dankbar wollte sie mit ihrer Freundin über Emma und Tom reden, doch Violett verabschiedete sich. Sie war mit Georg zum Mittagessen verabredet, versprach allerdings bei ihnen am Nachmittag vorbeizusehen. Nun gut, dann würde sie eben die verbliebene Zeit nutzen, um ihre Oma zur Rede zu stellen. Mayla wappnete sich innerlich und trat entschieden auf Melinda zu, allerdings wurde ihre Oma von unzähligen Leuten belagert. Bevor Mayla die Gelegenheit bekam, mit ihr über die Vorkommnisse zu reden, geschweige denn über die Hochzeit, die Melinda ohne Zustimmung angesetzt hatte, war die Zeit verstrichen und Mayla musste Emma vom Kindergarten abholen.

Melinda war in die Unterhaltung mit einer alten Freundin vertieft und warf ihr lediglich ein »Wir reden später, mein

Schatz« zu. Na, die durfte sich auf eine hitzige Aussprache gefasst machen! Mayla verkniff sich den beißenden Kommentar, der ihr auf der Zunge lag. Sie würde die Angelegenheit mit ihrer Oma unter vier Augen klären und nicht vor allen Anwesenden. Sie schluckte den Groll hinunter, bevor sie eines der Hexenhäuser in die Luft jagte, und wandte sich um. Jetzt wollte sie in Ruhe ihre Tochter vom ersten Kindergartentag abholen und diese besondere Stunde würde sie sich nicht vermiesen lassen, weder durch die Vorkommnisse im Zirkel noch durch sonst etwas.

Hoffentlich war Emmas Vormittag besser verlaufen als ihrer.

∞

Keine Stunde später stand Mayla in der Küche ihres neuen Zuhauses und schnitt Tomaten für den Salat, während ihre Tochter neben ihr auf der Anrichte saß und von ihren Erlebnissen erzählte. Natürlich hätte sie auch per Zauber das Gemüse schneiden können, doch sie genoss das vertraute Bild einer Mutter-Kind-Beziehung, von der sie immer geträumt hatte, als sie dem Glauben verhaftet gewesen war, sie könne keine Kinder bekommen.

»Ein paar Mädchen haben ihre Puppen zusammen tanzen lassen und waren mächtig stolz darauf. Ich habe nicht gesagt, das ich das schon kann, weil ich nicht gemein sein wollte. Nach dem Frühstück haben wir einen Spaziergang durch den Wald gemacht und Sarah, so heißt die Erzieherin, hat uns Eichen, Buchen und Linden gezeigt und von der Magie der Bäume gesprochen. Oma hat mir zwar schon mal davon erzählt, aber ich habe trotzdem zugehört.«

Mayla genoss es, den munteren Schilderungen ihrer Tochter zu lauschen. In ihrer Vorstellung würde das von nun an jeden Tag so ablaufen. Lächelnd schaute sie auf ihren kleinen Spross hinab. Es hörte sich nach einem schönen ersten Tag an und das beruhigte sie. Wenigstens wurde Emma freundlich aufgenommen und fand bestimmt bald Anschluss. Vielleicht lärmten sogar schon bald ein paar ihrer Freunde durch das Haus – Tom wäre begeistert. Sie grinste.

Obwohl sie die Erzählungen ihrer Tochter liebte und nichts von dem verpassen wollte, was die Kleine ihr anvertraute, kreisten ihre Gedanken ständig um Tom. Sehnsüchtig erwartete sie seine Ankunft. Ein wenig hatte sie gehofft, dass sie sich bereits beim Kindergarten treffen würden und er sie begleitete, um Emma abzuholen. Leider war er nicht aufgekreuzt. Sicherlich lag es nicht daran, dass er keine Zeit hatte. Vielmehr wollte er seiner Tochter durch seine Anwesenheit keine Probleme bereiten, davon war Mayla überzeugt. Nie hätte sie damit gerechnet, wie heftig die Feuerhexen auf ihn reagierten. Sie verstand immer besser, weshalb er sich aus der Öffentlichkeit fernhielt. Aber das konnte doch nicht für immer so bleiben!

Wann kam er endlich heim? Wo war er? Und wie zum Teufel sollte sie das Gespräch über die beschlossene Hochzeit anfangen?

Emma hielt in ihren Erzählungen inne und durchbrach damit Maylas Gedanken abrupter, als es ein lauter Schrei vermocht hätte. Stirnrunzelnd sah sie auf.

»Alles in Ordnung, mein Stern?«

Die Kleine nickte und beobachtete Mayla eindringlich. Dabei leuchteten ihre Augen dunkler als gewöhnlich. Mayla nannte es den Emma-Blick. Die Kleine setzte ihn immer dann auf, wenn sie sich ihre Gedanken machte oder etwas im Detail beobachtete.

»Was ist denn los, Mami? Geht es dir nicht gut?«

Ertappt rutschte Mayla mit dem Messer ab und verfehlte ihren Finger um Haaresbreite. »Doch, doch, alles bestens«, log sie. Emma hatte Antennen, das war nicht zu fassen. Offenbar hatte sie bemerkt, dass Mayla nicht zu Hundertprozent bei der Sache gewesen war.

»Wo ist Papi?«

Mist, der Kleinen konnte sie nichts vormachen. Wie sollte das erst werden, wenn Emma älter und verständiger geworden war? Würde sie Mayla jegliche Gefühlsregung an der Nasenspitze ablesen? Sollte das nicht normalerweise andersherum ablaufen?

»Papa hat etwas zu erledigen, aber er freut sich darauf, wenn du ihm von deinen Erlebnissen mit den anderen Kindern berichtest. Hast du schon Freunde gefunden?«

Emma zuckte mit den schmalen Schultern und ließ den Kopf sinken. Himmel, Mayla hatte sie ablenken und gewiss nicht traurig stimmen wollen. Sie legte das Messer beiseite, trocknete die Hände ab und strich ihrer Kleinen über die beinahe schwarzen Locken.

»Die Kinder tun so, als wäre ich nicht da.«

Wie bitte? Ihr Puls beschleunigte sich. Am liebsten würde sie sofort – Stopp! Durchatmen, und noch einmal durchatmen. »Was meinst du damit, Liebling?«

Als ihre Tochter endlich zu reden begann, war ihre Stimme dünn und nur ein Flüstern. »Im Morgenkreis wollte niemand neben mir sitzen und beim Spaziergang haben sie sich geweigert, meine Hand zu halten. Keiner wollte mein Partner sein.«

Mayla erbleichte. Wieso hatte Emma das nicht sofort erwähnt, sondern stattdessen nur von den schönen Dingen berichtet? Hatte sie es vergessen oder ursprünglich gar nicht erzählen wollen? Froh, dass sie die Wahrheit nun kannte, streichelte Mayla ihr über den Rücken. »Was war denn mit dem Jungen, der dir das Auto gegeben hat?«

»Der hat gedacht, ich will ihm das Auto wegnehmen, weil ich ihn beobachtet habe. Da hat er es mir schnell gegeben und ist zurück zu seinen Freunden gerannt. Dabei wollte ich das blöde Auto gar nicht.« Emma blickte auf. In ihren dunklen Augen schimmerten Tränen. »Mami, ich glaube, sie haben Angst vor mir.«

Unbemerkt war Tom heimgekommen. Offenbar hatte er die letzten Worte seiner Tochter von der Küchentür aus verfolgt und trat nun auf Emma zu. »Hab Geduld, mein Engel. Sie werden sehen, was für ein wundervolles Mädchen du bist, und dann werden sie alle mit dir spielen.«

Emma unterdrückte ein Schluchzen, doch ihr kleiner Körper bebte. Wieso nur ließ sie ihren Gefühlen keinen freien Lauf? Verkrampft sah sie zu Tom. »Bist du sicher, Papi?«

Sein Blick war offen und zuversichtlich, als er ihr in die Augen sah und die Hände auf ihre Oberarme legte. »Absolut. Sie werden darum würfeln, wer neben dir sitzen darf. Und jetzt komm auf meine Schultern.« Verhalten grinsend hielt Emma ihm die Arme entgegen, worauf er sie mit einem Satz auf seine Schultern hob und die kleine juchzte. Fast wäre sie mit dem Kopf an die Decke geknallt, wenn Tom nicht aufgepasst hätte, so groß war er. »Lass uns den Garten erkunden, einverstanden?«

Nichts hätte die Augen ihrer Tochter mehr zum Strahlen bringen können. »Jippie!«

Mayla beobachtete die Szene rührselig und blickte den beiden nach, wie sie in das angrenzende Wohnzimmer liefen und durch die Terrassentür nach draußen traten. Tom wusste, wie gerne Emma in der Natur war und wie er sie auf andere Gedanken bringen konnte. Er war ein toller Vater. Als hätte er geahnt, wann seine Tochter ihn brauchte, war er genau zum rechten Zeitpunkt heimgekehrt.

Gedankenverloren schnitt Mayla die Gurke für den Salat. Die arme Kleine. Hatte sich etwa herumgesprochen, dass Emma ab heute den Kindergarten besuchte und wer ihre Eltern, insbesondere ihr Vater war? Aber wieso hatten die Kinder Angst vor ihr? Wurde ihnen von den Eltern eingetrichtert, sich von Emma fernzuhalten? Wieso hatte die Erzieherin nicht eingegriffen, verflucht? War das nicht ihre Aufgabe? Mayla rutschte mit dem Messer ab und traf den Daumen.

»Aua, verdammt!« Es blutete nicht, kaum ein Kratzer war zu sehen, dennoch legte Mayla das Messer beiseite. Fahrig langte sie in den Hängeschrank über der Arbeitsfläche und holte eine Schachtel heraus. Grübelnd schob sie sich einen Vanilletrüffel in den Mund und atmete tief durch. Wer hätte gedacht, dass bereits der erste Tag so viele Probleme mit sich bringen würde?

Wenigstens war Tom endlich daheim und sie konnte mit ihm über die Vorkommnisse im Feuerzirkel und auch über die Situation im Kindergarten reden. Gemeinsam fanden sie eine Lösung, davon war Mayla überzeugt. Rasch schob sie sich eine zweite Praline in den Mund, bevor sie sich wieder dem Salat widmete, doch ihre Geduld war aufgebraucht. So, wie ihre Hände zitterten, würde nur ein Unfall passieren. »In fragmenta seca!«, dachte sie, worauf das Messer ihr die

Arbeit abnahm und in Windeseile die Paprika und die Gurke klein schnippelte, während Mayla sich an die Arbeitsfläche lehnte und inständig hoffte, dass sich die Probleme einfach in Luft auflösen würden.

Kapitel 5

Solange Emma an ihrer Seite war, konnten sie nicht über die Themen sprechen, die Mayla auf der Seele brannten. Und die Kleine klebte förmlich an ihnen – kein Wunder. Sie war zum ersten Mal für ein paar Stunden nicht mit einem Vertrauten zusammen gewesen und diese Zeit war nicht so unbeschwert gewesen, wie Mayla es gehofft hatte. Deshalb nutzten sie den gemeinsamen Nachmittag und erkundeten ihr neues Heim.

»Ich bin froh, dass mein Zimmer direkt neben eurem ist«, plapperte Emma munterer als noch vor dem Mittagessen. »Ich hab zwar keine Angst im Dunkeln, aber die erste Nacht wird schon ein bisschen gruselig sein. Ich mochte es bei Phylis.«

»Du brauchst dir überhaupt keine Sorgen zu machen, mein Stern.« Mayla deutete auf das hübsche Haus mit den blauen Fensterläden und dem Spitzdach. »Hier kann uns nichts passieren.«

Das Haus hatte Tom für sie ausgesucht. Es war einer seiner alten Rückzugsorte und lag in einer kleinen Weltenfalte am Rhein, die er einst selbst erschaffen hatte, wodurch die Menschen das alte Haus, in dem seit Jahrzehnten niemand mehr wohnte, vergessen hatten. Keiner kannte den Ort, was ihm wichtig gewesen war. Schließlich waren noch nicht alle Jäger aufgespürt und ihrer gerechten Strafe zugeführt worden. Darüber hinaus konnten sie leider nicht ausschließen, dass es ein paar Hexen gab, die ihm nicht trauten und womöglich zu drastischen Mitteln greifen würden, um den letzten von Eisenfels auszuschalten.

Als Tom ihr von der Überlegung erzählt hatte, war Mayla sofort in Sorge um Emma gewesen. Doch Tom hatte sie beruhigt. Emma war durch und durch eine von Flammenstein – die Kinder gehörten immer dem Zirkel der Mutter an. Bislang hatte auch niemand, den sie trafen, in ihr jemand anderen gesehen als die Nachfahrin der mächtigen Feuergründerfamilie. Außer vielleicht die Eltern der Kindergartenkinder. Aber bevor das nicht eindeutig war, wollte Mayla nicht den Teufel an die Wand malen, so schwer ihr das auch fiel. Vielleicht erging es jedem Kind am ersten Tag so wie Emma.

Nicht nur aus diesen Gründen hatte sich Mayla auf das Haus eingelassen. Das Gebäude war wunderschön. Es war ein alter Bau, über hundert Jahre alt wie die meisten Häuser in Weltenfalten, mit hohen Fenstern, hellen Räumen, zwei Stockwerken und einer großzügigen Terrasse mit Blick auf den Rhein. Vom ersten Moment an hatte sie sich heimisch gefühlt.

Zu dem Haus gehörten ein großer Garten sowie ein kleines Waldstück, was optimal für Emma war, die gerne auf

Pflanzenerkundungstour ging. Nur ihren engsten Vertrauten hatten sie von der Weltenfalte erzählt, weshalb die Kleine relativ sorglos alleine umherstreifen konnte. Außer Georg, Violett und Melinda kannte niemand den Ort, und da sich keine nennenswerte Weltenfalte in der Nähe befand, war die Gefahr, dass ein ungewollter Besucher des Weges kam, schwindend gering. Und ein wenig Vertrauen mussten sie haben, immerhin wollten sie nicht auf ewig zurückgezogen leben. Zumindest nicht, wenn es nach Mayla ging.

Den ganzen Tag verbrachten sie draußen, ganz zur Freude von Emma, die jede Nacht unter freiem Himmel schlafen würde, wenn ihre Eltern es zuließen. Am Nachmittag fand die Kleine zu ihrer gewohnten Selbstständigkeit zurück und widmete sich dem Kräutergarten, den sie im Garten anlegte, ohne wie die Stunden zuvor darauf zu bestehen, dass Mayla oder Tom neben ihr blieben. Sie nutzte ihre Magie, um die Erde umzugraben und Steine aufzuschichten, bevor sie ohne magische Hilfe Kräuter einpflanzte, die sie zuvor im Wald gesammelt und samt Wurzeln ausgegraben hatte. Dabei war sie behutsamer vorgegangen als manch ein Erwachsener.

Emma nutzte ihre Zauberkräfte derart selbstverständlich, dass Mayla nur staunen konnte. Das lag nicht nur daran, dass Mayla kein Kind mit Hexenkräften gewesen war und keine Kindheit voller Magie erlebt hatte, wie die nicht minder bewundernden Blicke von Melinda und Tom bezeugten. Lag es an der alten Magie, die in Emma vereint war, oder war sie lediglich ausgesprochen talentiert?

Tom setzte sich zu ihr auf die Terrasse und hauchte ihr einen Kuss auf die Wange, der Schmetterlinge durch ihren Magen tanzen ließ. Rasch stellte sie die Kaffeetasse ab und schob die Pralinen beiseite. Der Moment der Aussprache war gekommen und den musste sie nutzen. Wer wusste schon, wie lange Emma außer Hörweite blieb? »Also, Tom, was meine Oma –«

Es klingelte an der Tür.

Tom hob sogleich die Hände. Bereitete er sich auf einen Schutzzauber vor? »Erwartest du Besuch?«

Mayla überlegte, dann winkte sie ab. »Bestimmt sind es Violett und Georg. Sie wollten uns heute Nachmittag besuchen kommen.«

Tom verdrehte die Augen, doch Mayla wusste, dass er sie nur aufziehen wollte. Er hatte sich an Georg gewöhnt, auch wenn sie nicht locker und scherzhaft miteinander umgingen, wie es Männer normalerweise taten, wenn sie befreundet waren. Vielleicht war es auch zu viel zu behaupten, dass sie Freunde wären. Vielmehr waren Mayla und Georg Freunde – und Tom respektierte das ebenso, wie Georg ihn an ihrer Seite akzeptierte.

Auch wenn sich Mayla im Normalfall über Besuch freute, sackten ihre Schultern nach unten. Schade, lieber hätte sie mit Tom endlich das klärende Gespräch geführt. Aber heute Vormittag hatte sie sich nicht mit Violett unterhalten können und Georg seit Tagen nicht gesehen. Sie freute sich auf die beiden und für das schlechte Timing konnten sie nichts. Rasch lief sie zur Tür.

Doch dort standen nicht ihre Freunde, sondern ihre Oma.

»Nanu? Seit wann klingelst du und zauberst dich nicht einfach in unser Wohnzimmer?«

»Seit ihr euer eigenes Heim bezogen habt. Im Übrigen verhindern es Toms Schutzzauber, dass ich oder ein anderer Besucher direkt auf das Grundstück springe. Nichtsdestotrotz, hältst du mich für derart übergriffig und aufdringlich,

dass ich euch nicht einmal eure Privatsphäre lasse?«
Energisch betrat Melinda das Haus, dabei schwang ihr roter
Umhang um ihre kleine Gestalt.

Mayla konnte ein Lachen nicht unterdrücken. »Natürlich
bist du übergriffig, sonst hättest du wohl kaum entschieden,
dass Tom und ich heiraten, ohne das zuvor mit uns zu besprechen.«

»Ach …« Melinda winkte ab und lief zielstrebig auf die
Terrasse zu Tom.

Mayla wollte sie zurückhalten, doch ihre Oma war zu
schnell. Drauf und dran, hinter der alten Hexe her zu stürmen, schüttelte sie den Kopf. Tief durchatmen. Trotz ihres
Temperaments musste sie ruhig bleiben. Die Stunde der Aussprache war gekommen – wenigstens die mit ihrer Oma.

Wieso nur hatte sie nicht vorher mit Tom über das Hochzeitsthema reden können? Nun, mit der Kleinen um sie
herum hatte sie eine derart ernste Angelegenheit nicht an-
sprechen wollen. Nicht auszudenken, dass sich Emma ebenfalls an der Diskussion beteiligte … Bevor sie ihrer Oma auf
die Terrasse folgte, holte sie eine weitere Schachtel Pralinen
aus der Küche. Für das Gespräch brauchte sie Nerven-
nahrung. Mit geschlossenen Augen schob sie sich eine Zart-
bitterpraline mit Cognacfüllung zwischen die Lippen und
genoss den Geschmack auf der Zunge. Wenn etwas half, ihre
Nerven zu beruhigen, so war es Schokolade.

Als sie nach draußen trat, saß Tom am Tisch und blätterte
in einem Notizbuch, während ihre Oma bei Emma hockte
und beim Einpflanzen half. Vielleicht blieben ihnen ein paar
Augenblicke, um ohne Zuhörer über das Thema zu sprechen.
Sogleich setzte sich Mayla neben ihn, worauf er sein Buch in
die Hosentasche steckte.

»Hat sie die Problematik schon angesprochen? Ich meine, wir hätten darüber reden sollen, was sie im Hauptquartier beschlossen hat. Wir müssen nicht … Ich meine, wenn du nicht willst, dann …«

»Ist schon gut.« Tom nahm ihre Hand und strich darüber. Er lächelte sie an, worauf ihr Magen hüpfte. Wie konnte ein einziger Blick so viel in ihr auslösen?

Erleichtert über seine gelassene Reaktion entspannte Mayla. Sie hatte damit gerechnet, dass er sich sträubte oder nicht darüber reden wollte, obwohl er sich schon lange nicht mehr derart unzugänglich verhalten hatte. Aber eine Heirat war nun einmal ein heikles Thema – selbst für Männer, die nicht die Nachfahren brutaler Hexen waren. Nach Worten suchend strich sie über ihren Rock, als ihre Gedanken ungefiltert aus ihrem Mund sprudelten. »Sie darf das nicht beschließen. Ich wollte mit dir reden, so etwas müssen wir entscheiden und nicht sie. Und die Zirkelmitglieder müssen es akzeptieren, wenn wir … oder ob wir … also … Wir müssen nicht …«

»Papperlapapp!« Unbemerkt war Melinda an den Tisch getreten und setzte sich neben Mayla. Sie hatte schon immer ein Gespür dafür gehabt, wann es interessant wurde. »Es war vorauszusehen, dass die Feuerhexen und die Räte Probleme machen. Es gibt keinen anderen Weg, um Toms Ansehen reinzuwaschen, oder zumindest seinen guten Willen zu bezeugen. Natürlich wird es trotz einer Heirat immer Leute geben, die ihm misstrauen, ein Großteil indes wird sich zufriedengeben, und das reicht uns.«

Mayla strich sich eine Strähne aus dem Gesicht. Es war ungerecht, dass Tom ein solches Erbe auf den Schultern lastete – aber so war das Leben nun mal. Sich zu beschweren, half nichts. Also Augen zu, Schokopraline in den Mund und durch. Trotzdem würde sie ihre Oma nicht so einfach von der Angel lassen.

»Dann hättest du uns das vorher sagen können, Oma, anstatt uns zu überfallen und vor vollendete Tatsache zu stellen. Was ist, wenn wir gar nicht heiraten wollen?«

»Wollen wir nicht?« Tom strich erneut über ihre Hand. Überrascht sah Mayla zu ihm. Sie wusste nicht, ob sie perplex war, weil er andeutete, sie heiraten zu wollen, oder weil er vor ihrer Oma über ihre Hand streichelte.

»Doch, ich meine, ich …« Durchatmen. »Verdammt, so sollte das nicht laufen. Man beschließt nicht aus vernünftigen Gründen, dass es Zeit ist zu heiraten. Das muss romantisch sein und aus tiefstem Herzen kommen. Es ist eine Entscheidung aus Liebe und nicht aus Kalkül!«

Melinda betrachtete sie mit einem Funkeln in den Augen. »Ich hatte nicht den Eindruck, dass ihr eure Beziehung aus Kalkül führt.«

Schon wieder klingelte es an der Tür.

Ungläubig sah Mayla von Tom zu ihrer Oma und wieder zu ihm. Wer wollte denn jetzt noch in dieses vertrauliche Gespräch hineinplatzen? Weil sie ohnehin nicht wusste, was sie sagen sollte, stand sie auf und lief zur Tür.

»Da sind wir!«

Lachend fiel Violett ihr um den Hals. Über ihre Schulter sah Mayla Georg, der hinter ihr ins Haus kam. Er schmunzelte, als er sie sah, und in seinem Blick lag Wärme. So wie früher und doch ein wenig anders. Er liebte Violett, das war zu sehen, und die Schwärmerei für Mayla war vergangen, allerdings bedeuteten sie einander nach wie vor außerordentlich viel.

»Du siehst aus, als wärst du überrascht. Hat meine hinreißende Verlobte vergessen zu erwähnen, dass wir vorbeikommen, um eure neue Bude einzuweihen?« Hinter seinem Rücken holte er einen Sixpack Bier hervor. Typisch Georg.

»Nein, ich …« Verdammt, es war so viel passiert, dass sie es vergessen hatte. »Kommt rein, wir freuen uns.« Auf einen Schlenker ihrer Hand flogen eine Kanne Kaffee und ein Tablett mit Tassen, Milch und Zucker hinter ihnen her auf die Terrasse, während das Bier im Kühlschrank landete.

Violett begrüßte Melinda und Emma stürmte überglücklich auf den breitgebauten Polizisten zu, den sie von Anfang an in ihr Herz geschlossen hatte. »Georg!« Übermütig warf er sie in die Luft und Emma quiekte. Derart aufgeregt verhielt sie sich nur mit ihm. Womöglich färbte seine unbekümmerte, lockere Art auf sie ab.

Tom beobachtete die beiden, als würde er wie vor fünf Jahren ein leichtes Misstrauen gegenüber Georg hegen. Vermutlich war es reine Gewohnheit. Er war sein Leben lang voller Angst gewesen, entdeckt zu werden, und hatte jederzeit einen Angriff erwartet, eine Falle, einen Hinterhalt. Es war nur natürlich, dass es dauerte, bis er Vertrauen aufbaute – und bis er einen anderen Platz einnahm als den, auf dem er mit dem Rücken zur Wand saß. Höchstwahrscheinlich würde er sein Leben lang jeden mit Argusaugen beobachten, insbesondere diejenigen, die seine Tochter durch die Luft wirbelten. Erst als Georg Emma wieder hinunterließ und die Kleine von Violett geherzt wurde, entspannte er ein wenig.

Mayla wollte unter allen Umständen verhindern, dass das heikle Hochzeitsthema in noch größerer Runde besprochen wurde. Möglichst unbekümmert schwenkte sie ihre Hand, worauf die Kanne in die Tassen den Kaffee eingoss und sich alle um den runden Gartentisch niederließen. Die Lehnstühle wurden gerückt, bis jeder nach seiner Tasse Kaffee langte und entspannte. Karli kam angesprungen und strich schnurrend um Maylas Beine. Wollte er ihr helfen, ruhig zu bleiben?

Nebenbei streichelte sie ihm über das Köpfchen und blickte möglichst unbekümmert in die Runde, bis ihr Blick an Georg haften blieb, der seine Tasse an die Lippen führte. Er sah gut aus, erholt, zufrieden. Die bevorstehende Hochzeit schien ihn ebenso fröhlich zu stimmen wie Violett.»Was macht die Arbeit auf dem Revier?«

Er winkte ab.»Später. Wie mir ein rothaariges Vögelchen zugeflüstert hat, habt ihr viel spannendere Neuigkeiten.« Georg schaute von Mayla zu Tom. Er verkrampfte ein wenig, wenn er Tom ansah.»Ihr heiratet?«

Mayla rollte mit den Augen. Verdammt. Konnte Violett nicht ein einziges Mal den Mund halten?»Wir haben bislang nicht in Ruhe darüber geredet.«

Georg verstand den Wink und wies auf die Aussicht.»Ein schönes Plätzchen habt ihr, nur verdammt still für eine Großstadtnudel, oder?« Er zwinkerte Mayla zu.

Erleichtert über den Themenwechsel atmete sie auf. Konnte es einen besseren Freund geben?»Ich habe mich auf Lesbos daran gewöhnt. Auch wenn ich Ausflüge in die Stadt liebe, vor allem den Trubel und die Menschenmassen, ist es für Emma in einem Haus mit Garten viel einfacher. Sie hat Freiheiten, die ich ihr sonst nicht bieten kann.«

Das Gespräch wandte sich unverfänglicheren Themen zu und Mayla war dankbar, dass keiner der anderen darauf bestand, über die vermeintliche Hochzeit zu reden. Emma wuselte zwischen ihnen herum und stibitzte sich sämtliche Haselnusspralinen aus der Schachtel – ihre liebste Sorte. Sie kicherte über Georgs Witze und kuschelte sich auf Toms Schoß, der sich am wenigsten an der Unterhaltung beteiligte.

Mayla warf ihm nachdenkliche Blicke zu. Er war immer recht einsilbig in Gesellschaft, nicht der wortgewandte Typ wie Georg, dennoch war er stiller als gewöhnlich und schien mit seinen Gedanken nicht immer bei der Sache zu sein. Kein Wunder, heute war viel geschehen. Nachher würden sie hoffentlich eine ruhige Minute finden und endlich darüber reden, wie es mit ihnen weiterging. Zumindest hoffte sie, dass das der einzige Grund war und ihm nicht noch andere Dinge auf der Seele lasteten.

Bis zu ihrem Gespräch unter vier Augen wollte Mayla das Treffen mit ihrer Oma und ihren Freunden genießen, denen es völlig egal zu sein schien, dass Tom ein von Eisenfels war. Doch leider wurde daraus nichts, denn sobald Emma sich wieder den Kräutern zuwandte und die Erwachsenen unter sich waren, beugte sich Georg vor und legte die Unterarme auf den Tisch. Seine ausgelassene Miene verschwand, während er sie der Reihe nach ansah.

»Ich muss euch etwas erzählen.«

Kapitel 6

Hellhörig beugten sie sich näher und Georg senkte die Stimme. Zwar konnte sie niemand belauschen, doch Emma sollte offenbar nicht hören, was er zu sagen hatte. »Es geht wieder los.«

Obwohl Mayla nicht wusste, was er meinte, beschleunigte sich ihr Herzschlag. Eine leise Ahnung schlich sich in ihre Gedanken und ließ sie frösteln. Am liebsten hätte sie sich die Ohren zugehalten. Gab es nicht schon genug Probleme für einen Tag? Natürlich tat sie es nicht, rutschte auf ihrem Stuhl nach vorne und sah ihn gespannt an. »Was geht wieder los?«

Tom rührte sich kaum, seine Anspannung war greifbar. »Die Jäger?«

Georg nickte, worauf selbst Melinda sich vorbeugte. »Was ist geschehen?«

Mit einem Blick über die Schulter vergewisserte sich Georg, dass Emma außer Hörweite war.

»Phylis war bei uns.«

»Die Oberhexe des Erdzirkels?« Violett schien überrascht. Hatte er ihr noch nichts erzählt? Stirnrunzelnd stellte sie ihre Tasse auf den Tisch. »Wieso?«

»Um einen Diebstahl zu melden.« Georg sah sie der Reihe nach an. »Der Erdstein wurde gestohlen.«

Auch wenn Mayla in den letzten Jahren kaum mit der magischen Welt in Berührung gekommen war, konnte sie sich gut erinnern. Jeder Zirkel besaß einen magischen Stein, ungefähr so groß wie eine Walnuss, ein Bruchstück von damals, als die alte Magie geteilt worden war. Den Feuerstein hatte Melinda als Oberhexe in ihrer Obhut und Mayla kannte das Versteck. Meinte Georg vielleicht den? »Der magische Stein des Erdzirkels?«

Er nickte.

Was hatte das zu bedeuten? Wer sollte ihn stehlen und zu welchem Zweck? Mühsam kramte Mayla in ihrem Gedächtnis, was sie zu den Steinen wusste, doch mehr fiel ihr nicht ein.

Melindas Miene verhärtete sich. »Wann wurde er gestohlen?«

»Heute Vormittag.«

»Was?« Violetts Augen weiteten sich. »Wer war es?«

Georg hob fragend die Hände, bevor er sich durch das kupferrote Haar raufte. »Phylis hat niemanden gesehen. Sie war bei der Ratssitzung und als sie heimgekommen ist, wusste sie anhand ihres Schutzzaubers sofort, dass jemand eingebrochen war. Nach kurzer Zeit hat sie erkannt, was fehlt, und mich umgehend informiert.«

Violett strich sich über die Arme, die mit Gänsehaut überzogen waren. »Das muss jemand Mächtiges gewesen sein, wenn er Phylis' Schutzzauber durchbrechen konnte.«

Melinda ballte die Hände zu Fäusten. »Pünktlich zu eurer Rückkehr. Ob das ein Zufall ist?«

Mayla suchte Toms Hand, die er ihr trotz der Anwesenheit der anderen nicht verwehrte. Ihr Herz schlug unruhig. Hatte ihre Oma recht? Hatte es mit ihrer Rückkehr zu tun? »Was haben die Jäger vor?«

Georg zuckte mit den breiten Schultern. Auf seiner Stirn vertiefte sich eine Falte, die neu war. »Das gilt es herauszufinden.«

Violetts Armreife klimperten, so aufgeregt fuchtelte sie mit den Händen durch die Luft. »Es hat mit der alten Magie zu tun. Sie wollen einen Weg finden, sie zu nutzen.«

Tom schüttelte den Kopf. »Sie kennen den Weg bereits.«

Überrascht sah Mayla ihn an. »Woher willst du das wissen?«

Er wich ihrem Blick aus. »So ein Gefühl …«

Mayla wollte nachfragen, was er damit meinte. Hatte er eine Beobachtung gemacht, wodurch diese Befürchtung entstanden war? Melinda durchbrach ihre Gedanken mit einer Vermutung, die ihre Unruhe befeuerte.

»Sie haben ihn heute morgen gestohlen, damit Tom als Verdächtiger infrage kommt.«

»Was? Oma!« Empört sah Mayla die alte Frau an.

»Nicht ich verdächtige ihn, das musst du doch mittlerweile wissen. Aber er hat kein Alibi. Oder, Tom?«

Alle Augen richteten sich auf ihn. Maylas Herzschlag beschleunigte sich mehr und mehr, während sie ihn abwartend ansah. Bitte, hab ein Alibi. Doch zu ihrem Entsetzen schüttelte er langsam den Kopf.

»Sobald ich den Feuerzirkel verlassen habe, hat mich für Stunden niemand gesehen.«

Alarmiert sahen sie einander an, während Melinda in die Hände klatschte, als wäre das ein Grund zum Feiern. »Dacht ich's mir.« Sie erhob sich, wobei ihr langer Rock um ihre Beine schwang.

»Wo willst du hin, Oma?«

»Versuchen, die Dinge, die nun ins Rollen kommen, zu durchschauen, bevor wir unter ihnen begraben liegen.« Mit einem letzten Gruß umfasste sie ihren Amulettschlüssel und zurück von ihr blieb nichts als ein feines Glitzern.

Niemand wunderte sich über Melindas schnellen Abgang. Sie war schon immer eine Frau der Tat gewesen, die rasche Entscheidungen traf und kurzentschlossen reagierte. Und zugegebenermaßen beruhigte es Mayla, dass ihre Oma sich sofort daran machte, eine Lösung zu finden.

Emma widmete sich voller Hingabe ihren Kräutern, weshalb sich die Freunde näher beugten, um sich in Ruhe zu besprechen.

»Was wird nun passieren?«, wollte Violett wissen.

»Wir müssen den Jägern auf die Schliche kommen.« Auf einen Wink von Georgs Zauberstab flog eines der Biere aus dem Kühlschrank in seine Hand und ploppte auf. Er nahm einen tiefen Schluck, während Mayla unruhig durch den Garten spähte. Auch wenn sie theoretisch wusste, dass sie in dieser Weltenfalte sicher waren, blieb sie wachsam.

»Sind denn noch viele Jäger auf der Flucht?« Seit Jahren hatte sie sich nur beiläufig mit dem Thema beschäftigt. Unbekümmert hatte sie es genossen, Emma aufwachsen zu sehen und viel Zeit mit Tom zu verbringen. Es war kein Platz gewesen für Sorgen, die völlig unbegründet schienen. Die anderen kümmerten sich um die Jäger, was Mayla niemals gestört hatte. Sie brauchte nicht in vorderster Reihe zu stehen und die letzten Mitstreiter von Vincent und Bertha zu überführen. Das konnte getrost die Polizei übernehmen.

Nachdem Tom erwacht und wieder bei Kräften gewesen war, hatte er Georg zu verschiedenen Unterschlupfen seiner Familie geführt und seinen Teil dazu beigetragen, den verbotenen Metallzirkel zu zerschlagen. Auf diese Weise hatten sie einige Jäger auffinden können, die Gefängnisse waren voll. Bloß wie viele befanden sich immer noch auf freiem Fuß?

Georg wiegte mit dem Kopf hin und her. »Wenige sind es nicht. Wir haben keine Listen, aber einige Gefangene haben uns Namen verraten, von denen wir nicht alle ausfindig gemacht haben. Das Problem ist, dass sie alle die vereinte Magie in sich tragen und deshalb unberechenbar sind.«

»Glücklicherweise können sie sie nicht zum Angreifen nutzen, sonst sterben sie wie Vincent und Bertha.« Nachdenklich tippte Violett sich ans Kinn. »Höchstens zum Einbrechen, um starke Schutzzauber zu überwinden.«

Mayla stimmte ihr zu. »Das würde erklären, wie sie Phylis' Schutzzauber brechen konnten.«

Tom räusperte sich und vermied es, ihnen in die Augen zu sehen. »Außer sie haben in der Bibliothek meiner Vorfahren Antworten bekommen.« Er schaute hinüber zu Emma, die mit den Kräutern sprach. Mayla folgte seinem Blick. Hatte er Angst um sie?

»Zum Glück hast du den Schutz um unsere Weltenfalte gelegt. Das müsste sie abhalten, oder?«

Tom nickte langsam, während aller Augen auf Emma ruhten. Georg und Violett wussten bislang nicht, dass sie die vereinte Magie in sich trug, aber Sorgen machten sie sich offenbar trotzdem um die letzte weibliche Nachfahrin der

Familie von Eisenfels – obwohl sie als Maylas Tochter in der Hexenwelt durch und durch als eine von Flammenstein galt.

Die Sorgen der anderen waren derart greifbar, dass sie sich auf Mayla übertrug. Unruhig knetete sie ihre Hände im Schoß. »Wir sollten Emma vorerst nicht mehr in den Kindergarten schicken.«

Die drei lachten auf und die Anspannung löste sich. Georg zwinkerte ihr zu. »Die Ausrede zieht nicht, Mayla.« Fragend sah er zu Tom. »Und? Hat sie heute morgen in den Büschen gehockt, wie ich es vermutet habe?«

Toms Mundwinkel zuckten, doch er verriet sie nicht. Allerdings zog Georg auch so die richtigen Schlüsse. Laut lachte er auf. Mayla lachte mit und stupste ihn scherzhaft in die Seite. »Pass nur auf, wenn du Kinder hast. Du wirst dich nicht anders als ich verhalten.«

»Das wird sich bald zeigen.« Georg warf Violett einen bewundernden Blick zu, worauf Mayla aufsprang.

»Was? Du bist schwanger? Wieso hast du nichts verraten?« Erst jetzt fiel Mayla auf, wie rosig Violetts Wangen waren.

»Ich wollte es dir heute Nachmittag erzählen, nur mein Zukünftiger musste mit seiner Horrormeldung natürlich alle Aufmerksamkeit auf sich ziehen.« Scherzhaft zwinkerte sie ihm zu.

Das stimmte. Seit sie zurückgekehrt waren, überstürzten sich die Ereignisse – schlimmer, als Mayla es befürchtet hatte. Wenigstens gab es endlich auch ein paar gute Neuigkeiten. Was stimmte schließlich hoffnungsvoller als der Beginn eines neuen Lebens?

∞

Als sich die Freunde am Abend verabschiedeten, fühlte sich Mayla wie erschlagen. Sobald hinter den beiden die Tür ins Schloss fiel, atmete sie erleichtert auf. Endlich waren sie unter sich. Sie freute sich auf den Abend mit Tom, auch wenn die Aussicht auf das Gespräch, das sie dringend führen mussten, schon wieder ihren Puls beschleunigte. Als hätte es nicht genügend ernste Themen an diesem Tag gegeben. Doch sie würde den Teufel tun und die Aussprache verschieben. Sie musste wissen, woran sie war, sonst tat sie heute Nacht kein Auge zu.

Dennoch klopfte ihr Herz schneller und schneller. Obwohl sie endlich die Aussprache hinter sich haben wollte, konnte sie sich nicht dazu durchringen, nach draußen und damit Tom unter die Augen zu treten. Länger als nötig räumte sie in der Küche auf, spülte per Hand das Geschirr, wischte alles gründlich sauber und polierte sogar die Herdplatte, bis Tom den Kopf zum Wohnzimmer hineinstreckte.

»Kommst du bitte kurz raus, Mayla? Emma will dir etwas zeigen.«

O Gott, es war soweit.

Fahrig fuhr sie sich durch die Frisur, glättete lose Strähnen und strich sich über den Rock. Eigentlich musste sie nicht nervös sein. Bevor Emma nicht im Bett war und schlief, würde sie das Thema ohnehin nicht anschneiden – und Tom auch nicht. Ohne länger zu zögern, ging sie nach draußen. Die Sonne stand tief und tauchte die Landschaft in einen rosafarbenen Schimmer. Lange Schatten warfen die umstehenden Bäume auf den Rhein, der mystischer wirkte als sonst. Der Tag neigte sich dem Ende zu, trotz der späten Stunde war es draußen warm und angenehm. Grillen zirpten in der Ferne. Es war der optimale Ort, um all seine Sorgen zu vergessen – wenn sie Mayla nicht wie lästige Fliegen verfolgen würden.

Entschieden schob sie die aufwühlenden Gedanken beiseite und blickte sich nach Emma um, entdeckte jedoch weder sie noch Tom. Waren sie in den Wald gelaufen? Aber Mayla hatte doch gar nicht getrödelt. »Wo seid ihr?«

»Setz dich«, erklang die hohe Stimme ihrer Tochter.

Mayla schmunzelte und ließ sich am Tisch nieder. Wahrscheinlich kam nun eine kleine Theateraufführung. Emma war ein stilles Kind, nur selten forderte sie die Aufmerksamkeit für derlei Dinge, aber wenn, dann genoss es Mayla doppelt und dreifach. Sie wollte nach der Pralinenpackung auf dem Tisch angeln, doch sie war leer. Mist. Morgen musste sie dringend Vorräte anlegen.

Vor ihr glitzerte es und unvermittelt tauchte ihre Tochter auf. Mayla setzte sich erstaunt in ihrem Stuhl auf. »Du kannst schon mit einem Amulettschlüssel springen? Ist das nicht zu gefährlich in deinem Alter?« Das war verdammt früh. Soweit sie wusste, fingen die meisten Kinder nicht vor ihrem zehnten Geburtstag damit an.

»Klar, Oma hat es mir letzte Woche beigebracht, aber das meine ich nicht. Schau!« Ihre Augen strahlten, so glücklich sah sie aus. In ihren süßen kleinen Kinderhänden hielt sie eine Pralinenpackung und streckte sie Mayla entgegen. Wann hatten Emma und Tom Zeit gehabt, Schokolade kaufen zu gehen? Und wieso in Herrgotts Namen hatte sie niemand mitgenommen?

Gerührt fuhr sich Mayla mit der Hand an die Brust. »Mein Engel. Das ist eine wundervolle Überraschung.«

»Mach sie auf, mach sie auf.« Obwohl die Augen ihrer Tochter beinahe schwarz waren, strahlten sie für Mayla heller als jeder Stern. Am liebsten hätte sie sie an sich gedrückt, doch Emma war so aufgeregt und sie wollte die Kleine nicht unnötig auf die Folter spannen – und sich selbst auch nicht, immerhin war sie ungeduldiger als ihr Töchterlein. Lächelnd öffnete sie die Schachtel und legte den Deckel auf den Tisch. Das musste eine besondere Sorte sein, denn die Schokolade war in glänzendes Papier eingeschlagen. Mit der notwendigen Feierlichkeit schlug Mayla das Einwickelpapier beiseite und wollte die Köstlichkeiten bestaunen, ihren Duft tief einsaugen, als sie mitten in der Bewegung erstarrte.

Jede Praline war einzeln ausgewählt worden, jede sorgfältig dekoriert mit Nussstückchen, Schokoladenguss und Zierperlen, aber das war es nicht, was Maylas Aufmerksamkeit auf sich zog. Die mittlere Pralinenaushöhlung war frei. Stattdessen lag darin ein Ring mit einem Turmalin, neben dem ein Diamant im Licht der späten Abendsonne funkelte. Wie gebannt starrte Mayla auf das Schmuckstück und nahm nur im Augenwinkel wahr, dass es erneut zu glitzern begann. Im nächsten Moment war Tom vor ihr. Er hockte auf einem Knie, das andere Bein hatte er aufgestellt.

Wie in Trance sah sie ihn an. »Was tust du?«

Tom entfuhr ein leises Lachen. »Das, was ich schon längst hätte tun sollen.« Zärtlich nahm er ihre Hand und sah ihr tief in die Augen. Ein Schauer rann über ihren Rücken, während er ihr sanft über den Daumenballen fuhr. »Mayla von Flammenstein, du hast mir das größte Geschenk gemacht, das ich je haben könnte. Ich liebe dich und will den Rest meines Lebens mit dir verbringen. An deiner Seite will ich die Höhen und Tiefen genießen und unsere Tochter groß werden sehen. Deshalb frage ich dich, willst du mich heiraten?«

Mayla klappte die Kinnlade hinunter. Ihre Ohren rauschten und fassungslos starrte sie Tom an. »Was?«

Emma kicherte und Tom lachte mit ihr. »Ich bin kein Experte für solche Angelegenheiten, aber normalerweise sollte die Antwort Ja oder Nein lauten, oder?«

Maylas Hände begannen zu zittern. Damit hatte sie im Leben nicht gerechnet. Hatte er sich das gut überlegt? Ziellos purzelte eine der tausenden Überlegungen über ihre Lippen. »Wenn wir heiraten, verlierst du deine vereinte Magie und kannst ausschließlich Feuermagie wirken. Du musst das nicht machen, nur weil meine Oma uns dazu nötigt, Tom. Mir ist bewusst, welches Erbe du aufgibst. Wir werden eine andere Lösung finden, damit dich die anderen akzeptieren.«

Er grinste kurz, nur für einen Augenblick, dann sah er sie mit einer Ernsthaftigkeit an, die ihr Herz in Wärme hüllte. »Ich würde niemals etwas tun, das ich nicht will. Und dich zu heiraten, Mayla, würde mich sehr glücklich machen. Du und Emma, ihr seid die Familie, die ich mir immer gewünscht habe, meine Freunde, meine Vertrauten. Ich brauche keine außergewöhnlichen Kräfte. Mir reicht die Kraft, die ich an eurer Seite tanke.«

Tränen traten Mayla in die Augen, als sie von Tom zu Emma und zu dem Ring in der Schachtel schaute.

»Und, Mami? Was sagst du?«

Unfähig, ihre Zustimmung in Worte zu fassen, nickte sie, worauf Tom den Ring aus der Pralinenschachtel nahm und ihr an den Finger steckte. Gerührt betrachtete sie ihn. Das Weißgold schimmerte. Der schwarze Turmalin besaß einen bläulichen Glanz und der Diamant setzte dem Ganzen die funkelnde Krone auf. Überglücklich fiel sie Tom in die Arme. »Ich liebe dich auch.«

Emma hüpfte aufgeregt auf und ab und klatschte in ihre kleinen Hände. »Darf ich das Blumenmädchen sein?«

Tom lachte leise und Maylas Herz wurde noch wärmer. Sie zogen Emma in ihre Mitte und umarmten sich lange. Sie liebte die beiden so sehr. Was auch immer für Schwierigkeiten vor ihnen lagen, sie würden einen Weg finden, sie zu meistern. Gemeinsam.

Kapitel 7

Am nächsten Morgen brachte Mayla ihre Tochter wieder alleine zum Kindergarten. Toms Termin am Vortag war eine Ausrede gewesen, davon war sie mittlerweile überzeugt. Er wollte nicht, dass seine Tochter durch seine Anwesenheit Probleme bekam. Glücklicherweise war die Zeit, in der die Menschen Angst vor seinem Erbe oder seinen übermäßigen Kräften haben würden, bald vorbei, wie ein Blick auf den funkelnden Stein an ihrem Ringfinger bezeugte. Sie lief den ganzen Morgen schon wie auf Wolken, wenn sie an den gestrigen Abend dachte. Und sie konnte an fast nichts anderes denken. Wer konnte es ihr verübeln? Wenn es nicht so eine große Sache wäre, hätte Mayla gemutmaßt, es wäre einer von Toms Tricks, um sie abzulenken, damit es ihr heute leichter fallen würde, ihre Tochter in die Obhut Fremder zu geben.

Schmunzelnd lief sie auf das mit Blumen und Tieren bemalte Gebäude zu und betrachtete ihre Tochter zärtlich.

Emma war angespannt. Als sie den Kindergarten betraten, setzte ihre Tochter ein Lächeln auf, das ihre Augen nicht erreichte. Sogleich legte sich ein Stein auf Maylas Brust und sie drückte ihren kleinen Schatz an sich. Am liebsten hätte sie sie wieder mit nach Hause genommen, aber ihre Kleine musste da durch. Aufmunternd tippte sie ihr an die Stupsnase. »Heute wird es besser werden, du wirst schon sehen. Denk daran, was Papi prophezeit hat.«

Emma nickte und wandte sich tapfer dem Raum zu, den Mayla nicht betreten sollte. Angesichts der verzweifelten Miene ihrer Kleinen zog sich alles in ihr zusammen. Himmel, wer hatte sich so einen Blödsinn ausgedacht, seine Kinder von Fremden beaufsichtigen zu lassen? Das Gelächter von Georg und Violett im Ohr, gab sie ihr Bestes zu entspannen. Sie atmete tief durch, drückte ihrer Tochter einen Kuss auf den Scheitel und wartete, bis Emma soweit war hineinzugehen. Doch ihre Tochter zögerte.

Sarah, die Erzieherin, kam heraus. Sie hatte die blonden Haare zu einem hohen Zopf gebunden, der fröhlich hin und her wippte, und auf ihrem schmalen Gesicht lag ein herzliches Lächeln. Sie schlug die Hände aneinander und betrachtete Emma liebevoll. »Emma, da bist du ja, wir haben uns schon so auf dich gefreut. Schau, die Kinder haben dir einen Platz im Morgenkreis freigehalten.« Mit einer Armbewegung wies sie in den Gruppenraum.

Erstaunen trat in Emmas dunkle Augen und sie linste in die Gruppe, ebenso wie Mayla. Tatsächlich. Die Kinder saßen auf einem Teppich im Kreis und ein Platz war frei zwischen einem Jungen und einem Mädchen, die Emma zu sich winkten. Wenn Mayla dachte, das schönste in dieser Woche bereits erlebt zu haben, so hatte sie sich getäuscht. Das zarte

Lächeln, das auf Emmas Gesicht erschien, war ihr persönliches Highlight. Ohne sich umzudrehen, lief ihre Tochter zu den Kindern und setzte sich zwischen sie. Lächelnd folgte Mayla ihrer Tochter mit den Augen. Am liebsten würde sie diesen Beobachtungsposten für den heutigen Tag nicht aufgeben.

Leider zog die Erzieherin sie für ein Gespräch beiseite. Sie flüsterte, sodass es die anderen Kinder nicht hören konnten. »Gestern lief es nicht so gut, aber ich habe mit den Eltern geredet. Sie waren wohl etwas in Sorge wegen des Vaters.« Mitfühlend lächelte die Erzieherin in ihre Gruppe, dabei streifte ihr Blick Maylas Hand. Erfreut schlug sie die Hände aneinander und lächelte. »Wie ich sehe, geht alles in gewohnten Bahnen, was die Eltern ausgesprochen zufrieden stimmen wird.«

Mayla nickte verkrampft, in Gedanken bei Emma, doch als sie sah, wie ihre Tochter mit ihrer Sitznachbarin kicherte, atmete sie ein wenig durch. Konnte sie wirklich gehen?

Mitfühlend strich ihr die Erzieherin über den Arm und beließ ihre Hand auf Maylas Schulter. Dabei lächelte sie wissend. »Heute wird es besser werden, Frau von Flammenstein, davon bin ich überzeugt.«

Hoffentlich. Auch wenn alles in ihr schrie, ihre Tochter wieder mitzunehmen, tat sie es nicht. Emma fühlte sich wohl und der deprimierende erste Tag schien vergessen oder zumindest in den Hintergrund gerückt zu sein.

Mit gemischten Gefühlen verließ Mayla die Einrichtung. Draußen bei den Büschen zögerte sie, dann umfasste sie den Amulettschlüssel. Sie musste Vertrauen haben. Alles würde gut werden und Emma war bereit, ein Stück weit ihr eigenes Leben zu führen. Wie schön wäre es, wenn die Kleine eine

Freundin fände. Tief seufzend warf sie einen letzten Blick zurück, bevor sie sich auf den Weg machte, alte Freunde zu besuchen.

»Perduce me in arcem.«

∞

Jahrelang war sie nicht auf Burg Donnersberg gewesen. Als sie in der kalten Empfangshalle ankam, dröhnte kein Alarmzauber los, wie es die letzten Male der Fall gewesen war. Stattdessen drangen aufgeregte Stimmen zu ihr, denen sie sogleich in den Burgsaal folgte. Es wäre ihr lieber gewesen, unter angenehmen Bedingungen zurückzukehren. Sie hatte gute Erinnerungen an die Burg und freute sich darauf vorbeizukommen. Gerne hätte sie Artus und Angelika auf einen Kaffee besucht, anstatt die aktuelle Bedrohungslage durchzugehen. Doch so durfte sie es nicht sehen. Sie musste dankbar sein, dass es wieder der alte Kreis war, der sich sofort bereiterklärt hatte, an ihrer und Toms Seite zu stehen. Am Abend war ein Nuntia-Zauber ihrer Oma eingetrudelt, in dem sie ihnen mitgeteilt hatte, dass sich heute die altbekannte Gruppe der Verstoßenen, der damalige Innere Kreis, auf Burg Donnersberg einfand, um über den Raub des magischen Steins zu reden. Natürlich sagten Tom und Mayla umgehend zu, dabei zu sein.

Der Tisch im Zentrum des Saals war nicht so groß, wie sie ihn schon erlebt hatte, obwohl sich unzählige Hexen und Hexer darum gruppierten, in eine heftige Diskussion vertieft. Sie entdeckte Anna, Nora und Susana, daneben Matthew, John, Pierre, Thomas und Markus, und natürlich Angelika, Artus, Melinda, Viclett und Tom.

Angelika und Artus von Donnersberg thronten wie eh und je am Kopfende des Tisches, als wären sie ein Königspaar aus längst vergangener Zeit. Ihre Kleidung war herrschaftlich und prächtig, Artus' roter Mantel entsprach dem Bild einer königlichen Robe und Angelikas nachtblaues Kleid hätte aus einem Historienfilm stammen können. Ihre Frisur saß tadellos und ihrer beider Haltung war der eines Königspaares würdig.

Die anderen hatten sich in den alten Gruppierungen zusammengefunden. Wie früher saßen die drei Hexen Susana, Anna und Nora eng beieinander und schienen noch immer die besten Freunde zu sein. Matthew und John, die Sportler der Gruppe, hatten sich Plätze nebeneinander gesucht, und Pierre, Thomas und Markus, die Politikerbande, ebenfalls. Ein Stich durchfuhr Mayla, als sie an die Gesichter dachte, die damals mit ihnen am Tisch gesessen hatten, die jedoch aus unterschiedlichen Gründen nicht mehr dabei waren. Sie erinnerte sich an Manuel, der im Kampf gegen die Jäger gestorben war, und an Eduardo und Marianna, die sie verraten hatten und in Wahrheit Spitzel der Jäger gewesen waren.

Mayla schüttelte die Erinnerungen ab und lief zielstrebig auf die Runde zu. Angelika erhob sich sogleich und begrüßte sie herzlich. Sie war merklich gealtert, ihr Haar war mittlerweile komplett ergraut. Ungeachtet dessen frisierte sie es in einer edlen Hochsteckfrisur, in der weiße Perlen glänzten. Ihre Wangen waren rot wie früher und um ihre Augen und ihren Mund hatten sich zusätzliche Falten gebildet.

»Es ist schön, dich wiederzusehen, Mayla.«

»Ich habe mich auch schon lange auf unser Treffen gefreut.« Nachdem sie Angelika umarmt hatte, setzte sie sich zwischen Tom und Violett, und begrüßte die übrigen Anwesenden. »Wo ist Georg?« Sie hatte erwartet ihn auf der

Burg zu treffen. Schließlich hatte er mit neuen Informationen aufwarten wollen.

Violett warf einen Blick auf die alte Uhr, die an der grauen Steinwand gegenüber stand und deren Pendel wie damals tickend hin- und herschwang. »Er ist bei Phylis, bestimmt wird er bald eintreffen. Sie gehen den Tathergang durch. Ich weiß zwar nicht, was er hofft zu entdecken, aber er hat eine unglaublich gute Spürnase. Vielleicht findet er doch noch das ein oder andere Detail, das es uns leichter macht, den Täter ausfindig zu machen.«

Unruhig wechselte Mayla einen Blick mit ihr. Sollte das eine Anspielung darauf sein, dass Tom verdächtigt wurde? »Du meinst, welcher von den Jägern der Dieb war.« Als Violett nickte, fiel Mayla ein Stein vom Herzen. Wie hatte sie ihr gegenüber nur so skeptisch sein können? Fragend sah sie ihre Freundin an. »Wie kann der Dieb das Hauptquartier des Erdzirkels überhaupt betreten? Meinst du, es war ein ehemaliger Erdhexer?«

Violett zuckte mit den Achseln und drehte eine ihrer roten Haarsträhnen um den Finger. »Phylis hatte den Stein an einem anderen Ort versteckt. Sie hielt es für sicherer. Leider haben ihn die Jäger trotzdem entdeckt.«

Unvermittelt schlug John mit der Faust auf den Tisch. Offenbar hatte er ihnen zugehört. »Wir hätten uns nicht zurücklehnen dürfen, ehe sie nicht alle aufgespürt und hinter Gitter sind.« Wie früher trug er eine Trainingshose und sah genauso muskulös aus wie damals. Er hatte sie ein paar Mal auf Lesbos besucht, da er und Georg gute Freunde geworden waren. Wenn die zwei an einem Tisch saßen, gab es immer viel zu lachen. Heute allerdings war von Johns ausgelassener Stimmung nichts zu erkennen.

Anna schnaubte und zog eine ihrer perfekt gezupften Augenbrauen in die Höhe. Sie hatte in den vergangenen Jahren nichts von ihrem starken Auftritt eingebüßt. »Es ist ja nicht so, als hätten wir Urlaub gemacht. Nora und ich haben bis zuletzt nach ihnen gesucht – und das nicht nur in den zahllosen Verstecken des Metallzirkels, die Tom uns gezeigt hat. Sie waren unauffindbar, haben sich über den Erdball verteilt und irgendwo ihre Pläne geschmiedet. Es gibt unzählige Weltenfalten, von denen wir nichts wissen und in denen sie sich verstecken können. Solange sie kein Unheil anrichten, ist es fast unmöglich, eine Spur zu ihnen zu finden.« Sie verschränkte die sportlichen Arme vor der Brust und sah John herausfordernd an.

»Daran lässt sich ohnehin nichts ändern«, schaltete sich Melinda ein. Sie gab sich ebenso gelassen wie Angelika und Artus, obwohl sie ein mehr als ernstes Thema diskutierten. Das Alter schien definitiv Vorteile zu haben. »Die Jäger sind zurück und sie verfolgen einen Plan. Meiner Meinung nach soll Tom als Sündenbock dastehen. Über die Gründe können wir nur spekulieren. Ich vermute, sie wollen ihm schaden, weil er der einzige ist, der ihnen gefährlich werden kann.«

Alle Blicke wanderten zu Tom, während er seine Hände betrachtete. »Gefährlich … von wegen. Ich kann nicht mal einen Dirumpe-Zauber anwenden, ohne zu befürchten, dass er mich zerreißt.« Der Frust war unüberhörbar. Mayla hatte die Enttäuschung schon oft an ihm bemerkt, doch nie zuvor derart heftig wahrgenommen. Er bat weder gern um Hilfe noch mochte er es, auf andere angewiesen zu sein. Mit Mayla zusammen in den letzten Jahren war es etwas anderes gewesen, bis auf Haushaltssachen und andere kleine Dinge gab es nichts Großartiges zu zaubern. Nun, da Probleme auftraten, wollte er natürlich nicht in der letzten Reihe stehen und die anderen die Kämpfe ausfechten lassen.

Sie hatte ihn einmal beobachtet, in ihrem Schlafzimmer, als er sie draußen mit Emma wähnte. Er versuchte mit eben jenem Dirumpe-Zauber ein Kissen in die Luft fliegen zu lassen. Dabei stand ihm der Schweiß auf der Stirn und er fiel auf die Knie. Erschrocken wollte sie zu ihm stürzen, als er sich bereits wieder aufraffte und das Kissen zornig gegen die Wand warf. Er konnte keine Angriffszauber wirken, ohne Gefahr zu laufen, dabei zu sterben.

Melinda winkte ab, als wäre das längst geklärt. »Sobald ihr geheiratet habt, wirst du ohne Einschränkungen Feuerzauber anwenden können, und der übernächste Vollmond ist bereits in weniger als fünf Wochen. Die Frage ist vielmehr, ob dich die Jäger beschatten. Hast du irgendetwas Auffälliges beobachtet? Oder besser gesagt, hat dich jemand beobachtet?«

Tom zuckte mit den Schultern. Er wirkte distanziert und gelassen wie sonst, von dem Frust war ihm nichts mehr anzumerken. »Es wäre entschieden auffälliger, wenn sich niemand nach mir umdrehen oder hinter vorgehaltener Hand über mich reden würde. Erst war ich bekannt als der Verbrecher Tom Carlos, heute kennen mich die Leute als Sohn von Vincent von Eisenfels. Um auf deine Frage zurückzukommen, mich beobachten jedes Mal Leute, wenn ich irgendwo auftauche. Deshalb verbringe ich ungern Zeit an Orten, wo viele Menschen sind.«

Mayla spielte mit dem herzförmigen Anhänger an ihrer Kette. Tom hatte recht, trotzdem ging sie in Gedanken die letzten Tage durch, ob ihr etwas verdächtig erschienen war, doch selbst im Nachhinein kam ihr nichts Auffälliges in den

Sinn. Niemand hatte hinter einem Zaun hervorgelugt, war ihnen gefolgt oder hatte sich anderweitig merkwürdig verhalten. »Ich habe auch niemanden gesehen. Habt ihr denn überhaupt den ein oder anderen Jäger in letzter Zeit zu Gesicht bekommen oder Nachrichten über sie erhalten?«

Anna lehnte sich in ihrem Stuhl zurück. »Nichts. Aber es war zu erwarten, dass das nicht so bleiben würde. Sollen wir vielleicht auf euren Stein aufpassen, Melinda? Bei uns vermutet ihn niemand.«

Streng blickte Melinda zu der Erdhexe. »Nein, der bleibt in unserer Obhut. Mayla und ich werden ihn beschützen.«

Und Toms Zauber ebenso, aber das musste niemand wissen. Haargenau erinnerte sich Mayla an die kleine Stelle im Reinhardswald, nahe einer Lichtung, wo sie den Stein am Fuße einer Eiche begraben hatten. Nur Melinda, sie und Tom wussten, wo er sich befand. Violett und Georg hatten auf Emma aufgepasst, während sie zu dritt in die unbekannte Falte nahe des Feuerhauptquartiers gesprungen waren. Sie befand sich nahe genug an dem Energiepunkt, auf dem das Hauptquartier lag, um Melindas, Toms und Maylas Schutzzauber zu verstärken. Hoffentlich war der Stein dort wirklich sicher. Am liebsten wäre Mayla direkt hingesprungen, um sicherzugehen, dass er sich noch in dem kleinen Holzkästchen befand, in das sie ihn hineingelegt hatten. Das ließ sie allerdings schön bleiben, denn vielleicht warteten die Jäger nur darauf, dass sie sie zu ihm führte. Und so fahrlässig würde sie bestimmt nicht handeln.

Mit dem dreifachen Schutzzauber war der Stein streng genommen unauffindbar, aber wie war es mit den anderen magischen Steinen? »Hat jemand mit Gabrielle und Andrew geredet? Sind ihre Steine in Sicherheit?«, wollte Mayla wissen. Die Oberhexe des Wasserzirkels war ihr eine gute Freundin geworden, während sie Andrew, das Oberhaupt des Luftzirkels, seit jenem Kampf gegen Vincent und Bertha nicht mehr gesehen hatte. Doch da er sich mit Cesaro, seinem Ziehvater, ausgesöhnt hatte, machte sie sich keine Sorgen um ihn.

Ihre Oma nickte. »Ich habe gestern Abend mit ihnen gesprochen, alle Steine sind in Sicherheit. Sie werden bald herkommen, ebenso wie Phylis.«

Mayla atmete erleichtert auf. Das waren gute Neuigkeiten. Solange die Jäger nur im Besitz des Erdzirkelsteins waren, konnten sie bestimmt nicht zu viel Schaden anrichten. Hoffentlich hatte der Raub keinerlei Auswirkungen auf die Erdhexen. »Was wollen sie mit den Steinen? Die alte Magie haben sie schon in sich vereint. Meint ihr, sie versuchen dadurch, die Kräfte uneingeschränkt nutzen zu können?«

Tom nickte. »Das muss der Weg sein, nach dem sie gesucht haben.«

Melinda stimmte ihm zu. »Davon müssen wir ausgehen – und das ist kein Kinkerlitzchen. Wenn sie die vereinte Magie zum Angreifen nutzen können und sie gleichzeitig über die Macht der Steine verfügen, stehen unsere Chancen schlecht, sie aufzuhalten.«

Vor fünf Jahren, als Vincent und Bertha gegen sie gekämpft hatten, war es ihr Glück gewesen, dass ihre Gegner die Steine nicht in ihrem Besitz gehabt hatten. Was genau vermochten diese kleinen Bruchstücke zu wirken, dass sie derart machtvoll waren? Mayla konnte sich nicht erinnern, etwas darüber gelesen zu haben. »Was genau hat es mit der Magie der Steine auf sich?«

Melinda massierte sich die Schläfen.

»Wir müssen mehr darüber lesen, denn die Macht der Steine ist ein Mysterium, das mit dem Wissen der alten Welt untergegangen ist. Ich habe bislang nur Mutmaßungen über ihre Bedeutung gelesen, aber das Problem ist, wenn die Jäger alle Steine haben, werden sie mit Sicherheit versuchen, sie zu vereinen. Was das für unsere Welt bedeutet, die restlichen Hexen und Hexer, können wir nicht einmal erahnen. Außerdem kann ich nicht abschätzen, welche Auswirkungen es für die Hexen des Erdzirkels hat, dass ihre Oberhexe derzeit nicht im Besitz des magischen Steins ist.«

Sie rätselten eine Weile, ohne weiterzukommen. Georg tauchte am späten Vormittag auf und beteiligte sich an den Mutmaßungen und Überlegungen, wie sie die Jäger aufspüren könnten, doch eine wirkliche Spur hatte niemand. Selbst er hatte nichts bei Phylis entdeckt, das ihnen auch nur einen kleinen Anhaltspunkt geliefert hätte. Als die Mittagsstunde näher rückte, waren sie kaum weiter als am Morgen.

Ausgelaugt erhob sich Mayla von ihrem Stuhl.

Violett drehte sich verdutzt zu ihr um. »Wo willst du hin? Phylis, Andrew und Gabrielle kommen gleich.«

Mayla zeigte auf die Standuhr, an deren stetes Ticken sie sich gewöhnt hatten, weshalb sie es kaum wahrnahmen. »Es ist Zeit, Emma abzuholen.«

»Ist es schon so spät?« Violett warf einen Blick auf das große Ziffernblatt und schlug eine Hand an die Wange. »Gleich zwölf? Wahnsinn, wie die Zeit verfliegt. Kommst du mit ihr wieder her?«

Mayla zögerte, dann schüttelte sie den Kopf. »Ich glaube nicht, dass das die geeignete Unterhaltung für eine Vierjährige ist. Wir werden heimgehen, oder was meinst du, Tom?« Fragend sah sie Tom an, der ihr zunickte, sich erhob und ihr eine Hand auf die Schulter legte. Allein diese Geste schenkte Mayla das Vertrauen, dass sie sich keine Sorgen zu machen brauchte, solange sie drei nur zusammen waren. Mit leichterem Herzen verabschiedete sie sich von den anderen und Tom begleitete sie in die Halle.

»Wie lief es heute morgen?«

»Viel besser.« Sogleich strahlte Mayla und erzählte ihm, wie die Kinder Emma empfangen hatten. Als sie erwähnte, dass die Nachricht ihrer Verlobung bei der Erzieherin und somit wahrscheinlich auch bei den Eltern angekommen war, lächelte er versonnen.

»Dann lass uns Emma gemeinsam abholen.«

Überrascht sah Mayla ihn an.

»Du begleitest mich?«

Als hätte niemals etwas anderes zur Debatte gestanden, nickte er. »Schließlich will ich im Laufe der Kindergartenzeit keine ihrer Aufführungen verpassen. Die Leute müssen sich an uns gewöhnen, oder besser gesagt an mich.«

»Das werden sie.« Erleichtert drückte Mayla seine Hand. Wenn er sich öffnete und den Menschen zeigte, was für ein wundervoller Mann er war, würden sie einsehen, dass er keine Gefahr darstellte. Es fühlte sich an, als rollten riesige Steinbrocken von ihrem Herzen, während sie ihn glücklich anstrahlte.

Trotz der erfolglosen Besprechung sprang Mayla mit Hoffnung in dem Herzen zum Kindergarten. Tom blieb an ihrer Seite, zum ersten Mal, wenn das kein Grund war, optimistisch zu sein! Als sie sich gemeinsam nahe des Kindergartens materialisierten und Hand in Hand durch den Wald zu der Einrichtung schlenderten, fühlten sich Maylas Schritte leicht an. Beschwingt und frei, voller Zuversicht.

Ein paar andere Eltern holten ebenfalls ihre Kinder ab und hielten in ihren Bewegungen inne, als sie zwischen der Baumgrenze hervortraten und auf die Einrichtung zusteuerten. Unsichere Blicke verfolgten jeden ihrer Schritte, während Tom an Maylas Hand zu dem angrenzenden Spielplatz schlenderte, auf dem die Kinder ausgelassen tobten. Sie ignorierten die forschen Seitenblicke und suchten stattdessen nach ihrer Tochter. Endlich entdeckten sie Emma auf der Schaukel. Keine Kinder standen um sie herum oder schaukelten mit ihr, dennoch schien Emma vergnügt. Erleichtert atmete Mayla auf.

Als Emma sie bemerkte, stoppte sie mit den Füßen, hopste von der Schaukel und rannte auf sie zu. »Mami, Papi!« Überschwänglich sprang sie Tom in die Arme, der sie leise lachend hochhob und auf die Schultern setzte. Ein paar Mütter tuschelten und einzelne lächelten Mayla sogar zu. Freudig strahlte Mayla zurück. Es würde klappen. Die Leute mussten einfach mit eigenen Augen sehen, was für ein wundervoller Vater Tom war und damit würden sie alle den Schrecken vor ihm verlieren – und damit auch ihre Kinder vor Emma.

Kapitel 8

Heute plapperte Emma wesentlich fröhlicher in der Küche, während Mayla neben ihr das Mittagessen vorbereitete. Zwar waren die Kinder offenbar wie am vorherigen Tag zurückhaltend gewesen, doch mit einem Mädchen hatte sie ein paar Blumen gepflückt und keines der Kinder hatte sie ängstlich angesehen. Außerdem war sie im Sitzkreis aufgenommen worden und auch beim Frühstück hatte niemand den Platz gewechselt, als sich Emma dazugesetzt hatte. Erleichtert ließ Mayla die Lasagne auf den Terrassentisch fliegen und fühlte ihr Herz vor Glück anschwellen, während ihre Tochter länger erzählte als üblich.

»Luna war ganz überrascht, dass ich so viele Pflanzen kenne. Ich sollte auf jede zeigen, deren Name ich wusste, und ihn ihr verraten. Mika kam dazu und hat auch zugehört. Und beide hatten keine Angst vor mir.«

Tom verteilte das Besteck und strich anschließend seiner Kleinen über die dunklen Locken. »Siehst du, es war nur eine

Frage der Zeit. Du bist ein tolles Mädchen und das erkennen sie mit jedem Tag mehr. Wenn ich im Kindergarten und ein Kind wäre, würde ich auf jeden Fall mit dir befreundet sein wollen.«

Emmas dunklen Augen strahlten. »Ja? Und du Mami? Würdest du auch meine Freundin sein wollen?«

Mayla betrachtete sie zärtlich. »Unbedingt, mein Stern.«

Selbst während des Essens hörte Emma nicht auf zu erzählen und aß ihre Portion nebenbei bis auf den letzten Krümel auf. War das nicht ein gutes Zeichen dafür, dass es ihrer Seele besser ging? Vergnügt hüpfte sie anschließend von ihrem Platz und widmete sich dem Kräutergarten.

Satt und mit geschlossenen Augen lehnte sich Mayla in ihrem Stuhl zurück und genoss den späten Mittag, während Tom das schmutzige Geschirr in die Küche fliegen ließ. Der Himmel war blau, die Sonne strahlte und Mayla war glücklich. Nur ein schokoladiger Nachtisch fehlte als Sahnetüpfelchen. Dummerweise waren die Pralinen in der Küche leer und selbst die Schachtel, in der der Verlobungsring versteckt gewesen war, hatte sie gemeinsam mit Emma gestern Abend aufgegessen. Schade, Schokolade hätte dem Nachmittag die notwendige Feierlichkeit verliehen. Aber sie wollte nicht zum Einkaufen fortspringen und Emma alleine lassen. In Gedanken überflog sie ihre Vorräte. Gab es wirklich keine einzige Praline im Haus? War sogar die Notration in ihrer Schlafzimmerkommode geplündert? Bei dem Gedanken stolperte ihr Herz.

Tom betrachtete sie, unvermittelt runzelte er die Stirn. »Was ist los mit dir?«

Mayla schirmte die Augen vor dem blendenden Tageslicht ab. »Ich sonne mich.«

»Das meine ich nicht. Wieso isst du keinen Nachtisch? Plagen dich Sorgen?«

Er kannte sie wirklich gut. Mayla winkte ab, dabei zitterten ihre Hände. »Meine Vorräte sind alle.«

Er lachte leise. »Und trotzdem entspannst du? Bist du wirklich meine Frau oder ein Double, das sie ersetzt hat?«

Lachend setzte sie sich auf. Ob sie jemals das, was in ihr vorging, vor ihm verbergen konnte? »Ich werde nachher Vorräte einkaufen gehen, aber jetzt möchte ich die Zeit mit Emma genießen. Ich bin so erleichtert, dass ihr Tag gut verlaufen ist.«

Einer seiner Mundwinkel zuckte. »Mir kannst du dein Zittern nicht verbergen. Bleib du nur bei Emma, ich besorge welche.«

Überrascht sah sie auf. »Das würdest du tun?«

»Bevor du ohnmächtig wirst und wir den lauschigen Nachmittag damit verbringen, dir einen Genesungstrank zu brauen, kauf ich meiner Zukünftigen lieber eine Schachtel Naschwerk. Rumpralinen und Vanilletrüffel?« Er erhob sich, bereit, seinen Worten Taten folgen zu lassen. Was für ein Mann!

»Und Haselnuss für Emma. Falls du in den Laden in Ulmenstadt gehst, bitte auch die mit der Zimt-Mandelfüllung. Und wenn die Edelnougat-Pralinen da sind, davon auch ein paar.«

»Kommt sofort, Liebste.« Er verneigte sich und umfasste den Amulettschlüssel. Mit dem nächsten Wimpernschlag verschwand er und hinterließ nichts als ein zartes Glitzern.

Mayla grinste. Wie ausgelassen er war. Erneut schwoll ihr Herz an vor Glück. In weniger als fünf Wochen, beim übernächsten Vollmond, würde sie diesen wundervollen Mann heiraten. Unglaublich, dass er nicht nur zugestimmt, sondern sogar die Initiative ergriffen und ihr einen Antrag gemacht hatte. Sie befühlte den Ring an ihrem Finger, dessen Diamant im Licht der Mittagssonne funkelte. Er war kühl und zugleich barg er ein Versprechen, das ihr Innerstes erwärmte. Der schwarze Turmalin daneben schimmerte bläulich und verlieh dem Schmuckstück etwas Geheimnisvolles.

Früher hätte der Gedanke, in wenigen Wochen eine Hochzeit planen zu müssen, sie schier wahnsinnig gemacht. Die Torte, das Kleid, die Location, die Blumen, die Musik, Band oder DJ ... Doch die Tatsache, dass Emma bereits geboren war und diese starke Verbindung zwischen ihnen geknüpft hatte, ließ sie entspannen. Es war genug Zeit und der Tag, so besonders er auch sein würde, konnte weder Emmas Geburt toppen noch den Moment, in dem Tom nach langer Zeit aus seinem komatösen Zustand erwacht war.

Alle negativen Gedanken schob sie beiseite und konzentrierte sich auf die schönen Dinge. Zum Glück hatten sie endlich den Schritt zurück in die Welt der Hexen gewagt. Alles würde gut werden, sie und Tom würden heiraten, Emma jede Menge Freunde finden und der Zirkel und die restlichen Leute Tom akzeptieren und seine Vergangenheit ruhen lassen. Ihnen stand eine fantastische Zeit bevor und die wollte Mayla in vollen Zügen genießen.

Kapitel 9

Mayla verbrachte den kompletten Nachmittag mit Emma im Garten und dem angrenzenden Wald. Niemals hätte sie es für möglich gehalten, so viel Zeit in der freien Natur zu verbringen, freiwillig! Seit sie jedoch eine Hexe und zudem eine Mutter war, lagen ihre Prioritäten anders.

Tom kehrte am frühen Abend mit Unmengen an Pralinen zurück, worauf sie ein kleines Picknick veranstalteten und über ihre Hochzeit redeten.

»Mami, können wir das gleiche Kleid anziehen?«

»Eine schöne Idee.« Zufrieden lehnte sich Mayla gegen Toms Schulter, der ihr die Haare zur Seite strich und sie auf den Hals küsste, worauf sich Gänsehaut an der Stelle bildete.

»Und wir tragen einen Blumenkranz aus pinken Margeriten. Das wird toll«, fuhr Emma munter fort.

Sie lachten über die ungewohnte Überschwänglichkeit ihrer Tochter. Der heutige Kindergartentag musste ihr gut getan haben. Sie überließen Emma die Planung und Mayla nickte freudig bei all ihren Einfällen, nur die Pfefferminz- und Brennnesseldrinks für die Gäste lehnte sie ab.

»Aber Uromi bekommt einen, okay Mami?«

»Ja, für Omi können wir einen machen.«

Außer Melinda, Violett und Georg würde niemand teil- nehmen, darin waren sie sich einig. Mayla wünschte sich, in ihrem Garten zu heiraten, mit Ausblick auf den Rhein. Tom hatte dagegen nichts einzuwenden und so war ein Großteil der Planung mit wenigen Worten abgeschlossen.

»Wer vollzieht eigentlich die Trauung?« Fragend sah Mayla über die Schulter zu Tom. Ein Pfarrer würde wohl kaum in die Weltenfalten kommen und das heilige Band zwischen Hexen besiegeln, oder?

»Es gibt Priesterinnen, die die Trauung vollziehen. Mit Sicherheit hat deine Oma längst eine ausgewählt, die mit eurer Familie verbunden ist. Üblicherweise übernimmt diese Angelegenheit die Familie der Braut.«

Interessiert blickte Mayla in die Ferne und dachte darüber nach. Das klang spannend und sie nahm sich vor, ihre Oma danach zu fragen. Bislang hatte sie mit den Priesterinnen nichts am Hut gehabt und war ihres Wissens nie einer begeg- net. Allerdings hatte sie bislang auch an keiner Hexen- hochzeit teilgenommen. Wie ein solches Ritual wohl von- statten ging? Immerhin übernahm der Mann den Zirkel der Frau. Aber die Zeit drängte nicht, diese Fragen zu beant- worten, weshalb sie dem Familienpicknick ihre volle Auf- merksamkeit widmete.

Als es am Abend an der Haustür klingelte, reagierte Mayla nicht mit Unbehagen. Wer auch immer es war, nichts und niemand konnte ihr heute die Freude trüben.

Beschwingt von dem schönen Tag und voller positiver Gedanken öffnete sie die Tür und stockte, als sowohl Melinda als auch Georg vor ihrem Haus warteten. Ein höchst ungewöhnliches Duo. Zwar standen beide stets an Maylas Seite, bloß zu zweit unterwegs waren sie normalerweise nicht.

»Was macht ihr denn hier?«

»Ist Tom da?«, fiel ihre Oma gleich mit der Tür ins Haus und stürmte an ihr vorbei ins Wohnzimmer.

»Er ist draußen bei Emma, wieso?« Stirnrunzelnd blickte sie Melinda nach und sah zu Georg, der hinter sich die Tür schloss und sie beiseite zog.

»Was habt ihr heute Nachmittag gemacht?«

Mayla zuckte mit den Schultern. »Wir sind im Garten gewesen, mit Emma. Wieso? Was ist denn los?«

Georg antwortete nicht auf ihre Frage, sondern marschierte in die Küche. Er nahm sich kein Bier aus dem Kühlschrank, wovon sie ausgegangen war, sondern umfasste sie an den Oberarmen und betrachtete sie eindringlich. »War Tom die ganze Zeit bei dir?«

Wie bitte? Was sollte diese Frage? Und warum verhielt sich Georg so merkwürdig? »Natürlich war er das. Wir haben den ganzen Nachmittag …« O je. Mayla hielt inne.

Georg bemerkte ihr Zögern. Forschend sah er sie an. »Ja?«

Tom war nicht die ganze Zeit bei ihr gewesen. Er war fortgesprungen, um Pralinen zu kaufen. Und das hatte definitiv länger gedauert als erwartet. Dennoch sträubte sich Mayla mit einem Mal, das ihrem besten Freund gegenüber zuzugeben. Wieso verhielt sich Georg, als wäre er in seinem Amt als Kriminaloberkommissar bei ihnen? Mit einem Schritt zurück befreite sie sich aus seinem Griff und verschränkte die Arme vor der Brust. »Was soll das? Was willst du von mir hören?«

Georg stieß den angehaltenen Atem aus und lehnte sich an die Arbeitsplatte. Offenbar war ihm aufgefallen, dass er sich zu fordernd verhalten hatte. Als er weitersprach, nahm seine Stimme den gewohnten freundschaftlichen Tonfall an. »Er ist im Moment da, richtig?«

Unruhig trat Mayla auf der Stelle. Es gab doch wohl keinen Grund, ihm Toms Aufenthaltsort zu verheimlichen, oder? Zumal sie es ihrer Oma eben schon in seinem Beisein gesagt hatte. »Er ist draußen. Georg, verrat mir jetzt, was los ist!«

Georg zögerte. »Ein weiterer magischer Stein wurde gestohlen.«

»Was?« Ihre Augen weiteten sich. Mit einem Mal waren ihre Zuversicht und die damit verbundene gute Laune fortgeblasen. Wie in Zeitlupe sackten seine Worte in ihr Bewusstsein. Ein zweiter magischer Stein war gestohlen worden. »Wann? Von wem?«

Nun nahm sich Georg doch ein Bier aus dem Kühlschrank. Mit einem Plopp löste sich der Kronkorken, er nahm einen tiefen Schluck und lehnte sich wieder an die Arbeitsplatte. »Gabrielle hat uns kontaktiert. Während sie heute Nachmittag auf Burg Donnersberg gewesen ist, hat jemand den Stein geklaut.«

Das konnte nicht wahr sein. Der Stein des Wasserzirkels war auch weg? Was spielten die Jäger für ein Spiel? Ihre Hände zitterten, worauf sie sie zu Fäusten ballte, eine schreckliche Ahnung wie eine Gewitterwolke über sich. »Wieso … Was hat Tom damit zu tun? Wieso fragst du ständig, wo wir gewesen sind?«

»Jemand hat ihn gesehen.«

Nein! »Das kann überhaupt nicht sein.«

Georg beobachtete jede ihrer Regungen. »Wieso nicht? Weil er wirklich den ganzen Nachmittag bei dir gewesen ist?«

Verdammt. Sie wollte ihren Freund nicht anlügen, aber Tom anschwärzen würde sie niemals. Außerdem war es ohnehin belanglos. Tom war es nicht gewesen! Davon war sie überzeugt. Also war es einerlei, ob sie ihn deckte oder nicht.

Unbemerkt war Tom zu ihnen in die Küche getreten. »Nein, ich war nicht den ganzen Nachmittag bei Mayla.«

»Tom, nicht ...«, versuchte Mayla ihn aufzuhalten, doch er hob abwehrend die Hände.

»Ich habe nichts zu verbergen. Ich war heute Nachmittag unterwegs, unter anderem habe ich Mayla Pralinen gekauft.«

»Das gibt es nicht.« Georg musterte ihn. Wollte er ihn festnehmen? Zum Verhör mit aufs Revier schleppen?

»Ich wusste es.« Polternd kam Melinda in die Küche. Verlor etwa auch sie so leicht den Glauben in Tom?

»Oma, er war es nicht.«

Melinda schnalzte mit der Zunge. »Das brauchst du mir nicht zu sagen. Ich wusste, dass er wieder kein Alibi haben würde. So ist es doch, Tom, oder?«

Tom verschränkte die Arme vor der Brust und nickte zögerlich.

Mayla fuhr sich mit den Händen an den Kopf. Wie schnell konnte ihr Glück zerbrechen? »Was geht vor sich? Was genau hat Gabrielle erzählt?«

Georg stieß sich von der Arbeitsplatte ab. »Ich brauche dringend frische Luft. Kommt, lasst uns auf die Terrasse gehen.«

Sämtliche Anspannung war aus ihm gewichen und müde strich er sich über die Augen. Ungläubig sah Mayla ihn an. »Eben klang es für mich so, als wolltest du Tom sofort Handschellen anlegen und aufs Revier zerren.«

Georg schnaubte. »Hast du noch immer nicht begriffen, dass ich nicht nur dir, sondern auch ihm vertraue?« Er warf Tom einen Blick von der Seite zu. »Auch wenn es mir nicht immer leicht fällt.«

Ein Stein fiel Mayla vom Herzen und leise Vorwürfe drängten in ihr hoch. Wie konnte sie trotz allem, was sie gemeinsam durchgemacht hatten, an ihren Freunden zweifeln? Sie schob den Gedanken beiseite und zauberte Getränke und Snacks auf den Terrassentisch, während Emma Georg um den Hals fiel. Die Aussicht auf den Rhein und das Lachen ihrer Tochter, die von Georg durchgekitzelt wurde, beruhigte Mayla ein wenig. Tief durchatmend schaute sie auf den breiten Fluss. Wie die Sonne auf dem Wasser glitzerte war derart idyllisch, dass sie sich ewig in dem Anblick verlieren konnte. Ein wenig erinnerte es sie an die Aussicht, die sie in Griechenland genossen hatten, doch das spielte gerade keine Rolle. Sie mussten eine Lösung finden, wie sie Tom aus der Schusslinie bekamen.

»Was genau hat euch Gabrielle erzählt?«, wollte Tom von den beiden wissen, sobald sie um den Tisch saßen und Emma mit ihrem Beet beschäftigt war.

Melinda kippte den Kräuterlikör hinunter, den Mayla nur für sie im Haus hatte, und begann zu erzählen. »Kurz nachdem ihr gegangen seid, ist sie auf Burg Donnersberg angekommen. Wir haben bis spät in den Nachmittag hinein geredet. Sie hat mir versichert, den Stein in einem sicheren Versteck aufzubewahren. Nachdem ich gestern Abend bei ihr gewesen bin und ihr von dem Diebstahl erzählt habe, ist sie extra noch einmal aufgebrochen und hat den Schutzzauber mit einem zusätzlichen Bann verstärkt, damit niemand in seinen Besitz gelangt.«

Georg stellte die Flasche Bier auf dem Tisch ab und tippte mit dem Finger gegen das Etikett, während er den Bericht fortführte.»Kurz nachdem sie weggesprungen ist, wollte ich mich auf den Weg zum Revier machen. Ich habe mich mit John unterhalten, weshalb ich ein paar Minuten länger geblieben bin. Gerade als ich mich aufmachen wollte, kam sie zurückgesprungen und hat geschrien, jemand habe den magischen Stein gestohlen. Daraufhin habe ich mich sofort mit ihr nach Italien begeben, ins Hauptquartier des Wasserzirkels, wo sie ihn versteckt hatte.«

»Sie hatte den Stein im Hauptquartier versteckt?« Mayla sah von Georg zu Melinda. Die Sache war eindeutig.»Dann kann nur ein Wasserhexer ihn gestohlen haben – oder jemand, der die alte Magie in sich vereint hat.«

Georg nickte.»Ich habe mit ihr den geheimen Tresor untersucht, doch wie bei Phylis konnte ich keine Spuren finden. Es gab allerdings einen Zeugen, eine andere Wasserhexe, die jemand Fremdes im Hauptquartier gesehen hat. Ich hab sie sofort für eine Personenbeschreibung mit aufs Revier genommen. Schnell kam heraus, dass wir nichts zu zeichnen brauchten, weil sie den Fremden auf einem Foto erkannte – ein altes Fahndungsfoto, das, wie ich zu meiner Schande gestehen muss, immer noch im Revier an der Pinnwand hängt.«

Tom verengte die grünen Augen zu Schlitzen.»Lass mich raten. Es war eine der bildschönen Zeichnungen, die ihr von mir angefertigt habt.«

»Ganz genau.« Nachdrücklich wandte sich Georg an Tom. »Jemand wusste, wann du kein Alibi haben würdest, zum zweiten Mal. Das müssen wir ernst nehmen, denn dieser jemand scheint euch zu beobachten. Anders kann ich mir das nicht erklären.«

»Wie bitte?« Mayla sah sofort zu Emma, die über die Blätter eines Pfefferminzhalmes strich. War ihre Tochter überhaupt sicher in dieser Weltenfalte?

Melinda beugte sich vor, die Stimme leiser als gewöhnlich. »Ich stimme Georg zu. Irgendjemand bespitzelt euch.«

Sämtliche Farbe wich Mayla aus dem Gesicht. Sie krampfte die Hände um ihre Knie, um ihr Zittern zu verbergen. »Die Jäger?«

Fragend zog Melinda die Schultern hoch. »Ich wüsste nicht, wer sonst die Steine stehlen sollte. Wann hast du entschieden, Pralinen kaufen zu gehen, Tom? Hast du es irgendwann in der Öffentlichkeit erwähnt?«

Mayla sah Tom fragend an. Hatte er es womöglich geplant und auf Burg Donnersberg oder sonst wo entgegen seiner Art erzählt? Doch er schüttelte den Kopf. »Nein, es hat sich spontan ergeben.«

»Dann muss dich jemand dabei beobachtet und die Gunst der Stunde genutzt haben«, schlussfolgerte Melinda.

Georg fuhr sich durch den kurzen Bart. »Jemand will dir das mit den Steinen anhängen. Die Frage ist nur, warum?«

Tief atmete Mayla durch. Wer hatte etwas gegen Tom? Die Jäger, weil er geholfen hatte Bertha und Vincent aufzuhalten? Wollten sie ihm deswegen sein Glück madig machen? »Vielleicht, weil sie nicht wollen, dass die Menschen Tom vertrauen und er im Feuerzirkel aufgenommen wird.«

»Das denke ich auch.« Georg nahm einen Schluck Bier, dann betrachtete er das Grundstück. »Tom, was für einen Schutzzauber hast du um euer Haus gelegt?«

»Es ist ein Metallzauber, unterstützt mit der alten Magie.« Melinda strich sich eine ihrer weißen Locken aus der Stirn. »Und ich habe zusammen mit Mayla einen Feuerzauber schützend über das Grundstück gelegt. Ich kann mir nicht vorstellen, dass irgendjemand in der Lage ist, diesen Bann aufzubrechen.«

»Das hoffe ich.« Nachdenklich strich Georg mit dem Daumen über die Bierflasche. »Das Problem ist, dass nicht alle Polizisten dir vertrauen, Tom. Um genau zu sein, sind es die wenigsten. Sie sind ebenso skeptisch wie die Feuerhexen, dass du ein friedfertiges Mitglied unserer Gemeinschaft sein willst. Und sie haben mitbekommen, dass jemand behauptet, dich bei dem Raub des magischen Steins gesehen zu haben.«

Mayla spürte die Bedrohung, als würde sie an ihre Haustür klopfen – würden das die Polizisten gleich machen? Ein drückender Schmerz zog sich ihren Nacken hinauf und fuhr ihr bis in die Stirn. Massierend strich sie sich über den Hinterkopf, bevor sich die Kopfschmerzen festsetzen konnten. »Was willst du damit sagen, Georg? Dass sie demnächst bei uns auftauchen, um ihn festzunehmen?«

Georg sah sie unverwandt an. »Deshalb habe ich nach dem Schutz gefragt – nicht wegen der Jäger. Ich habe gesagt, ich übernehme das Verhör mit dir, doch ich weiß nicht, wie lange sich die Kollegen damit zufriedengeben. Es ist kein Geheimnis, dass ich mit euch befreundet bin.«

Automatisch fuhr Mayla mit der Linken in die Pralinenschachtel. Ihr Puls raste. Sie brauchte dringend eine Beruhigung, bevor sich die Vorstellung von sie jagenden Polizisten in ihr Gehirn brennen konnte. Schon sah sie sich wieder mit Tom auf der Flucht, nur dass sie diesmal auch Emma mit dabei haben würden. Wie konnte sie ihre Kleine vor einer derartigen Gefahr bewahren?

Georg bemerkte ihre Anspannung und tätschelte kurz ihre Hand. »Ein paar Tage werde ich die Verkündung eines Haftbefehls hinauszögern können. Aber bis dahin brauchen wir einen Plan.«

Melinda nahm ihre andere Hand. »Und ich bin auch noch da, Mayla. Mach dir keine Sorgen. Wir werden den Besen schon schaukeln.«

Dankbar lächelte Mayla die beiden an und deutete mit dem Kopf in Emmas Richtung. »Meine hauptsächliche Sorge gilt unserer Tochter. Was, wenn ihr jemand etwas antut? Ich will nicht, dass sie in die Schusslinie gerät.«

Alle Augen wanderten zu der Kleinen, die völlig selbstvergessen die Schiefersteine um das frisch angelegte Beet drapierte.

Melinda winkte ab. »Belaste dich nicht mit Dingen, die noch nicht geschehen sind und womöglich niemals passieren werden. Wir wenden die Gefahr ab und in knapp fünf Wochen feiern wir eure Hochzeit. Du wirst schon sehen, Mayla.«

Tom sagte nichts dazu. Sein Blick ruhte nach wie vor auf seiner Tochter und Mayla biss sich auf die Zunge, dass sie ihre Sorge vor ihm ausgesprochen hatte. Seinem Gesichtsausdruck nach zu urteilen machte er sich Vorwürfe. Er gab sich selbst die Schuld, war sie doch seinetwegen in Gefahr.

Sogleich straffte Mayla die Schultern, um Stärke und Zuversicht auszustrahlen. Sie durfte ihn mit ihrer Unsicherheit nicht zusätzlich belasten. Sie waren stark, beide

Mitglieder von Gründerfamilien und hatten tolle Freunde, ja, sogar die mächtigste Hexe dieser Zeit an ihrer Seite. Irgendwie würden sie auch dieses Kapitel ihres Lebens überstehen. An diesen Gedanken hielt sich Mayla ebenso fest wie an der Praline. Die Praline, die in ihrer zittrigen Hand lag und deren Mandelsplitter aus der Schokoladenummantelung herausragten wie Klingen, die durch den Schutzschild schnitten, der ihr persönliches Glück behütete.

Kapitel 10

Sobald Emma an diesem Abend im Bett lag, zog Mayla Tom nach draußen, um in Ruhe mit ihm zu reden. Die Sonne war kaum mehr zu sehen, doch der Horizont leuchtete und hielt die Dunkelheit der Nacht noch für eine kleine Weile fern.

Jeder mit einem Glas Rotwein in der Hand setzten sie sich auf die Terrasse und genossen den Ausblick, bevor Mayla die Bombe platzen ließ. Sie hatte sich viele Gedanken gemacht und einen Entschluss gefasst. Sie hatte eine Idee, eine gute Idee, wie sie fand. Nur Tom musste noch zustimmen.

»Ich habe mir überlegt, wie wir die Pläne der Jäger durchkreuzen können.«

Er setzte das Glas ab und sah sie aufmerksam an. Unter seinem Blick rann ein Schauer über ihren Körper und am liebsten hätte sie ihn an sich gezogen. Doch zuvor musste sie mit ihm reden.

»Die Pläne, die wir nicht kennen?«

»Genau.«

Er schmunzelte, doch davon ließ sie sich nicht beirren. Entschlossen fuhr sie fort.

»Wir kennen sie zwar nicht, aber es deutet alles darauf hin, dass sie verhindern wollen, dass du ein Teil der Gemeinschaft wirst. Vielleicht sogar im speziellen, dass du im Feuerzirkel ein neues Zuhause findest. Ich denke, sie wollen die Hochzeit verhindern.«

Tom umfasste ihre Hand und strich sachte über ihr Handgelenk, worauf es zwischen ihren Schulterblättern kribbelte. »Das werden wir nicht zulassen.«

»Das sehe ich auch so und deshalb habe ich mir folgendes überlegt: Wir heiraten heimlich schon am Samstag.«

»In vier Tagen?«

»Niemand rechnet damit.«

Tom sah sie ungläubig an. »Du willst am Samstag heimlich heiraten? Wozu die Eile?«

»Samstag ist Vollmond. Ich denke, meine Oma wollte uns nicht völlig überrumpeln, weshalb sie den übernächsten Vollmond vorgeschlagen hat.« Vorgeschlagen war eine nette Umschreibung für das, was ihre Oma getan hatte, doch um dieses Detail ging es gerade nicht.

Tom schwieg und Mayla nutzte die Gelegenheit, um ihn von ihrem Plan zu überzeugen. »Vier Wochen weniger, in denen sie versuchen können, uns Knüppel zwischen die Beine zu schmeißen. Tom, sie wollen die Hochzeit verhindern, bestimmt. Wenn wir sie heimlich vorziehen, gibt es für sie keinen Grund mehr, dich in ihre Machenschaften mit hineinzuziehen. Sobald sich die Feuermagie über deine anderen Kräfte legt, kann dich zumindest niemand angeblich dabei beobachten, wie du den magischen Stein des Luftzirkels stiehlst. Du kannst das Hauptquartier des Luftzirkels nämlich nicht mehr betreten, nur noch unseres, verstehst du?«

Sein Blick blieb verschlossen, nichts deutete an, wie er über die Sache dachte. Die Zeit zog sich ins Unendliche. Schon wollte Mayla weiterreden, als er endlich antwortete. »Ich könnte trotzdem den Stein des Feuerzirkels entwenden.«

Mayla winkte ab. »Das könntest du jetzt schon. Da nur Melinda, du und ich wissen, wo er ist, kann zumindest niemand behaupten dich gesehen zu haben, wie du ihn stiehlst. Außerdem bleiben wir die nächsten Tage Seite an Seite, machen alles gemeinsam, damit du zu jeder Zeit ein Alibi hast. Was sagst du? Nur wir zwei und Emma. Es würde perfekt passen. Wir verraten es niemandem, nur die Priesterin fragen wir, ob sie am Samstag Zeit hat. Dann können die Jäger zumindest nicht mehr deine Aufnahme in den Feuerzirkel verhindern.«

Tom sah sie prüfend an. »Ohne deine Freunde und deine Oma? Willst du ihnen nicht wenigstens heimlich Bescheid sagen?«

Mayla atmete tief durch. Sie vertraute den dreien, keine Frage, trotzdem durfte möglichst niemand von dem Plan erfahren. Welche Möglichkeit auch immer die Jäger hatten, sie abzuhorchen, sie mussten alle Eventualitäten in Betracht ziehen. Ein unerwarteter Spion im Feuerzirkel, vielleicht sogar auf Burg Donnersberg. »Falls wir es heimlich machen und nicht einmal Emma Bescheid sagen, kann nichts passieren. Wenn die Priesterin zusagt, können wir überlegen meine Oma einzuweihen. Oder wir laden sie gemeinsam mit Georg und Violett zu uns ein, sobald die Trauung vollzogen wurde, und erklären alles. Sie werden es verstehen, solange es nur genug Torte gibt.«

Tom lachte leise. Er betrachtete sie im Licht des Abendhimmels. Die Wärme, die dabei in seinen Augen lag, gab ihr Zuversicht. »Also Samstag.«

Mayla strahlte. »Du sagst Ja?«

Er blickte auf den Fluss, dachte einen Moment nach, dann wandte er ihr wieder das Gesicht zu. In seinen Augen lag ein Schatten, aber vielleicht bildete sie sich das nur ein. »Du hast recht, es könnte unsere Gegner aus dem Konzept bringen. Und wenn mein Erbe in die Feuerlinie übergeht, kann ich ihnen bei ihren Plänen nicht länger behilflich sein.«

Das hoffte Mayla auch. Ein Rest Zweifel verblieb, ein wenig Optimismus allerdings hatte noch niemandem geschadet. Der Schatten um Toms Augen war nicht mehr zu sehen, weshalb Mayla es auf die Dämmerung schob. Lächelnd stieß sie mit ihm an. Während das helle Klingen ihrer Gläser durch den Garten hallte, beugte sich Tom vor, um sie zu küssen. Gänsehaut schoss über ihren Körper, als er mit der Hand über ihren Nacken fuhr.

In wenigen Tagen gehörte dieser Mann zu ihr, auch offiziell.

In vier Tagen.

Vier Tage.

∞

Obwohl es Mayla schwerfiel, redete sie mit niemandem über ihren geheimen Plan. Am Freitag wollten sie mit der Priesterin sprechen, deren Namen Mayla noch irgendwie unauffällig von ihrer Oma beschaffen musste. Sie entschieden sich dagegen, sie direkt heute zu kontaktieren, damit ihr

Plan nicht durchsickern konnte. Außer der Priesterin würden sie keinen informierten. Ein wenig aufgeregt war Mayla schon, aber das war wohl kaum auffällig. Sie war ohnehin nicht für ihre ruhige Art bekannt und dass sie bald heiratete, wusste ohnehin jeder.

Wie an den vergangenen beiden Tagen brachte Mayla Emma in den Kindergarten – mit einem Unterschied. Heute war Tom an ihrer Seite. Auch das war nicht übermäßig auffällig, hatte er Emma doch bereits am Vortag mit abgeholt. Außerdem würden sie bis Samstag wirklich jede freie Minute gemeinsam verbringen, damit die Jäger Tom keinen weiteren Diebstahl unterstellen konnten.

Nachdem sie ihre Tochter, die es kaum abwarten konnte in die Gruppe zu stürmen, abgegeben und mit der Erzieherin ein paar kurze Worte gewechselt hatten, verbrachten sie den Vormittag zusammen in Ulmenstadt, um in aller Öffentlichkeit bei einem Stadtbummel ihre Zeit zu vertrödeln. Wer auch immer sie beobachtete, rechnete niemals damit, dass sie die Hochzeit vorgeschoben hatten und in wenigen Tagen alles planen mussten. Außerdem hatte Tom auf diese Weise nicht nur durch Mayla ein Alibi, sondern es würde dutzende Menschen geben, die ihn an diesem Morgen gesehen hatten, fernab von den magischen Steinen des Luft- und des Feuerzirkels.

Sie schlenderten durch die Hexenstadt, kauften Pralinen in Maylas Stammkonditorei und frühstückten in einem Café mitten auf der Hauptverkehrsstraße. Wenige Meter entfernt stand ein runder Springbrunnen, dessen Plätschern sich mit dem Gemurmel der Passanten vermischte. Ein wenig angespannt war Mayla dennoch. Bei jedem Polizisten, der ihren Weg kreuzte, befürchtete sie, dass er darauf bestünde, Tom mit aufs Revier zu nehmen. Glücklicherweise wurden sie nicht mehr beachtet als an anderen Tagen, was bedeutete, dass sich gefühlt jeder zweite nach Tom umzudrehen und ihn verstohlen zu mustern schien.

Mayla ignorierte es. Sie war vollauf damit beschäftigt, nicht ständig auf die Armbanduhr zu schielen, wann sie Emma endlich abholen konnten. Stattdessen schweifte ihr Blick zu jeder öffentlichen Uhr, die in ihr Blickfeld kam. Tom schien ebenfalls angespannt zu sein. Er ließ kaum ihre Hand los und spähte unauffällig zu den Seiten. Diese ständigen Blicke gehörten jedoch derart zu seinem üblichen Verhalten, geprägt durch seine Vergangenheit, dass es auffälliger gewesen wäre, wenn er nicht nach einer Bedrohung Ausschau gehalten hätte.

Der Vormittag verging und endlich war es Zeit, Emma abzuholen. Als sie sich nahe des Kindergartens materialisierten und durch den Wald liefen, drückte Mayla Toms Hand. Es war schön, mit ihm gemeinsam zu der Tageseinrichtung zu schlendern. Sie steuerten den Eingangsbereich an, wo bereits zahlreiche Eltern nach ihren Kindern Ausschau hielten. Ein paar nervöse Blicke huschten zu ihnen, besser gesagt zu Tom, doch sogleich kam Sarah, die Erzieherin, auf sie zu, wahrscheinlich um den Eltern zu zeigen, dass sie vor ihnen nichts zu befürchten hatten.

»Was tun sie hier?« Irritiert sah Sarah sie an.

Mayla blickte nicht minder irritiert zurück. Was war das für eine seltsame Frage?

Tom neben ihr versteifte. »Wir sind hier, um Emma abzuholen.« Schon wollte er sich an ihr vorbeidrängen und zu dem angrenzenden Spielplatz laufen, als die Erzieherin zu zittern anfing. Alarmiert hielt Tom inne. »Was haben Sie?«

Alle Farbe wich aus dem Gesicht der jungen Frau, fahrig strich sie sich eine blonde Strähne hinters Ohr und blinzelte nervös. Wie ein Hase die Schlange anstarrte, stierte sie von Tom zu Mayla. »Emma … wurde schon abgeholt.«

»Was?« Wie erstarrt blieb Mayla stehen, unfähig sich zu rühren. »Das kann nicht sein. Niemand außer uns und meiner Oma ist befugt –«

»Aber sie … Emma ist fort … Sie …« Sarah blickte zitternd zu Tom. Unvermittelt zog sie den Kopf ein. »Emma hat gerufen, Sie würden sie abholen. Sie wären da und sind vorgelaufen in den Wald.«

Schockiert sah Mayla die Erzieherin an. Was redete sie für einen Blödsinn? »Nein, Tom war nicht hier, er war den ganzen Vormittag bei mir! Soll das ein bescheuerter Scherz sein? Das geht zu weit! So etwas tut niemand einer Mutter an!« Doch als Mayla das Entsetzen in Sarahs Augen erkannte und das Zittern ihrer Hände bemerkte, brauchte sie auf die Antwort nicht zu warten. Sarah meinte es ernst. »Emma ist wirklich nicht da?« Alle Kraft wich aus ihren Gliedern und sie wäre gestürzt, hätte Tom sie nicht aufgefangen. Gleichzeitig zog sich alles in ihr zusammen. Emma. Wo war sie?

»Wann wurde sie abgeholt?«, fuhr Tom die Erzieherin an, der die Tränen in die Augen schossen.

»Eben gerade. Sie ist von der Schaukel gesprungen und hat auf die Gruppe der Eltern gezeigt und gerufen, ihr Papa sei da. Kurz darauf verließ sie das Gelände und rannte in Richtung des Waldes.«

In Mayla kehrten die Kräfte zurück und sie zögerte keine Sekunde, ebenso wenig wie Tom. Gemeinsam stürzten sie den Weg entlang, auf den die Erzieherin zeigte.

Bitte, bitte, mach, dass ihr nichts passiert ist.

Wieso hatte Emma gesagt, sie würde abgeholt werden? Weshalb war sie unbegleitet von dem Gelände gelaufen? Hatte sie wirklich jemanden gesehen, der ihnen ähnlich sah? Der Tom ähnlich sah?

Mayla raste über den Waldweg, als sie einen Schrei hörte. Es war der hohe Schrei eines Kindes und sie würde ihn unter einer Million anderen sofort wiedererkennen.

»Emma!«

Tom war schneller, doch er konnte nicht angreifen. Seine Magie würde ihn zerreißen – würde er darauf Rücksicht nehmen? Sie musste unbedingt vor ihm zaubern, den Entführer stoppen, sofern es einen gab. Sie rannten weiter und entdeckten ihre Tochter auf dem Arm eines Mannes, der aus der Ferne wirklich ein wenig wie Tom aussah. Ohne zu zögern, hob Mayla die Hände und schrie: »Animo linquatur!«, worauf der große Dunkelhaarige bewusstlos zu Boden fiel. Emma landete auf dem Arm und schrie auf. Bevor sie bei ihr angelangten, riss sich Emma aus der Umklammerung des Fremden, der sie in seiner Starre noch immer umfasst hielt, und stürzte ihnen entgegen. Tom war als erstes bei ihr und zog sie an sich, hob sie hoch und umfasste sie so fest, dass nicht einmal ein Laubblatt zwischen sie gepasst hätte. Um seine Beine strich Karamella. Wo kam die Katze plötzlich her?

Mayla streichelte Emma über das Haar, küsste sie auf die Wange, dann wandte sie sich dem Fremden zu, der durch ihren Zauber reglos auf dem Waldboden lag. Zornerfüllt hob sie erneut die Hände, um ihn mit einem Zauber zu fesseln, als er sich aus der Erstarrung löste.

Entgeistert hielt Mayla inne. Wieso konnte er sich aus ihrem Bann lösen? Und das bereits wenige Minuten, nachdem sie ihn gehext hatte? Sie war eine von Flammenstein, ihre Kräfte übertrafen die der meisten anderen Hexen um ein Vielfaches! Sie holte aus und dachte:»Debilitor!«, auch wenn sie wusste, wie viel Schaden der Zauber anrichtete. Aber sie musste diesen Mann dingfest machen, durfte ihn nicht entkommen lassen. Er hatte sich ihrer Tochter genähert, sie womöglich mit einem Trick in den Wald gelockt. Dieser Mann durfte nicht auf freiem Fuß sein! Nie wieder!

Der Fremde lachte auf und hob lässig seinen Zauberstab, worauf ein lila schimmernder Schutz um ihn herum erschien, an dem Maylas mächtiger Bann abprallte. Die alte Magie. Er musste einer der alten Anhänger von Vincent sein – und er beherrschte die vergessenen Zaubersprüche.

Als er sich aufrichtete, konnte sie ihn nicht daran hindern. Sämtliche Flüche, die sie auf ihn schmetterte, prallten an seiner Schutzwand ab, als wäre sie ein Kind, das gerade erst das Zaubern lernte. Er grinste, wissend, dass seine Kräfte die ihren übertrafen. In aller Seelenruhe umfasste er seinen Amulettschlüssel, ließ den Bann verschwinden und sprang so schnell fort, dass Mayla nichts dagegen unternehmen konnte. Perplex starrte sie auf die Stelle, an der das aufgewühlte Laub davon zeugte, dass dort eben ein fremder Mann gestanden und versucht hatte, ihre Tochter zu entführen.

Ihre Tochter.

Ihr kleiner Stern.

Rasch drehte sich Mayla um und umarmte Emma, die in Toms Armen lag und leise schluchzte.

Kapitel 11

Mit Emma auf dem Arm liefen Tom und Mayla zurück zum Kindergarten, wo sich eine Traube von Eltern gebildet hatte, die ihnen neugierig entgegenblickte. Am liebsten wäre Mayla sofort nach Hause, doch sie musste mit der Erzieherin klären, wie die Beinahe-Entführung hatte passieren können. Noch hatte Emma nicht zu reden begonnen und sie wollten sie nicht dazu drängen. Wahrscheinlich würde die Kleine zuhause alles aus ihrer Sicht erzählen. Mayla war gespannt, ob sich ihre Schilderung des Vorfalls mit Sarahs deckte.

Wie eine Löwin trat sie auf die verschreckte Frau zu. »Was genau ist passiert?«, forderte sie zu wissen, während Tom sich mit Emma ein wenig abseits stellte. Sie blendete ihre Angst aus sowie sämtliche Vorstellungen, was ihrer Kleinen hätte geschehen können.

Sarah schluchzte, ihre Augen waren verquollen und rote Flecken zeichneten sich auf ihren Wangen ab, doch darauf konnte Mayla keine Rücksicht nehmen. Als spürte die

Erzieherin Maylas Entschlossenheit, schluchzte sie ein letztes Mal, bevor sie sich zusammennahm. »Die Kinder haben im Außengelände gespielt, wie immer zur Abholungszeit. Es waren viele Eltern am Zaun, die winkten. Emma sprang plötzlich von der Schaukel und rief, sie würde abgeholt werden. Ich warf einen Blick zu den Eltern und glaubte, Ihren Mann, also Herrn von Eisenfels unter ihnen gesehen zu haben. Emma schien glücklich, weshalb ich mir keine Gedanken machte. Sie ist sofort zum Zaun gerannt. Ich wollte sie begleiten, aber zwei Kinder haben gestritten, weshalb ich kurz abgelenkt war. Als ich mich wieder um-gedreht habe, rannte Emma bereits über den Weg in den Wald hinein, neben sich eine braune Katze, und einen Wimpernschlag später war sie verschwunden. Kurz darauf sind Sie aufgetaucht.«

Mayla nickte. Keine unvorstellbare Erzählung, die ihr die Erzieherin auftischte, eine Sache jedoch stieß ihr merkwürdig auf. Emma würde niemals alleine weglaufen. Sie war nicht der Typ dafür Regeln zu brechen und irgendwelchen Fremden hinterherzurennen, selbst wenn sie ihrem Vater ähnlich sahen. Nachher würden sie mit ihrer Kleinen aus-führlich darüber reden, aber jetzt brauchte ihre Tochter erst einmal Ruhe. Am liebsten wollte Mayla der Erzieherin Vorhaltungen machen und ihren Frust an ihr auslassen, doch sie wandte sich ab, als Sarah sie unvermittelt am Arm festhielt.

»Es tut mir so leid. Ich hatte keine Ahnung. Es ist meine Schuld, ich –«

Obwohl Mayla schreien und der Frau die Lizenz für den Kindergarten entziehen wollte, legte sie ihr eine Hand auf den Oberarm. »Vielleicht sollten Sie sich den restlichen Tag freinehmen. Wir gehen jetzt und … ich weiß nicht, wann Emma wiederkommen wird.« Oder ob …

Tränen traten der Frau in die Augen. Fahrig wischte sie sie beiseite. »Selbstverständlich. Bitte lassen Sie es mich wissen, wenn ich irgendwie helfen kann.«

Mayla winkte ihr halbherzig zu. Einige Mütter blickten sie an, als wollten sie mit ihr reden und von den Geschehnissen aus erster Hand erfahren, doch Mayla entzog sich ihnen und lief schnurstracks zu Tom und Emma. Sie mussten ihr Kind wegbringen, an einen Ort, an dem sie diesen Schrecken vergessen konnte – auch wenn sie nichts lieber täte, als die Verfolgung aufzunehmen und diesen verfluchten Hexer ausfindig zu machen.

»Wie geht es dir, mein Stern?« Sanft strich sie Emma über die dunklen Locken. »Tut dir irgendetwas weh?«

»Nein, Mami.« Zu weiteren Worten war sie nicht in der Lage. Kein Wunder. Sie klammerte sich an Tom und würde ihn so schnell nicht loslassen. Gleichzeitig streckte sie eine Hand nach Mayla aus, die sie fest in ihre nahm.

»Wir springen am besten sofort nach Hause. Dort kannst du spielen, mein Schatz.« Und sie würde ihre Kleine den restlichen Tag nicht für eine Minute aus den Augen lassen.

Tom senkte den Kopf und raunte: »Lass uns vorher zu Georg gehen. Er wird die notwendigen Maßnahmen einleiten.«

Mayla horchte auf. Wenn Tom vorschlug, Georg um Rat zu fragen, musste er größere Angst um Emma haben, als er sich anmerken ließ. Ihre Knie drohten erneut einzuknicken, doch sie verbot sich jegliches Anzeichen von Schwäche. Es ging nicht um sie, sondern um das Wichtigste in ihrem Leben. Ihre Tochter. Sie zögerte keine Sekunde, umfasste

Toms Hand und gemeinsam sprangen sie nach Frankfurt aufs Polizeirevier.

Georg saß hinter demselben Schreibtisch, hinter dem er damals gesessen hatte, als sie sich kennengelernt hatten – selbst der Becher mit seiner liebsten Fußballmannschaft stand noch dort. Die Schreibmaschine auf seinem Tisch tippte lautstark, während er mit einem Kollegen sprach. Sobald er sie sah, erhob er sich und trat auf sie zu. »Na, was macht ihr denn –?« Wachsam sah er sie an, musterte die kleine Emma, die nicht wie ein Wirbelwind auf ihn zusprang, sondern das verweinte Gesicht an Toms Brust presste und zugleich Maylas Hand umklammerte. »Was ist passiert?«

Mayla wollte stark sein, dennoch schossen ihr Tränen in die Augen. »Jemand hat versucht Emma …« Sie fuhr sich mit der Hand an den Mund und warf ihrer Kleinen einen erschrockenen Blick zu. Sie musste auf ihre Worte achten. »… ohne unsere Erlaubnis vom Kindergarten abzuholen.«

Georg blickte von ihr zu Tom und stemmte die Hände in die Seiten. »Was?«

»Jemand hat versucht sie zu entführen«, sprach Tom das aus, was Mayla nicht laut hatte sagen wollen. Hätte er nicht eine andere Wortwahl verwenden können? Aus Rücksicht auf Emma? Doch anstatt ihn wütend anzufunkeln, nickte sie bestätigend. Es nutzte nichts, sich gegenseitig Vorwürfe zu machen. Gleichzeitig zog sich ihr Magen schmerzhaft zusammen und sie umklammerte die kleine Hand ihrer Tochter fester, diese kleine Hand, die ihr jemand hatte entreißen wollen.

»Wie bitte?« Georg wurde blass und blickte entsetzt zu Emma. Er liebte die Kleine über alles. Es dauerte einen Augenblick, dann befand er sich wieder im Polizistenmodus.

»Kommt, wir gehen in den Raum dort vorne. Da könnt ihr mir ungestört erzählen, was geschehen ist.«

Ihr Freund führte sie an den Polizisten vorbei, die Tom keine Sekunde aus den Augen ließen. Er war der Hauptverdächtige im Fall des gestohlenen magischen Steins, doch unter Georgs Schirmherrschaft würde ihm niemand zu nahetreten. Sie gingen in besagten Raum, der von einem einfachen Tisch und vier Stühlen dominiert wurde. An der Seite gab es einen halbhohen Schrank, auf dem saubere Gläser und Karaffen gefüllt mit Mineralwasser bereitstanden. Der Raum war lieblos eingerichtet, zwei Landschaftsfotografien hingen an den Wänden und eine schmucklose Uhr tickte dazwischen, weitere Dekoration gab es nicht.

Sobald die Tür hinter ihnen ins Schloss fiel, atmete Mayla unwillkürlich auf.

»Wollt ihr etwas zu trinken?« Ohne auf ihre Antwort zu warten, flogen drei Gläser und die Karaffe auf den Tisch. Mayla und Tom setzten sich auf die bereitstehenden Stühle, Emma blieb auf Toms Schoß, die kleine Hand um Maylas gekrallt, während sich Georg mit verschränkten Armen an die Tür lehnte.

Gemeinsam fassten sie zusammen, was die Erzieherin ihnen berichtet hatte und was im Wald geschehen war. Es war so wenig, was sie über den fremden Hexer wussten, und als Georg schon die Haare zu raufen anfing, erklang Emmas dünnes Stimmchen. »Karamella hat mich gewarnt.« Sie schniefte, ganz leise, dann sprach sie weiter, während die anderen die Luft anhielten. »Sie kam in den Kindergarten und hat mir zu verstehen gegeben, dass ich in Gefahr bin. Sie hat mir gezeigt, wie jemand mich wegbringt. Das sah komisch aus und hat sich ganz furchtbar angefühlt. Ich will doch bei euch bleiben.« Die Kleine schluckte, und sie warteten, bis Emma weitersprach. »Ich wusste nicht, ob es geheim ist, deshalb hab ich Sarah nichts gesagt.«

»Sarah?«, fragte Georg.

»Die Erzieherin«, murmelte Tom, und Emma fuhr fort.

»Ich hab ihr zugerufen, dass ich abgeholt werde, weil Karamella mir gezeigt hat, dass ich mich verstecken muss, und das kann man am besten im Wald. Ich bin durch das Tor und sofort zu den Bäumen gerannt, Karamella neben mir her. Anstatt dass sie schnurrte, lief sie mir vor die Füße und fauchte. Und da hab ich es bemerkt. Den Geruch nach Pfefferminz. Dabei wächst im Wald beim Kindergarten gar kein Pfefferminz. Als ich aufgesehen habe, tauchte der Mann hinter einem der Bäume auf und hat mich gepackt. Er wollte mir den Mund zu halten, aber ich hab trotzdem so laut geschrien, wie ich konnte.«

»Das hast du super gemacht, mein Schatz.« Mayla strich ihr über die Wangen, auf denen sich rote Flecken vom Weinen abzeichneten, und Tom küsste sie auf den Scheitel. Er war blass und sah Mayla besorgt an. Was für ein Glück, dass sie gerade noch rechtzeitig aufgetaucht waren. Nicht auszudenken, wenn …

Georg strich sich nachdenklich über den Bart und durchbrach die furchtbaren Szenarien, die sie sich ausmalte. »Pfefferminz. Da muss ich direkt an Eduardo da Luca denken. Den Tag, an dem wir ihn über seinen Geruch als Verräter identifiziert haben, werde ich wohl nie vergessen. Wir haben ihn all die Jahre nicht gefasst.«

Entschieden schüttelte Mayla den Kopf. »Eduardo hätte ich erkannt. Er war immer schlaksig und sein falsches charmantes Grinsen werde ich nie vergessen. Der Mann im

Wald sah anders aus, ein wenig wie Tom. Es ist nicht auszuschließen, dass die Erzieherin ihn auf die Entfernung wirklich für ihn gehalten hat. Von nahem sah er indessen anders aus. Ich habe ihn noch nie zuvor gesehen.«

»Könnt ihr ihn genauer beschreiben? Dann werde ich sofort eine Fahndung ausschreiben.«

»Natürlich.« Mayla sah zu Emma. Hoffentlich half die Kleine mit. »Er war auffällig groß, nicht ganz so groß wie Tom, hatte ebenso dunkles Haar und einen tiefen Seitenscheitel. Wie gesagt, auf die Ferne sah er ihm ähnlich.«

Emma nickte bestätigend. »Und er war stark.«

Tom räusperte sich. »Er war gut gekleidet und sauber rasiert. Wahrscheinlich alter Adel. Seine Schuhe sahen nicht so aus, als wäre er länger durch den Wald gelaufen. Er muss Emma beobachtet haben und direkt zu ihr gesprungen sein, sobald sie außer Sichtweite des Kindergartens war.«

Mayla überfiel ein Schaudern. Dieser Mann hatte vorgehabt ihre Tochter zu entführen, verdammt. Nur durch Karamellas Warnung war wahrscheinlich das schlimmste verhindert worden. Bloß weshalb hatte die Katze nicht gedrängt, dass Emma im Kindergarten blieb? Moment, hatte Emma nicht erzählt, dass Karamella gefaucht hatte, als sie in den Wald gerannt war? Womöglich hatte die kleine Katze sie warnen wollen, leider hatte Emma es missverstanden.

»Was machen wir jetzt?«, wollte Tom wissen.

Georg beobachtete den Kugelschreiber, der auf einen Notizblock ihre Beschreibung des Fremden niederschrieb. »Könnt ihr mir helfen, eine Zeichnung anzufertigen? Ich werde natürlich sämtliche Kindergärten warnen, mit Fahndungsskizze ist das erfolgversprechender als ohne. Theoretisch muss er es nicht explizit auf Emma abgesehen haben.«

»Wieso hat er dann nicht einfach ein anderes Kind …« Mayla bremste sich, bevor sie die schlimmsten Dinge vor Emma laut aussprach, doch ihre Wut brach sich Bahn und sie machte eine unüberlegte Handbewegung, worauf eines der Bilder von der Wand krachte und die feine Glasscheibe zerbrach. Die unzähligen Scherben und Splitter des Rahmens landeten auf dem Fußboden, dazwischen die zerfetzte Leinwand mit dem Landschaftsbild.

Auf einen Wink von Georgs Zauberstab setzten sich die Bruchstücke zusammen und das Bild landete an seinem angestammten Platz. »Beruhig dich, Mayla.«

Bevor sie die restliche Inneneinrichtung zerstörte, verschränkte sie die Arme vor der Brust und biss sich auf die Lippe. »Ich bin so ruhig, wie es mir möglich ist. Hast du eine Ahnung, wie es in mir aussieht?«

»Ich kann es mir vorstellen. Emma bedeutet mir auch viel, vergiss das nicht.« Er strich der Kleinen über das beinahe schwarze Haar. »Wir haben keinerlei Hinweise, wo sich die Jäger aufhalten, aber es ist etwas im Busch. Erst die beiden magischen Steine und jetzt Emma. Gut möglich, dass das miteinander zusammenhängt.«

»Das glaube ich auch. Nur wieso jetzt?« Tom atmete tief durch und wandte sich Mayla zu, worauf ihr ein möglicher Grund durch den Kopf schoss. Die vorgeschobene Hochzeit! Dachte er dasselbe wie sie? Sollte Emma entführt werden, weil sie vorhatten bereits am Samstag zu heiraten? War es irgendwie durchgesickert? Bloß wie? Tom schüttelte kaum merklich den Kopf, vor Georg wollte er offenbar nicht darüber reden.

Fröstelnd schlang Mayla die Arme um sich. Was hatten die Jäger vor?

Auf einen Wink von Georgs Zauberstab öffnete sich der Schrank, auf dem die Getränke standen, und ein großer Zeichenblock und ein Bleistift kamen herausgeflogen und landeten auf dem Tisch. Sogleich begann der Stift zu zeichnen. »Standen die Augen weiter auseinander?«, erkundigte sich Georg.

Mayla überlegte, doch Emma schüttelte den Kopf. »Die Augen sind richtig, aber die Nase war länger.«

Nicht viel später war die Skizze fertig. Georg hielt sie Emma entgegen. »Sah der Mann, der dich mitnehmen wollte, so aus?«

Emma nickte, dann vergrub sie das Gesicht an Toms Schulter, der schützend die Arme um sie legte. Mayla strich ihr über die dunklen Locken. Ihr Herz schlug schwer. Es war furchtbar, was Emma durchmachen musste, gleichzeitig war sie stolz auf ihre Tochter, dass sie trotz des Schocks mitgeholfen hatte.

»Sehr gut, das hast du prima gemacht, Emma.« Georg wedelte mit dem Zauberstab, worauf das Blatt Papier sich vom Block löste, die Utensilien zurück in den Schrank flogen und Georg die Zeichnung musterte. Zufrieden nickte er. »Das hilft uns weiter. Geht jetzt erst mal nach Hause und macht es euch gemütlich. Kümmert euch um Emma und versucht zu vergessen, was passiert ist.« Nach einem Blick auf Mayla setzte er leise hinzu: »Wenigstens Emma sollte versuchen es zu vergessen.«

O Gott im Himmel, beschütze mein Kind! Ein Kloß bildete sich in ihrem Hals und wollte ihr die Luft zum Atmen nehmen. Als hätte Tom es gespürt, ergriff er ihre Hand, bevor er sich an den Polizisten wandte. »Danke, Georg.« Seinem Tonfall war anzuhören, wie ernst er es meinte.

Georg nickte ihm zu. »Ich komme heute Abend zu euch. Dann besprechen wir unsere Möglichkeiten und was meine Leute herausgefunden haben. Vielleicht haben wir bis dahin einen Anhaltspunkt.«

Zum Glück war ihr bester Freund ein Kriminaloberkommissar. Dankbar umarmte Mayla ihn, während sie Emmas Hand nicht losließ.

»Komm, wir müssen heim.« Tom strich ihr über den Rücken, worauf sie sich von Georg löste.

Heim. Ja, das war es. Ihr neues Heim und dort würden sie Emma den furchtbaren Schrecken vergessen lassen.

Kapitel 12

Mittels des Amulettschlüssels gelangten Mayla, Tom und Emma direkt von der Polizeiwache in ihr Wohnzimmer, wo Karamella und Karli bereits auf sie warteten. Sofort hüpften die Katzen auf Emma zu, die sich mit Tom auf die Couch setzte. Karamella kuschelte sich auf ihre Beine. Mayla betrachtete das Bild, Emma auf Toms Schoß, die zwei Katzen oben drauf, und fasste sich gerührt ans Herz. Am liebsten hätte sie sich dazugesellt, doch zuerst wollte sie Melinda informieren.

Um ihrer Oma eine Nachricht zu schicken, lief sie in die Küche. Emma sollte nicht noch einmal alles mit anhören, was geschehen war. Mayla hexte einen Nuntia-Zauber, bettete ihn in eine Kerze und rief Karli mittels ihrer Gedanken zu sich, der die Botschaft ihrer Oma bringen sollte. Vielleicht hatte die erfahrene Hexe einen Rat, der ihnen weiterhalf.

Karli kam sofort in die Küche getänzelt und schmuste inniglich mit ihr. Er spürte ihre Sorge und maunzend machte er Anstalten, an ihr hochzuspringen.

»Ist ja gut, mein Schatz.« Mayla nahm ihn auf den Arm und lief zurück ins Wohnzimmer, wo sie sich zu Tom und Emma auf das Sofa setzte. Sie konnte ihn nicht einfach fortschicken, wo alles in ihm darauf drängte, sie zu beruhigen und für sie da zu sein. Er wollte ihr helfen, den Schrecken zu vergessen, und schickte ihr per Gedanken die vertraute Wärme und das Versprechen, immer an ihrer Seite zu sein.

»Danke, Karli«, flüsterte sie ihm zu und strich ihm beruhigend über das Köpfchen.

Stampfend ließ er sich auf ihrem Schoß nieder und schnurrte so laut, dass Emma zu lachen anfing.

»Was für ein treuer Kerl.« Mayla tätschelte ihm den Kopf und Emma streichelte nun Karamella und ihn gleichzeitig.

»Ihr und Kitty seid die tollsten Seelentiere auf der Welt.« Es war das erste, was Emma sagte, seit sie zuhause angekommen waren. Ihre Stimme klang hoch und liebevoll wie jedes Mal, wenn sie mit den Tieren sprach, weshalb sich Mayla aufatmend zurücklehnte. Es würde alles gut werden.

»So, mein Schatz«, sie strich Karli über den Rücken, »jetzt musst du deinen Kuschelplatz für fünf Minuten aufgeben und die Botschaft meiner Oma bringen. Ich verspreche dir, du kannst dich danach direkt wieder auf meinem Schoß niederlassen.«

»Und ich werde dich streicheln, Karli.«

Emmas Versprechen schien den Kater zu besänftigen, weshalb er die Kerze in sein Mäulchen nahm und davonsprang. Zeitgleich tauchte Kitty auf und beanspruchte den Platz auf Maylas Schoß für sich. Sie reckte ihr Köpfchen und Mayla legte die Stirn an ihre. So verharrten sie still, niemand sprach ein Wort, bis Karli zurückkehrte und sich zu ihnen legte. Keine Minute später klingelte es an der Haustür. Als breche der Klingelton die belastende Stille, atmete Mayla auf. Das musste ihre Oma sein. Wie zu erwarten, hatte sie offenbar alles stehen und liegengelassen und war ohne Umwege zu ihnen gekommen, sobald sie die Nachricht erreicht hatte.

Mayla öffnete ihr die Haustür, ließ sich von ihr in den Arm nehmen und führte sie anschließend ins Wohnzimmer. Melinda ließ sich auf dem Sessel gegenüber von Emma nieder und betrachtete sie still. Ihre Oma war die Ruhe selbst, wofür Mayla dankbar war. Insbesondere Emma war noch immer empfindlich, sprach kaum ein Wort, sondern streichelte unablässig Karamella und Karli, die nicht von ihrer Seite wichen. Am liebsten hätte Mayla all das ohne ihre kleine Tochter besprochen, doch es würde noch eine Weile dauern, bis Emma bereit war, in einem anderen Raum zu sein als sie.

Mayla setzte sich auf den Sessel neben ihre Oma und flüsternd erzählte sie ihr, was geschehen war. Zwar konnte Emma jedes Wort hören, allerdings hoffte Mayla durch ihre ruhige und leise Stimme dem Ganzen die Aufregung zu nehmen.

»Wir vermuten, dass es einen Zusammenhang zwischen den Vorkommnissen gibt«, erklärte Tom, der wie ein Fels in der Brandung bei Emma saß. Während der Unterhaltung vergewisserte er sich ständig, dass sie ruhig blieb. Er würde seine Tochter niemals im Stich lassen und alles für sie tun, das war unübersehbar.

»Ich stimme euch zu«, betonte Melinda, nachdem Mayla geendet hatte. »Die Steine und Emma, das hängt unumstößlich zusammen. Sie wollen die alte Magie nutzen.«

Mayla zuckte zusammen. Auch wenn sie die Theorie, dass Emma vielleicht nur ein zufälliges Ziel gewesen war, von vorneherein nicht wirklich geglaubt hatte, war es beängstigend, dass ihre Oma felsenfest davon überzeugt war. »Glaubst du, sie wissen, dass Emma mit der alten Magie geboren wurde?«

»Ich wüsste nicht woher, außer dass sie es vermuten. Sie könnten versuchen Emma zu verleiten, die Magie anzuwenden, und dann würden sie es sehen.« Melinda wandte sich an Emma, die mittlerweile von Toms Schoß gerutscht war und eingequetscht zwischen Tom und Kitty saß. Inniglich schmuste sie mit Karamella und Karli, die beide auf ihrem kleinen Schoß hockten, und reagierte erst, als Melinda sie direkt ansprach. »Emma, hast du deine besondere Magie angewendet?«

Die Kleine schüttelte den Kopf. »Ich hab versprochen, nur Feuermagie zu wirken, außer jemand ist verletzt oder in Gefahr und ich kann ihn nur damit heilen.«

Die Worte versetzten Mayla einen Stich. Hatte sie die Kleine derart verängstigt, dass Emma ihre vollen Kräfte nicht einmal zu ihrem eigenen Schutz gebrauchte? »Schatz, wenn du selbst in Gefahr bist, kannst du jeden Zauber anwenden, der dir einfällt.«

Emma strich sich eine verirrte Locke aus dem Gesicht, die sich in ihren dunklen Wimpern verfangen hatte. »Ich wollte nicht, dass sie es herauskriegen.«

»Und wahrscheinlich ist das ihr Glück.« Tom küsste sie auf den Scheitel, so zärtlich, wie es nur ein Vater tat. »Vielleicht wollten sie sie gar nicht mitnehmen, sondern lediglich testen, ob sie sich wehren kann. Ob ihre Magie lila ist.« Alle Augen ruhten auf Emma, die Karamella am Hals kraulte.

»Das würde auch erklären, wieso sich der Fremde Zeit gelassen hat und nicht sogleich mit ihr fortgesprungen ist. Theoretisch hätte er es schaffen können, sie mitzunehmen – bei seinen Kräften.«

Maylas Hände zitterten, worauf Kitty zu ihr gesprungen kam und sich neben ihr einkringelte. Dankbar vergrub sie die Finger in ihrem weichen Fell. Die Wärme der Katze beruhigte sie. Ob es der eine oder der andere Grund gewesen war, Emma war bei ihnen, unverletzt und gesund. Und die Jäger hatten nicht mitbekommen, dass sie die alte Magie in sich trug.

Melinda beugte sich vor und zwinkerte Emma zu. »Du hast klug gehandelt, mein Kind, aber das nächste Mal machst du jemandem die Hölle heiß, der etwas macht, was du nicht willst, verstanden?«

Das nächste Mal? Sämtliche Alarmglocken schrillten in Mayla, während Emma zaghaft nickte. »Versprochen.«

Mayla wollte sich gar nicht vorstellen, dass noch einmal jemand kommen könnte, doch sie mussten sich darauf vorbereiten. Sie mussten Emma darauf vorbereiten. Die Jäger könnten es wieder versuchen. Schaudernd zog sie die Schultern hoch und wechselte einen Blick mit Tom, der nicht weniger besorgt aussah als sie.

Melinda lehnte sich auf dem Sessel zurück und betrachtete ihre Urenkelin mit ineinander gefalteten Händen. »Wir müssen Geduld haben. Irgendwann werden sie sich wieder trauen und dann …«

»Geduld?« Maylas Stimme überschlug sich.

Bevor sie mit ihrer Oma einen Streit anfing, legte Tom eine Hand auf ihr Knie. Obwohl die Tränen nach oben drängten, drückte sie sie mit aller Gewalt zurück und presste die Lippen aufeinander. Vor ihrer Tochter würde sie nicht zeigen, wie groß ihre Angst war. Tom und Melinda sprachen kein Wort, bis Mayla sich wieder im Griff hatte – was sie wie durch ein Wunder schaffte, ohne sämtliche Kerzenständer und Bilder explodieren zu lassen.

»Was machen wir jetzt?«

Tom verhielt sich ruhig wie eh und je, offenbar hatte er den Schrecken überwunden. Mayla bewunderte ihn für die Ruhe, die er ausstrahlte. »Wir recherchieren, was die Jäger mit den Steinen anstellen wollen. Wenn wir das herausfinden, können wir vielleicht ihre nächsten Schritte vorhersehen.«

Melinda klatschte ihm Beifall. »Gute Idee. Ich werde ebenfalls in Bibliotheken stöbern und mich komplett auf die magischen Steine konzentrieren. Bitte ruft mich, falls es neue Hinweise gibt. Ansonsten bin ich heute Abend zurück, versprochen.« Sie küsste Emma auf die Stirn. »Hier bist du sicher, mein Schatz. Das weißt du, nicht wahr?« Emma nickte, worauf Melinda mit einem feinen Glitzern verschwand.

Liebevoll strich Mayla über Emmas Hand. Mit Gewalt drängte sie die Sorgen und Ängste beiseite und gab sich alle Mühe, ein unbekümmertes Gesicht zu machen. »Und was machen wir?«

Emma zuckte mit den Schultern, als hätte sie sich je gelangweilt und nicht gewusst, was sie spielen oder unternehmen sollte. Mayla wollte sie zu nichts drängen, aber ablenken musste sie sie ganz dringend. Und sich selbst auch. Endlich kam ihr die rettende Idee.

»Wie wäre es, wenn wir einen riesigen Schokoladenkuchen backen?«

Ein zartes Leuchten trat in Emmas Augen. Sie nickte, strich Karamella erneut über das Fell und lief dann an Maylas Hand in die Küche. Tom folgte ihnen. Normalerweise war er nicht der Typ für Süßes, er backte nicht und liebte auch keinen Schokoladenkuchen. Heute dagegen band er sich die Schürze um, half Emma die Zutaten abzuwiegen und rührte mit ihr den Teig. Gemeinsam naschten sie, natürlich nur, um sich zu vergewissern, ob auch ja genug Schokolade dran war.

»Ich denke, wir brauchen zusätzlich Kakaopulver«, überlegte Tom.

»Kakaopulver?« Mayla sah ihn empört an und Emma tadelte ihn mit dem kleinen Zeigefinger.

»Papi, du kannst doch kein Kakaopulver nehmen. Echte Schokolade gehört in den Kuchen, alles andere ist nur Farce!«

Tom lachte leise, während Mayla ihrer Tochter stolz die Hand auf die Schulter legte. »Sie hat es früh begriffen.«

Emma wurde entspannter mit jeder Minute, die sie zu dritt in der Küche verbrachten. Sie lachte, als auf Toms Nase ein Teigklecks landete, und kostete mehrfach mit Mayla, welche Schokoladensorte die passende war. Sie zauberten nicht, erledigten jeden Schritt per Hand, nur beim Backen halfen sie etwas nach, damit der Kuchen schneller fertig war.

Als die Eieruhr klingelte, hatten sie bereits den Tisch auf der Terrasse gedeckt, Tom hatte Kaffee gekocht und mit leichterem Herzen ließen sie sich gemeinsam draußen nieder und genossen den Kuchen, den Nachmittag und, dass sie alle beieinander waren. Nicht mit einem Wort erwähnten sie die Vorkommnisse, ohnehin machte Emma keine Anstalten, dass sie darüber reden wollte. Und Mayla verbannte es aus ihren Gedanken, wenigstens für den Moment.

Wie verabredet tauchte ihre Oma auf, als sie mit dem Kuchenessen starten wollten. Natürlich hätte Mayla am liebsten sofort erfahren, was sie herausgefunden hatte. Als sich Melinda jedoch gelassen neben Emma am Tisch niederließ, verkniff sie sich die Fragerei. Melinda alberte mit ihrer Urenkelin, die endlich wieder ihre gewohnte Gesichtsfarbe besaß, und aß extra zwei Stücke, weil Emma sich darüber freute. Anschließend hüpfte Emma zu ihrem Kräuterbeet und ließ sich selbstvergessen davor nieder.

Erleichtert beobachtete Mayla ihre Tochter, ebenso wie Tom, und gleichzeitig entfuhr ihnen ein tiefer Seufzer – bis Melinda die Aufmerksamkeit auf sich lenkte.

»Wie angekündigt habe ich meine Bücher gewälzt, doch darin gab es nichts Neues. Deshalb bin ich zu Arnold Binder in die Stadtbücherei von Ulmenstadt gesprungen. Ich bin auf eine Schrift aus dem fünfzehnten Jahrhundert gestoßen. Darin geht es um Eleonora da Fonte.«

»Da Fonte? Das klingt, als wäre sie Gabrielles Vorfahrin.«

Tom legte die Unterarme auf dem Tisch ab. »Eleonora war bei der Gründung der Zirkel im Jahre 1402 dabei, sie war die Oberhexe des Wasserzirkels.«

Mayla fischte einen Kuchenkrümel von ihrem Teller. »Das wusste ich noch nicht.«

»Unsere Vorfahren und die da Fontes waren Freunde, seit langer Zeit schon«, erklärte Melinda. »Erst durch den Tod deiner Eltern und Alessias Feigheit in den darauf folgenden Jahren wurde das enge Band zerstört.«

Das hatte Mayla nicht gewusst. Zufrieden dachte sie daran, wie gut sie und Gabrielle sich verstanden. Gewiss würde mit ihrer Generation die Freundschaft zwischen den Familien wieder erstarken.

Tom beugte sich vor. »Was stand in dem Buch?«

Melinda räusperte sich. »Offenbar hat sie dafür plädiert, den magischen Stein nicht zu teilen, sondern weiterhin in der Obhut der Hohepriesterinnen zu belassen. Ihr zufolge wäre es nicht notwendig gewesen, den Stein zu brechen, um die Magie auf die Familien aufzuteilen. Aber die anderen Gründerfamilien sahen darin eine zu große Gefahr. Sollte einem von ihnen der Stein in die Hände fallen, wäre die Macht desjenigen übermäßig.«

Mayla horchte auf. Das waren viele wertvolle Informationen, doch ein Wort zog ihre komplette Aufmerksamkeit auf sich.

»Hohepriesterinnen? Was sind das für Frauen? Leben sie in den Weltenfalten unter den Hexen?«

Melinda lehnte sich in ihrem Stuhl zurück. »Niemand weiß, was aus ihnen geworden ist. Schon damals lebten sie zurückgezogen und seit sie ihrer Aufgabe entbunden wurden, haben sie sich noch mehr in die Abgeschiedenheit zurückgezogen.«

»Sie werden wohl kaum einfach den magischen Stein herausgerückt haben.« Das konnte sich Mayla beim besten Willen nicht vorstellen. Schließlich hatten sie eine Schutzfunktion. Sie waren die Wächterinnen, die Hüterinnen der Quelle der Magie. Eine solche Aufgabe übernahm man aus Überzeugung und der Beschluss der Gründerfamilien würde sie wohl kaum umgestimmt haben. »Sind sie gegen die Teilung der Magie vorgegangen?«

Schulterzuckend hob Melinda die Hände. »Ich weiß nicht, was damals geschehen ist. Sie werden in keiner mir bekannten Quelle erwähnt. Auffällig finde ich, dass Eleonore dagegen war, den magischen Stein zu teilen.«

Tom hatte ihnen bislang schweigend zugehört, nun setzte er sich auf. »Lasst uns mit Gabrielle reden. Offenbar war die Wassergründerfamilie dafür, den Hohepriesterinnen weiterhin die Schutzfunktion zu überlassen. Vielleicht kann sie uns etwas zu ihnen und über die Steine verraten.«

»Eine gute Idee.« Maylas Blick wanderte zu ihrer Tochter, die selbstvergessen spielte. »Ich werde Gabrielle herbitten. Bestimmt nimmt sie sich die Zeit. Immerhin hat sie mir zugesagt, uns besuchen zu kommen, sobald wir zurück sind.«

»Worauf wartest du?« Melinda hielt ihr eine Praline hin, die als Dekoration ihr Stück Kuchen geziert hatte. »Sprich einen Nuntia-Zauber und bitte sie her.«

»Doch nicht mit einer echten Praline!« Entsetzt schnappte sie sich die Köstlichkeit und hielt sie schützend vor sich. Bevor ihre Oma auf die Idee kam, sie zurückzufordern, steckte Mayla sie in den Mund und suchte nach einem Stein, den sie für den Nuntia-Zauber verwenden konnte. Sie ging ein paar Schritte in Richtung des Waldes, flüsterte »desine« und sprach Gabrielle eine Einladung aus. Sie betonte, wie dringend es war, und hoffte, dass die Freundin noch an diesem Nachmittag vorbeikam. Wie praktisch wäre ein Handy gewesen, um Gabrielle anzurufen, doch leider funktionierten keine elektronischen Geräte in den Weltenfalten. Zwar gab es ein paar alte Telefone, die ohne Elektrizität arbeiteten, allerdings grenzte es an ein Wunder, wenn man jemanden damit erreichte. Die Nuntia-Zauber ersetzten die Funktion der Mobiltelefone, wie Mayla in den letzten Jahren bemerkt hatte.

Sobald sie die Nachricht aufgesprochen und Gabrielle um eine rasche Antwort gebeten hatte, rief sie Karli herbei, der gemeinsam mit Karamella in Emmas Nähe lag und döste.

Maunzend kam er angesprungen und stampfte. Er freute sich immer, wenn er helfen konnte. Er war ein treues Kerlchen. Aus tiefstem Herzen war Mayla dankbar, dass es Seelentiere gab und ausgerechnet Kittys Sohn zu ihr gehörte.

»Heute gibt es viel zu tun, mein Schatz. Kannst du die Botschaft bitte zu Gabrielle bringen?« Er maunzte und strich um ihre Beine. Wenig später sprang er mit dem Stein im Mäulchen davon.

Aufmerksam blickte sie in den Wald, in dem der schwarze Kater verschwunden war. Nie hatte Mayla gesehen, wie ein Seelentier sich wegzauberte. Sie verschwanden nicht mit einem Funkeln wie Hexen und Hexer, die einen Amulettschlüssel verwendeten. Nein, die Katzen sprangen davon, die Krähen und Eulen flogen durch die Lüfte, bis sie nicht mehr zu sehen waren. Und dennoch waren sie ähnlich schnell bei denjenigen, denen sie die Botschaft bringen sollten, wie Hexen, die sich eines Amulettschlüssels bedienten.

Die Seelentiere verwendeten die alte Magie, wie ihr damals erklärt worden war, und sie fragte sich, wie das funktionierte. Wie gelangten sie in andere Weltenfalten? Wie konnten sie Distanzen in Sekundenschnelle überwinden, ohne einen magischen Gegenstand zu benutzen? Karli konnte es ihr schlecht erklären, da er nur über Bilder und Gefühle mit ihr kommunizierte, aber vielleicht war eine Erklärung ohnehin unmöglich. Die Magie war an Emotionen geknüpft, wie sie früh hatte lernen müssen – und wie sie es jedes Mal erlebte, wenn ihr Temperament mit ihr durchging und wieder einmal sämtliche Bilder an den Wänden in die Luft flogen. Womöglich war es mit der alten Magie ebenso und die Seelentiere nutzten sie instinktiv.

Als sie an den Tisch zurückkehrte, vergewisserte sie sich, dass es Emma gutging. Die Kleine spielte vergnügt, als wäre nichts geschehen. Offenbar steckte sie die Beinahe-Entführung besser weg als die Erwachsenen. Wahrscheinlich war sie einfach zu klein, um sich vorzustellen, welche Schrecken ihr hätten passieren können, während Mayla kaum in der Lage war, das Kopfkino auszuschalten. Melindas Gelassenheit und Emmas kindliche Freude über die neuen Triebe an der Zitronenmelisse halfen Mayla dabei, ihren Puls wieder auf ein gesundes Tempo zu bringen.

Gabrielle schien die Dringlichkeit ernst genommen zu haben, denn keine halbe Stunde später stand sie vor der Haustür und klingelte. Sie sah erschöpft aus, ließ die Arme hängen und ihre graublonden Haare standen so wirr vom Kopf ab, als wäre sie unzählige Male mit den Händen hindurchgefahren.

»Ich kann nicht fassen, dass mir jemand den magischen Stein gestohlen hat. Es ist schrecklich. Ich habe mir geschworen, eine umsichtige und klügere Oberhexe zu sein, als es meine Mutter gewesen ist. Tja, sie hat es im Gegensatz zu mir wenigstens geschafft, den Stein zu hüten.«

»Vorwürfe bringen uns nicht weiter, Gabrielle. Außerdem wurde Phylis auch der Stein gestohlen, du bist also nicht die einzige. Ferner verfügen die Jäger über Kräfte, mit denen wir offenbar nicht mithalten können.« Sofort schoss ihr die Erinnerung an Emmas Entführung in den Sinn und die Situation, als sich der Jäger mühelos aus ihrem Bann gelöst und sämtliche ihrer Flüche abgeblockt hatte. Dennoch unterließ sie es, den Entführungsversuch zu erwähnen, weil Emma es gehört hätte und die Kleine doch endlich auf andere Gedanken gekommen war. Ohnehin wollten sie mit Gabrielle über die magischen Steine reden und nicht zum zwanzigsten Mal die furchtbare Situation vom Mittag durchkauen.

»Ich bin auf eine alte Schrift einer deiner Vorfahrinnen gestoßen«, erklärte Melinda, als sich die Oberhexe des Wasserzirkels am Tisch niederließ. »Eleonora war damals dagegen, den magischen Stein zu teilen. Kannst du uns mehr darüber erzählen?«

Gabrielle massierte sich die Schläfen. Sie war blasser als gewöhnlich und breite Schatten zeichneten sich um ihre blauen Augen ab. Allem Anschein nach hatte sie heute Nacht kaum geschlafen. »Meine Großmutter hat mir einmal davon erzählt und mir eine Stelle in unserem Grimoire gezeigt.«

Natürlich, das Grimoire. Ob Melinda bereits in ihrem Zauberbuch geblättert hatte, um Antworten zu finden? Gabrielle fuhr bereits in ihrer Erzählung fort, weshalb sie ihr die volle Aufmerksamkeit schenkte.

»Eleonora da Fonte, meine Urahnin, war mit einer der Hohepriesterinnen befreundet. Soweit ich weiß haben meine Vorfahren die weisen Hüterinnen unterstützt, ihrer Aufgabe nachzugehen.«

Hellhörig beugte sich Mayla näher. Das Thema der Hohepriesterinnen interessierte sie brennend. Schade, dass nur so wenig über sie bekannt war und Mayla sich nicht einfach ein Buch schnappen und mehr über die Frauen lesen konnte. Vielleicht war es gerade das, was die Faszination ausübte. »Weißt du sonst etwas über sie?«

»Nur, dass die Nachfolger über Generationen miteinander verwandt waren, nicht jedes weibliche Mitglied in der Familie allerdings automatisch eine Hohepriesterin geworden ist. Ich weiß nicht, mit welchen Fähigkeiten es zusammenhing, ob man erwählt wurde oder nicht, aber es war eine große Auszeichnung und mit hohen Ehren verbunden, ebenso wie das Amt selbst. Niemand hätte es gewagt, die Hüterinnen der Magie anzugreifen oder zu beleidigen, geschweige denn, dass es eine Hexe ausgeschlagen hätte, wenn sie erwählt wurde. Und niemals, zu keiner Zeit in der Geschichte, haben sie ihre Macht missbraucht.«

Hüterinnen, die in ihrer Aufgabe aufgingen – so klang es zumindest für Mayla.

»Hast du Schriften von ihnen oder Texte über sie, die du mir borgen kannst?«, drängte Melinda.

Gabrielle schüttelte den Kopf. »All ihr Wissen und ihre Traditionen waren geheim. Bis auf die Passage in unserem Grimoire weiß ich nichts über sie. Alles wurde nur mündlich überliefert, damit nichts nach draußen drang. Niemand kannte den Ort, an dem sie lebten und an dem der magische Stein aufbewahrt wurde. Kein Mensch wusste von ihren Zaubersprüchen und ihrer Art, Magie zu wirken. Soweit ich weiß gab es ein paar kleine Tempel, eine Art Gabenhäuser, an denen die Hexen und Hexer zum Dank Blumen ablegen konnten, um den Frauen ihre Dankbarkeit zu zeigen. Andere Berührungspunkte gab es meines Wissens nicht.«

Mayla griff nach ihrer Kaffeetasse und betrachtete die dunkle Flüssigkeit. Wieso hatten die Hohepriesterinnen ihre Rolle aufgegeben? Das ergab doch keinen Sinn. Oder hatte es damals Kämpfe gegeben? Aber darüber hätte sie doch etwas in den Geschichtsbüchern gelesen, oder? Nein, es klang vielmehr so, als wären diese Hohepriesterinnen nach der Teilung der Magie sang- und klanglos aus der Welt der Hexen verschwunden. »Weißt du, wieso sie den Gründerfamilien nachgegeben und den magischen Stein zur Teilung hergegeben haben?«

Bedauernd schüttelte Gabrielle den Kopf. »Darüber habe ich nichts herausgefunden, obwohl ich als Jugendliche viele Jahre intensiv geforscht habe. Irgendwie muss es den mächtigen Gründerfamilien gelungen sein.«

Weitere Informationen hatte Gabrielle nicht für sie und schnell kamen sie auf das Thema zurück, wie es jemandem gelungen war, den magischen Stein aus ihrer Obhut zu entwenden. Sie erzählte von Georg und seinen Kollegen, die trotz umfangreicher Untersuchungen nicht mehr wussten, als dass es ein Wasserhexer oder ein Jäger gewesen sein musste. Auch wenn derjenige wie Tom ausgesehen haben sollte, gab Gabrielle nicht durch einen einzigen Kommentar zu verstehen, dass sie ihn verdächtigte.

Nach einer Stunde war sie unruhig und wollte zurück, um bei der Auffindung des Steins zu helfen. Herzlich verabschiedeten sie sich voneinander und Gabrielle versprach bald wieder zu Besuch zu kommen. Geistesabwesend blickte Mayla ihr nach, obwohl sie schon lange verschwunden war. Was war damals nur geschehen?

Kapitel 13

Viel haben wir nicht erfahren«, seufzte Melinda auf, nachdem Gabrielle verschwunden war. Tom fuhr sich nachdenklich über das Kinn.

»Ich will in der alten Bibliothek meiner Familie nachsehen, ob ich weitere Informationen finde. Über die alte Magie stehen einige Bücher in den Regalen. Bestimmt haben meine Vorfahren auch Texte über die magischen Steine gesammelt und vielleicht finde ich sogar etwas Nützliches zu den Hohepriesterinnen.«

»Das ist eine gute Idee«, betonte Melinda und Mayla pflichtete ihr bei. Gleichzeitig huschte ihr Gänsehaut über den Rücken.

Die Bibliothek war an einem geheimen Ort. Bislang war Tom immer ohne sie dort gewesen, da es kein geeigneter Spielplatz für ein Kleinkind war und Mayla auch nicht das Interesse gehabt hatte, in altem, größtenteils verbotenem Wissen zu stöbern. Doch nun lagen die Dinge anders. Es ging nicht nur um Tom, sondern auch um Emma.

»Am liebsten würde ich mitkommen, aber was ist mit Emma?«

Melinda winkte ab. »Ich kümmere mich um sie.«

Mayla verknotete die Finger miteinander. »Meinst du wirklich, wir können sie nach dem Schrecken heute Mittag alleine lassen?«

Entschieden schlug Melinda mit den Handflächen auf die Armlehnen. »Natürlich! Je schneller wir zum Normalzustand zurückkehren, desto eher vergisst sie es. Außerdem lässt du sie nicht alleine. Oder unterstellst du mir, ich sei nicht in der Lage, auf meine Urenkelin aufzupassen?«

Nachdenklich blickte Mayla zu Emma. Konnten sie sie wirklich schon bei Melinda lassen? Natürlich hatte ihre Oma schon oft auf die Kleine aufgepasst, aber heute war die Situation eine andere. Fragend sah Mayla zu Tom. War es ihm überhaupt recht, wenn sie ihn in die geheime Bibliothek seiner Familie begleitete? Er war so verschlossen allem gegenüber, das mit seiner Vergangenheit zu tun hatte. Sie wollte keine Grenze überschreiten, solange er sie nicht dazu aufforderte.

Entgegen ihrer Annahme nickte er zustimmend. »Wenn du möchtest, kannst du mitkommen. Zusammen stehen die Chancen besser, dass wir etwas finden.«

Damit hatte sie nicht gerechnet. Die Arme hinter dem Rücken verschränkt schlenderte sie zu Emma. Sie hockte sich neben sie und ließ sich erklären, wieso ihre Tochter vorhatte, neben dem Lavendel Rosmarin anzupflanzen. Sobald die Kleine mit ihren ausführlichen Erklärungen fertig war, strich Mayla ihr über den Rücken. Sie hatte nur mit halbem Ohr gelauscht, obwohl ihre Tochter die einzige war, die über Pflanzen reden konnte und Mayla damit nicht zum Eindösen brachte. Um ehrlich zu sein, hatte sie nur auf eine Atempause ihrer Tochter gewartet, um mit ihr die Angelegenheit zu besprechen.

»Papi und ich würden gerne einen kurzen Ausflug machen. Uroma bleibt solange bei dir. Ist das okay?«

»Jaaa! Bestimmt zeigt sie mir wieder ein paar Tricks, die du und Papi mir nicht erlaubt zu zaubern.« Sie kicherte, worauf Mayla erleichtert aufseufzte und sich möglichst wenig theatralisch von ihr verabschiedete.

Tom küsste die Kleine auf den Scheitel und nahm Mayla an die Hand, als wäre es das Normalste auf der Welt, die einzige Tochter nach einem Entführungsversuch am selben Tag in fremder Obhut zu lassen. Wobei, wirklich fremd war die Obhut nicht. Mayla riss sich zusammen und winkte ihrer Kleinen, während Tom den Zauber dachte. Das helle Lachen ihrer Tochter schwand zusammen mit den Farben um sie herum und machten einem undurchdringlichen Schwarz Platz und einer Stille, die so drückend war wie ein windstiller Nachmittag im Hochsommer.

Der Raum, in dem sie landeten, war stockdunkel, dabei war der Sonnenuntergang noch fern. Mayla nieste, so trocken und staubig war die Luft. Sie blies eine Flamme auf ihre Fingerspitze, damit sie die Umgebung erkennen konnte, während Tom die Kerzen eines fünfarmigen Kerzenständers entzündete. Das Zimmer, das sich im Flackerlicht präsentierte, entsprach so gar nicht ihren Vorstellungen von einer Bibliothek voller alter, wertvoller Bücher. Vielmehr war es kalt und ungemütlich. Die Wände bestanden aus dunkelgrauem Stein, kein Fenster war in Sicht, was die Düsternis erklärte. Aber es gab auch keine Bilder, Teppiche oder wertvollen Lampen, die dem Raum die notwendige Pracht verliehen hätten. Stattdessen reihte sich ein einfaches metallenes Regal neben das andere, sodass es mehrere schmucklose Reihen gab. Einzelne Bücher standen darin, doch die meisten Texte befanden sich auf Schriftrollen, die sich zu Hauf in den Regalen stapelten.

Um einen einfachen Holztisch reihten sich vier Stühle – eine andere Sitzgelegenheit gab es nicht. Der Boden bestand aus blankem Beton, auf dem eine Staubschicht lag, die lediglich vor wenigen Bücherregalen ein wenig verwischt war. Offenbar hatte Tom in den letzten Jahren immer nur Schriften aus diesen Regalen gelesen.

Fröstelnd zog Mayla die Schultern hoch. »Das ist die wertvolle Bibliothek deiner Familie?«

»Die geheime, ja.«

Fröstelnd sah sich Mayla um. Es fehlte nicht nur an Behaglichkeit, nein, dazu kam das übermächtige Gefühl, an einem düsteren feindlichen Ort zu sein. Um die Beklemmung in ihrer Brust zu vertreiben, half nur eins. Pralinen. Aber die hatte sie dummerweise nicht mitgenommen, also musste sie reden, um sich wohler zu fühlen. »Es gibt keine Fenster. Befinden wir uns unter der Erde?«

Tom legte einen Arm um sie. Spürte er ihr Unbehagen? Sobald sie die Wärme seiner Hand durch ihre dünne Bluse spürte, entspannte sie sich ein wenig.

»Den Anschein hat es. In Wahrheit stehen wir in einem Raum auf dem Anwesen in Südengland.«

Maylas Augen wurden größer. »Der Landsitz, auf dem meine Oma gefangen gehalten wurde?«

»Richtig, genau dort.«

Staunend drehte sich Mayla um die eigene Achse, als ihr eine beängstigende Idee kam.

»Dann müssen sämtliche Jäger den Raum kennen.«

Tom wandte sich bereits einem der Regale zu und überflog die Schriftrollen. »Niemand außer meiner Familie weiß, dass er existiert. Der Raum hat keine Tür und kein Fenster. Es ist eine Weltenfalte in der Weltenfalte, weshalb er im Grundriss nicht auffällt. Betreten kann ihn nur derjenige, den ein von Eisenfels hergebracht hat.«

»Aber jeder weiß, dass die Familie von Eisenfels eine wertvolle Bibliothek hütet.«

»Wir haben mehrere, wie viele, weiß keiner mit Sicherheit, und das ist nicht die einzige davon, zu der kaum jemand Zugang hat.«

Unwillkürlich huschte Gänsehaut über Maylas Arme. »Du meinst also, niemand weiß hiervon? Was ist, wenn euch jemand belauscht hat und den Spruch kennt?«

»Dann reicht das nicht, weil sich derjenige den Ort nicht vorstellen kann und die Bibliothek mit einem zusätzlichen Schutz versehen ist.«

Das klang geheimnisvoll und zum ersten Mal, seit sie hergesprungen waren, brannte sie darauf, mehr über diese geheime Weltenfalte zu erfahren. Wäre sie nicht in Sorge wegen Emma gewesen, hätte sie sich wohlig schaudernd umgesehen und die Geheimnisse des Ortes zu ergründen versucht. Doch die Angst um ihre Kleine machte sie unruhig. Hoffentlich fanden sie genügend Hinweise, um die Jäger aufzuhalten und einem erneuten Entführungsversuch zuvorzukommen.

Wahllos griff sie nach den Aufzeichnungen. Wie sollte sie in diesem Chaos finden, wonach sie suchten? Es gab weder betitelte Rubriken noch eine klare Struktur. »Existiert ein System, in dem die Schriften sortiert sind?«

»Zumindest nicht nach dem Oberbegriff ›magische Steine‹ oder ›Hohepriesterinnen‹. Schau, hier befinden sich die Schriftrollen aus der alten Zeit. Ich denke, am ehesten finden wir darunter etwas.«

Ohne zu zögern, lief sie zu Tom und zog vorsichtig eine Schriftrolle heraus. Das Pergament war stabiler, als es nach hunderten von Jahren der Fall sein müsste. Bestimmt hatte die Familie von Eisenfels sie und andere alte Texte mithilfe des Conserva-Zaubers vor dem Zerfall gerettet. Wenigstens eine gute Tat, die man der Familie zuschreiben konnte. Mayla schalt sich bei dem Gedanken. Mit Sicherheit waren nicht alle von Eisenfels so grausam gewesen wie Vincent und Bertha. Schließlich gehörte Tom auch zu der Familie und er war gewiss nicht der einzige in einer langen Linie von Metallhexern, der nicht das Ziel hatte, die Weltherrschaft an sich zu reißen.

Ob sie an diesem Ort und in den Texten mehr über seine Familie herausfand? Ihr Wissen über Toms Vergangenheit und seine Angehörigen war schwindend gering. Wahrscheinlich wusste sie sogar weniger darüber, als die Kinder in der Schule lernten. Selbst in den vergangenen Jahren, als sie zusammen gewohnt und viel Zeit gemeinsam verbracht hatten, war er wortkarg gegenüber seiner Kindheit und Jugend gewesen. Mayla hatte es akzeptiert, zumal die kleine Emma genügend Aufmerksamkeit gefordert hatte. Doch nun, da sie in dem alten Gemäuer verweilten, kehrten die Fragen zurück. Vielleicht würde es Gelegenheiten geben, ihn danach zu befragen, ohne dass er sich dagegen sperrte. Immerhin hatte er sie hergebracht.

Mayla entrollte die Schrift und überflog sie und viele weitere. Es war altes Wissen, das sich ihr präsentierte und das dazu einlud, sich stundenlang in dem Text zu verlieren. Trotzdem zwang sie sich querzulesen und bei keinem Absatz unnötig lang zu verweilen, der nichts mit den magischen Steinen und den Hohepriesterinnen zu tun hatte – leider trat das auf die meisten Textstellen zu. Was genau hatten die Jäger vor? Es wäre gut, wenn sie die Antwort darauf in diesen Schriften fänden.

Tom lief zu dem Tisch und breitete eine Schriftrolle darauf aus. »Ich habe ein Kapitel zu den Steinen entdeckt.«

Sofort war Mayla neben ihm und beugte sich über das alte Pergament. »Was ist das für ein Text?«

»Der Verfasser ist Balthasar von Eisenfels, mein Urahn. Sein Vater war es, der bei der Teilung der Magie dabei war – oder besser gesagt zu spät kam.« Mayla grinste halbherzig, während Tom mit dem Finger die Zeilen entlangfuhr, bis er an die Stelle kam, die er ihr zeigen wollte. »Den Absatz solltest du lesen. Ich denke, es könnte wichtig sein. *Die fünf Steine der Zirkel* –«

Mayla horchte auf. »Fünf Steine? Der Metallzirkel hat auch einen?«

Tom zuckte lediglich mit den Achseln. »Natürlich, ebenso wie die anderen Zirkel.«

Das war ihr nicht klar gewesen, auch wenn es ihr nun einleuchtete. Fünf Steine, und die Jäger besaßen bereits zwei davon – oder drei? »Wo ist der Metallstein? Du hast ihn nie erwähnt.«

Tom fuhr sich durch die Bartstoppeln. »Ich weiß es nicht. Meine Großmutter muss ihn gehabt haben, während mein Vater all die Jahre in der Weltenfalte eingesperrt war. Entweder sie hat den Jägern anvertraut, wo er sich verbirgt, oder er ist noch immer in ihrem Versteck und wird dort wohl für alle Zeit bleiben, sollte ihn nicht irgendjemand durch einen dummen Zufall finden.«

Zum ersten Mal fühlte Mayla Hoffnung. »Dann können die Jäger die Steine nicht zusammenfügen und uns gefährlich werden. Ihnen fehlt dein Stein. Vielleicht ist all das nur ein Ablenkungsmanöver.«

»Darauf dürfen wir hoffen, aber sicher sein können wir uns nicht. In jedem Fall müssen wir herausfinden, was sie herausgefunden haben. Auf diese Weise können wir hoffentlich erahnen, was sie planen.«

Nickend beugte sich Mayla über die Schriftrolle. Wie konnte eine seit mehreren Jahrhunderten bestehende Ordnung durch kleine Steine ins Wanken geraten? Bevor Tom weiterlas, tat sie es.

»Die Steine der fünf Zirkel sind die Bruchteile eines großen Steines, der das Zentrum der alten Magie gebildet hat. Er wurde behütet von Hohepriesterinnen, damit keine der mächtigen Familien den Stein in ihren Besitz bekommen konnte.«

Mayla überfiel ein Schaudern. Das klang definitiv mächtig und geheimnisvoll. Wer waren diese Hohepriesterinnen? Wieso war so wenig über sie bekannt? Waren es mächtige, mystische Frauen?

Neugierig betrachtete sie Tom, dessen Profil vom Flackerlicht der Kerzen beleuchtet wurde. Vielleicht hatte er ihr in Anwesenheit der anderen nicht alles gesagt, was ihm über diese Hüterinnen bekannt war. »Weißt du mehr über die Hohepriesterinnen?«

Grübelnd fuhr er sich mit der Hand in den Nacken. »Ich meine, ich hätte mal in einem Text etwas über sie gelesen, aber ich erinnere mich nicht genau. Die Zeit damals war anders, ebenso wie die Regeln und die Gesetze der Magie.

Durch die Teilung im Jahre 1402 hat sich alles verändert. Vermutlich waren sie danach nicht länger vonnöten, da die mächtigen Familien ohnehin je einen Bruchteil des Steins verwahrten.«

Das konnte natürlich sein, dennoch war es zweifelhaft, dass die Hüterinnen eine Teilung der Magie befürwortet hatten. Mayla zumindest konnte sich das nicht vorstellen. Erneut beugte sie sich über den Text.

»Dieser magische Stein war die Quelle der Magie. In ihm brannte eine Art Feuer, das bei der Teilung in den fünf Bruchstücken erhalten geblieben ist. Wem es gelingt, alle fünf Steine in seinen Besitz zu bekommen, der könnte es durch eine Formel schaffen, die Magie für die Hexenwelt zu vereinen. Zugleich wäre derjenige im Besitz der Quelle der Magie. Seine Macht wäre unvergleichlich.«

Ungewohnt erregt hob Tom die Hände. »Macht. Immer nur Macht. Ich kann es nicht mehr lesen. Und wegen Macht musste ich tatenlos zusehen, wie sie versucht haben, meine Tochter zu entführen?« Er schlug mit der Faust auf den Tisch, wodurch die Schriftrolle hinunterrutschte. Gerade rechtzeitig konnte Mayla sie auffangen und zurück auf die Tischplatte ziehen. Sie hatte bemerkt, dass er frustriert war. Seine Hexenmagie war derart eingeschränkt, dass er sie nur für alltägliche Zauber und zum Schutz anwenden konnte. Wenigstens war kaum jemand in der Lage, Toms Schutz zu brechen, weshalb sie sicher in ihrem Heim waren. Dennoch hatte der Frust offensichtlich in der letzten Zeit in Tom geschwelt.

Hatte er deshalb in den vergangen Monaten so viel geforscht? Wollte er seine Kräfte wieder uneingeschränkt nutzen? Emma hatte viel Aufmerksamkeit gefordert, weshalb sie über dieses Thema in den vergangen zwei Jahren nicht gesprochen hatten. Vielleicht hätten sie das tun sollen. Vielleicht hätte Mayla seinen Frust bemerken müssen. Nachdenklich sah sie zu ihm, doch sein Gesicht war bereits beherrscht wie immer. Nichts von seinen aufwühlenden Gedanken zeichnete sich in seiner scheinbar gelassenen Mimik ab. Die Maske saß und er würde sie gewiss so schnell nicht wieder ablegen.

Wo hatte er sich eigentlich aufgehalten, als die Steine gestohlen wurden? Nicht, dass sie ihn verdächtigte, bloß hatte er es ihr nicht gesagt. Sie wollte ihn danach fragen, aber er zeigte auf eine Stelle in der Schriftrolle und sah sie alarmiert an.

»Schau, deshalb haben sie versucht, Emma zu entführen.«

Schlagartig verschwanden alle vorherigen Gedanken aus Maylas Kopf und mit klopfendem Herzen beugte sie sich über den Text.

»*Um die Steine zu vereinen, braucht man jemanden, der die alte Magie uneingeschränkt nutzen kann, vorzugsweise jemanden, der mit ihr geboren wurde.*«

Ihre Augen weiteten sich. Sie las die Passage wieder und wieder, bis sie Tom entsetzt ansah. »Du glaubst, sie wissen es?«

Tom wich ihrem Blick nicht aus. Beinahe fürchtete sie seine Antwort, gleichzeitig wollte sie nichts sehnlicher, als seine Meinung hören. Ihr Herz klopfte schneller und als er endlich antwortete, hielt Mayla unweigerlich die Luft an.

»Sie ahnen zumindest, dass sie die alte Magie in sich trägt. Wahrscheinlich erhoffen sie sich, mit ihr einen neuen mächtigen Zirkel zu errichten, gegen den niemand von uns etwas ausrichten kann. Und wer nicht mitmacht, dem wird die Magie genommen.«

»Nein. Nein! Wir haben so gut aufgepasst, dass niemand von ihren Kräften erfährt. Wir dürfen die Hoffnung nicht aufgeben, dass die Jäger es nur vermuten und sich nicht sicher sind. Wir müssen einfach noch wachsamer sein als vorher, dass Emma ausschließlich Feuermagie wirkt. Sie werden es niemals erfahren. Außerdem würde sie bei so einem Plan niemals mitmachen.«

Kopfschüttelnd stützte sich Tom mit den Händen auf dem Tisch ab, als brauche auch er Halt. »Nein, das würde sie nicht. Außer sie schaffen es, ein geeignetes Druckmittel zu finden, dem eine Vierjährige nicht standhalten kann.«

Mayla wich alle Farbe aus dem Gesicht, während Tom die Schrift zusammenrollte und zurück in das Regal legte, als hätten sie eben keine folgenschwere Überlegung erörtert. Sie wollte weiter über das Thema reden, gleichzeitig wollte er es offenbar so schnell wie möglich hinter sich bringen und eine andere Spur finden, um den erschreckenden Gedanken auszulöschen. Er griff nach einer Schriftrolle, als es irgendwo in dem dunklen Raum klirrte.

Alarmiert horchten beide auf, sahen einander an und dann rannten sie wie auf einen unhörbaren Startschuss los. Tom mit dem Kerzenständer zur einen, Mayla zur anderen Seite, erneut eine Flamme auf ihrer Fingerspitze. Verbarg sich jemand hinter den Regalen? Waren sie gar nicht unter sich? Unvermittelt nahm sie eine Magie wahr, die sich in dem Raum befand und weder von Tom noch von ihr herrührte. Wie hatte sie sie nicht längst bemerken können?

Sie hastete durch die Reihen und wirbelte Staub auf, der im Licht der kleinen Flamme auf ihrer Fingerspitze flimmerte. Dabei begegnete sie niemandem. Erst im letzten Gang traf sie auf Tom und sie blieben vor einem Scherbenhaufen stehen. Ein leerer Bilderrahmen lag daneben. Vermutlich handelte es sich bei den Bruchstücken um die Glasscheibe. Wachsam blickte sich Mayla um. Niemand war zu sehen oder zu hören. Sie erspürte die Umgebung, doch es war keine weitere magische Präsenz in dem Raum mehr auszumachen, als wäre sie geflohen, sobald Mayla sie wahrgenommen hatte.

»Wer war das?«

»Ich weiß es nicht.« Konzentriert spähte er durch die Gänge und lauschte. Es war nichts Auffälliges auszumachen.

»Aber wenn nur deine Verwandten den Raum kennen ...« Mayla presste die Lippen aufeinander. »Jemand muss es an die Jäger verraten haben. So ein Mist. Und jetzt haben sie alles gehört.«

Tom bückte sich nach den Scherben. Er hob den Bilderrahmen auf, strich die Scherben vorsichtig zur Seite, doch darunter kam keine Fotografie zutage. Lediglich die Pappe, deren Aufgabe es war, das Bild an Ort und Stelle zu halten. Nachdenklich hielt er die Pappe in der Hand. »Ich kann mir das nicht erklären.«

Mayla ging neben ihm in die Hocke. »Weißt du, welches Bild in dem Rahmen gesteckt hat?«

»Ich erinnere mich nicht einmal, dass auch nur ein einziges gerahmtes Bild in diesem Raum gestanden oder an der Wand gehangen hat.« Tom runzelte die Stirn. »Soweit ich mich erinnere, habe ich diesen Rahmen noch nie zuvor gesehen.«

Fröstelnd schlang Mayla die Arme um sich und blickte sich erneut um, doch außer ihnen befand sich niemand in der alten Bibliothek. Nun, da sie darauf achtete, konnte sie es spüren – und sie würde von nun an immer darauf achten, insbesondere, wenn sie geheime Themen besprachen, verdammt!

Auch wenn Tom sich bereits abwandte, sprach sie ihre Gedanken laut aus, musste es tun, musste ihre Sorge mit ihm teilen. »Was sich auch immer in dem Rahmen befunden hat und wo er herkam, jemand hat uns belauscht – und derjenige weiß nun, dass Emma die alte Magie in sich trägt.«

Kapitel 14

Mayla und Tom überflogen in aller Eile die Schriftrollen und steckten vereinzelte ein, von denen sie sich weitere Informationen erhofften. Es dauerte nicht mehr lange und Georg tauchte bei ihnen zuhause auf. Und sie vermissten Emma. Nach dem Schock am Mittag drängte es sie, sich zu vergewissern, dass es ihr gutging. Außerdem durften sie nicht riskieren, dass eine weitere Person ihren Gesprächen lauschte.

Bevor sie nach Hause sprangen, wollten sie sich auf dem alten Anwesen umsehen. Zwar hatte die Polizei das Haus in den vergangenen Jahren viele Male durchkämmt, aber niemand kannte die Geheimnisse dieses jahrhundertealten Anwesens besser als Tom.

Ein Frösteln wanderte über Maylas Arme, während sie neben ihm durch die große Eingangshalle lief. Es war düster, obwohl es einige große Fenster gab. Doch das milchig gelbe Fensterglas verhinderte, dass zu viel Licht und damit Wärme in das alte Gemäuer eindrangen. Tom verspannte, worauf sie seine Hand ergriff. Wie musste es für ihn sein, sich in diesem Gebäude aufzuhalten?

»Warst du jemals wieder hier, seit du ein Kind gewesen bist?«

Er schüttelte den Kopf. »Nicht ein einziges Mal.« Langsam lief er durch das Foyer auf eine Treppe zu, die nach oben führte. Er ging nicht die Stufen hinauf, wie Mayla vermutet hatte, sondern lief daran vorbei auf einen Raum zu, dessen Tür weit offen stand. Sie konnte sich irren, aber es machte nicht den Anschein, als wäre das in seiner Kindheit normal gewesen.

Hinter Tom betrat sie das Zimmer, in dem sich dunkle Regale, ein mächtiger Schreibtisch und eine Sitzgelegenheit befanden. Ein Arbeitszimmer. Das seines Vaters? Die schweren Vorhänge waren zugezogen, was die düstere Atmosphäre der dunklen Möbel unterstrich. Nichts in dem Raum war herzlich, keine warmen Farben gab es, keine Figuren oder Landschaftsbilder an den Wänden, die dem Raum Behaglichkeit verliehen hätten. Vielmehr entdeckte Mayla silberne Buchstützen und eine silberne Uhr, die stehen geblieben war. Die wenigen metallenen Gegenstände unterstrichen die Kälte in dem Zimmer. Ein Frösteln überfiel sie. Wohlfühlen würde sie sich in einem solchen Raum niemals.

Zielgerichtet lief Tom auf das schwarze Ledersofa zu und setzte sich. Er war in Gedanken wieder ein Kind und spielte eine Situation durch, die sich vor unzähligen Jahren in diesem Raum, auf dieser Couch abgespielt hatte – das war unverkennbar. Wie gerne hätte sie es gewusst, doch sie fragte nicht danach, biss sich auf die Zunge und wandte sich stattdessen dem Schreibtisch zu, in der Hoffnung, dort irgendetwas Bedeutungsvolles zu entdecken.

Die Minuten verstrichen, Tom regte sich nicht. Er hatte die Augen geschlossen. Mayla vergewisserte sich immer wieder durch kurze Seitenblicke, dass es ihm gutging. Derweil durchkämmte sie ausnahmslos jede Schublade und jedes Fach, doch es war nichts zu finden. Alles war leer. Vermutlich hatten die Polizisten sämtliche Dokumente konfisziert.

Sie wandte sich den Regalen zu, in denen vereinzelt Bücher standen oder lagen. Es war unverkennbar, dass auch hier ein Großteil entfernt und der Rest wahllos zurückgelegt worden war. Sie überflog die Titel und ließ die Schultern hängen. Etwas Nützliches ließ sich in diesem Raum wahrscheinlich nicht mehr finden. Mist. Sie hatte so sehr gehofft, dass es irgendeinen Hinweis geben würde.

Enttäuscht sah sie zu Tom, als ein lauter Knall durch das Gebäude hallte. Mayla erstarrte. Alarmiert sahen sie einander an, und stürmten aus dem Arbeitszimmer. Jemand befand sich auf dem Landsitz. Vielleicht einer der Jäger?

Sie hasteten die Treppen hinauf, die im Halbdunkel lagen. Der weinrote Teppich verschluckte jeden ihrer Schritte. Das Geräusch musste aus einem der oberen Stockwerke gekommen sein. Es klirrte, als schmeiße jemand sämtliche Vasen zu Boden. War das derselbe, der sie in der geheimen Bibliothek belauscht hatte? Nur wieso zerschmetterte er ständig irgendwelche Gegenstände?

Tom hetzte in die zweite Etage hinauf und Mayla hinterher. Er schien zu ahnen, woher das Geräusch kam. Wortlos eilte sie mit ihm durch einen dunklen Flur, die Hände bereits zum Angriff erhoben. Würden sie endlich einen Jäger in die Finger bekommen?

Am Ende des Gangs stand eine Tür einen Spalt breit offen, durch die ein schwacher Lichtschein in den düsteren

Flur drang. Aus der Richtung kamen die Geräusche. Was ging in dem Raum vor sich?

Tom wurde langsamer, signalisierte ihr mit dem Finger auf den Lippen, dass sie sich anschleichen sollten. Mayla nickte und hob die Hände ein Stück höher, bereit, jeden aufzuhalten, der mit den Jägern zusammenarbeitete.

Langsam schob Tom die Tür auf, Mayla war direkt neben ihm, bis sie in den verwüsteten Raum sehen konnten. Scherben waren auf dem roten Teppich verteilt, Holzregale umgeworfen, Stühle lagen umgekippt auf dem Boden und die seidenen Vorhänge waren zerrissen, sodass genügend Tageslicht hereinschien und die Szenerie beleuchtete. Ein Kampf tobte inmitten des Chaos' zwischen einer Frau und einem Mann, die wie Schattengestalten durch den Raum wirbelten. Sie jagten einander Flüche auf den Hals, wichen gekonnt aus und bauten einen Schutzzauber auf, um ihn im nächsten Moment wieder fallen zu lassen und anzugreifen.

Sie bewegten sich so schnell, dass Mayla ihre Gesichter nicht erkennen konnte. Die Frau stand die meiste Zeit mit dem Rücken zu ihnen, ein weiter dunkler Umhang verhüllte ihre Gestalt und ihre langen beinahe schwarzen Haare flatterten schwungvoll hin und her. Die wenigen Male, in denen sie sich zu ihnen drehte, verbarg der Schatten der Kapuze ihr Gesicht.

Der Mann wirbelte ebenfalls rasend schnell durch den Raum, duckte sich und richtete sich mit erhobenem Zauberstab wieder auf. Er bewegte sich so flink, dass sie kaum einen Blick auf sein Gesicht erhaschen konnten, doch innerhalb eines Sekundenbruchteils analysierten sie seine Gestalt.

Er war groß gewachsen und agil, entweder trainierte er viel oder war im Kämpfen geübt. Seine Kleidung wirkte edel.

Er sah wohlhabend aus, alles an ihm, von dem Jackett, über die Weste und die Anzugshose bis hin zu seinen polierten Schuhen. Alles an ihm strotzte vor Geld. Sein kurzes Haar war dunkel, weitere Details konnte Mayla in dem schlechten Licht nicht erkennen.

Wer waren die zwei? Wieso kämpften sie auf diesem alten Landsitz und worum?

Der Mann löste seinen Schutz auf und gleichzeitig schoss die Frau einen weißen Blitz auf ihn, der ihn hinter einem umgefallenen Stuhl zu Boden gehen ließ. Er keuchte kurz, die Frau machte zwei große Schritte auf ihn zu, riss einen Beutel aus seinen Händen und drehte sich um. Als sie Mayla und Tom entdeckte, erstarrte sie. Die Kapuze verhüllte ihr Gesicht ebenso wie der weite Umhang ihre Gestalt. Einzig ihr langes dunkles Haar bahnte sich seinen Weg aus dem Umhang heraus und fiel ihr in Strähnen bis über die Brust.

»Wer sind –«, setzte Tom an und hob die Hände, doch er konnte ohnehin keinen Angriffszauber wirken. Die Augen der Frau blitzten unter der Kapuze hervor wie die einer Wölfin. Rasch umfasste sie ein Amulett um ihren Hals und im nächsten Augenblick war sie verschwunden.

Erschüttert sahen Tom und Mayla einander an, dann eilten sie zu dem Mann, der mit dem Gesicht zum Boden lag. Während sie sich zu ihm knieten, beschlich Mayla ein merkwürdiges Gefühl. Dieser Mann. Er kam ihr vertraut vor. Sie warf Tom einen fragenden Blick zu, der den Fremden umdrehte und die Augen aufriss.

Er war es. Unverkennbar. Dunkle Haare, tiefer Seitenscheitel, glatt rasiert und auf die Ferne sah er ein wenig aus wie Tom.

Der Mann, der Emma versucht hatte zu entführen.

Er war kaum bei Bewusstsein. Mayla klatschte ihm auf die Wange, worauf er die Augen aufschlug. Als er sie erkannte, lachte er leise. Er lachte und blickte von ihr zu Tom.

Irritiert versuchte Mayla zu atmen, stolperte dabei und hustete, während Tom den Fremden am Hemdkragen packte und anhob. »Was soll das? Wer bist du? Wieso hast du versucht unsere Tochter zu entführen?«

Das Lachen wurde langsamer, schwerer, das Licht in seinen Augen schwand. Er holte tief Luft, Mayla und Tom beugten sich näher, um seine letzten Worte zu hören, als er raunte: »Ihr werdet eure Tochter nie wiedersehen.«

Mayla erblasste. »Tom!«

Tom umfasste den Kragen fester und schüttelte den Mann. »Was habt ihr mit ihr vor?«

Das hässliche Grinsen löste sich von seinen Lippen, der Schein entschwand seinen Augen und seine Glieder erschlafften. Der Fremde war tot.

Mayla packte seinen Kopf und klatschte ihm schwungvoll auf die Wange. »Was habt ihr mit Emma vor?« Sie schüttelte ihn, wieder und wieder. Sie mussten –

Sanft und zugleich bestimmt nahm Tom Maylas Gesicht zwischen seine Hände und zwang sie ihn anzusehen. »Es ist vorbei. Er ist tot, Mayla, wir können nichts mehr von ihm erfahren.«

Ihre Augen huschten von dem Fremden zu Tom und zurück. »Aber er kennt ihren Plan. Er weiß es. Wir müssen ihn wiederbeleben, damit er es uns sagen kann.«

Toms Stimme war ruhig. »Einen Toten zum Leben zu erwecken vermag niemand, nicht einmal der mächtigste Zauber. Er ist tot und seine Seele fort.«

»Sie wollen unser Kind!«

Entschlossen sah Tom ihr in die Augen und nickte. »Ich weiß und jetzt wissen wir ganz sicher, dass die Jäger sie wollen. Das hilft uns.«

Unzählige Tränen verschleierten ihren Blick und die Angst schnürte ihr die Kehle zu. Sie sollten schnell heimgehen und sich vergewissern, dass alles in Ordnung war. Dennoch fiel es Mayla schwer, sich von dem Toten zu lösen. »Erkennst du ihn? Weißt du, wer er ist?«

Tom schüttelte den Kopf.

Maylas Schultern sackten tiefer. »Und die Frau, die ihm den Beutel abgenommen hat? Kennst du sie?«

»Ich habe sie nie zuvor gesehen.«

Mayla ballte die Hände zu Fäusten. »Ich hätte nicht zögern sollen. Ich hätte sofort angreifen müssen. Vielleicht weiß diese fremde Frau, was die Jäger planen. Womöglich gehört sie zu ihnen und das, was wir beobachtet haben, war ein Machtkampf. Sie hat ihm den kleinen Beutel weggenommen. Was sich darin wohl befand? Verflucht, wieso habe ich nicht eingegriffen?«

Während sie sich mit Selbstvorwürfen plagte, durchsuchte Tom die Taschen des Mannes, doch er fand nichts außer ein paar Münzen. Mayla registrierte es kaum, bis er ihre Hände umfasste. »Komm, wir gehen heim. Wir erzählen Georg von dem Kampf, und er und seine Kollegen werden herausfinden, wer der Tote ist. Bestimmt hilft uns das weiter.«

Mayla betrachtete den Verstorbenen, dessen Gesicht irgendwie glücklich aussah. Wie konnte jemand auf der Schwelle des Todes derart grausam sein und zufrieden sterben? Sie sah kaum, wie Tom einen Schutzzauber über den Toten legte, damit niemand die Leiche fortschaffen konnte, bevor die Polizei eintraf. Und sie spürte nur am Rande, wie er sie an sich drückte und sie mit dem Amulettschlüssel fortsprangen. Selbst als das Gesicht des Toten gemeinsam mit dem verwüsteten Raum verschwamm, glaubte sie noch sein höhnisches Lachen zu hören.

Kapitel 15

Mit einem mulmigem Gefühl in der Brust kamen sie daheim an. In dem Haus war es gespenstisch still. War Emma etwas zugestoßen? Zeitgleich mit dem Gedanken drang ihr süßes Kinderlachen von draußen zu ihnen herein. Sie und Melinda befanden sich im Garten. Erleichtert atmete Mayla auf.

Tom zauberte einen Nuntia-Zauber für Georg, in dem er ihm von dem Kampf auf dem Landsitz erzählte und dass der Tote, der noch vor Ort lag, sich als Emmas Entführer entpuppt hatte. Als er fertig war, wirkte er blasser als gewöhnlich.

Fröstelnd rieb sich Mayla über die nackten Arme. »Von was, glaubst du, wurden wir gerade Zeugen? Wer könnte die Frau gewesen sein, die den Jäger getötet hat?«

Tom fuhr sich über die Stirn. »Sie war kaum zu erkennen, aber sie kam mir nicht bekannt vor.«

Aufseufzend spielte Mayla das Erlebnis vor ihrem inneren Auge ab, während sie in Richtung Terrasse gingen. »Ich frage mich, was in dem Beutel gewesen ist, den sie dem anderen abgenommen hat. Da sie gegen den Jäger gekämpft hat, gehört sie vermutlich nicht zu ihnen. Oder glaubst du, es könnte ein Machtgerangel gewesen sein? Töten sich die Jäger gegenseitig?«

»Ich kann ebenfalls nur Vermutungen anstellen.«

Nebeneinander traten sie hinaus in den Garten, unfähig, die schöne Aussicht und die laue Abendluft zu genießen. Sie entdeckten ihre Tochter gemeinsam mit Melinda beim Kräuterbeet – wo auch sonst. Als Emma sie sah, sprang sie ihnen entgegen und stürzte Mayla in die Arme.

»Mami, Papi, schaut mal, wie groß mein Beet schon ist. Jetzt wachsen auch Galgant und Fenchel darin. Ist das nicht toll?« Emma zeigte ihnen alles ausführlich, bis sie von ihnen abließ und sich erneut in der Kräuterarbeit verlor.

Melinda setzte sich mit ihnen an den Tisch und sie erzählten ihr, was sie erlebt hatten. Als Mayla die Fremde erwähnte, horchte Melinda auf. Im Gegensatz zu Emmas Entführer, dessen Anwesenheit sie mit einem Winken abtat, wollte sie alles über die Frau erfahren. »Wie hat sie ausgesehen?«

Frustriert hob Mayla die Hände. »Sie war verhüllt, wir haben ihr Gesicht nicht erkennen können. Bis auf die dunklen Haare war alles an ihr verborgen, der Umhang so lang, dass kaum ihre Schuhspitzen hervorgeschaut haben. Wir wissen nicht, wer sie ist.«

»Und was in dem Säckchen war, könnt ihr nicht sagen?«

Tom schüttelte den Kopf, doch Mayla hatte eine Idee. »Von der Größe her könnte ein magischer Stein darin gelegen haben.«

»Nun, das ist reine Vermutung.« Nachdenklich fuhr sich Melinda mit dem Finger über eine Ader an ihrem Unterarm.

»Interessant, interessant. Und die Schriftrollen habt ihr mitgebracht? Wunderbar. Gemeinsam haben wir sie schneller durchgelesen.«

Ungläubig starrte Mayla ihre Oma an. Wie konnte sie sofort mit Recherchearbeit weitermachen? Mayla war total erledigt, körperlich wie geistig. Zu viel war geschehen. »Ich brauche erst mal eine Stärkung.« Sie zauberte eine Schachtel Pralinen in den Garten und Tom eine Kanne Kaffee.

Obwohl alles in ihr auf die Pausetaste drücken wollte, hockten sie schneller, als es ihr lieb war, gebeugt am Tisch und brüteten über den Texten. Viel lieber hätte sie mit Emma den Abend genossen, darüber gegrübelt, wer die Frau sein könnte, was sich in dem Beutel befand und was es mit dem Entführer auf sich hatte. Aber die Analyse der Texte war wichtig und sie würden keine Ruhe finden, wenn sie nicht endlich herausfänden, was die Jäger vorhatten – und wieso zum Teufel der Tote ihnen so selbstsicher gedroht hatte.

Der Tag neigte sich dem Ende zu und leider hatten ihnen die Schriftrollen bislang nichts Hilfreiches geliefert. Mayla entfuhr regelmäßig ein ersticktes Stöhnen, während die anderen beiden still waren und insbesondere ihre Oma in einem unbegreiflichen Tempo einen Text nach dem anderen durchlas. Ihre Augen leuchteten immer wieder glücklich auf. Auch wenn sie über die magischen Steine nichts Aussagekräftiges fanden, so bargen die Schriftrollen Passagen über Vergessenes oder nur vage Bekanntes. Vermutlich wäre Melinda unter anderen Umständen niemals in den Besitz dieser Schriften gekommen.

Müde blickte Mayla zu Tom, der sich kaum rührte. Gerne wollte sie sich an damals erinnern, als sie in den Pyrenäen gewesen waren und Melindas Verschwinden versucht hatten aufzuklären. Damals hockten sie zu zweit über den Büchern, die ihre Oma aus der Bibliothek ausgeliehen hatte. Doch die Vorstellung, dass die Jäger irgendetwas Furchtbares mit Emma planten, erstickte jede schöne Erinnerung an Toms und ihre Kennenlernphase.

In Tom schien dasselbe Bild aufzuflackern, denn er blickte sie an und deutete auf den Tisch voller Texte. »Auch wenn es aussichtslos erscheint, Mayla, werden wir wie vor fünf Jahren einen Weg finden, die Jäger aufzuhalten.«

Das Klingeln an der Tür riss sie aus ihrer Unterhaltung. Es war Georg gemeinsam mit Violett, die ihr sogleich um den Hals fiel.

»Es tut mir so leid, zum Glück konntet ihr den Entführer aufhalten. Aber Emma ist stark und tapfer. Wir beschützen sie gemeinsam.«

Mayla drückte ihre Freundin an sich. Die Umarmung schenkte ihr Kraft und dankbar legte sie die Stirn an Violetts Schulter. Georg strich ihr ebenfalls mitfühlend über den Rücken, bevor er ohne Umschweife zu Tom nach draußen ging. Mayla und Violett folgten ihm wenig später.

»Wieso nur wollten sie sie entführen?« Ihre Freundin warf die Arme in die Luft und verdeutlichte mit dieser Geste, wie hilflos sich Mayla seit Stunden fühlte.

»Nun«, Georg fuhr sich durch den kupferroten Bart, »eure Tochter ist in mehrerlei Hinsicht außergewöhnlich.« Vermutete er, welche Kräfte in Emma schlummerten? Seiner Mimik zufolge ahnte er bereits, dass sie etwas vor ihm verbargen, doch Violett sah unbekümmert von ihnen zu Georg. Offensichtlich hatte er seine Vermutung nicht mit ihr geteilt.

Mayla und Tom tauschten einen verstohlenen Blick. Tom nickte kaum merklich, worauf Mayla die beiden zum Tisch zog und ihren Lehnstuhl nah zu ihnen rückte. Obwohl sie in ihren eigenen vier Wänden waren, wollte sie das Geheimnis nur leise preisgeben. Wo sollte sie anfangen? Wie das Unfassbare erklären, ohne dass die Freunde Emma möglicherweise mit anderen Augen betrachteten? Sie entschied sich für die Offensive.

»Emma kann die alte Magie wirken.«

»Was?« Violett schlug die Hände an den Kopf, dabei rutschten ihre Armreife bis zu den Ellenbogen. »Wie ist das möglich?«

Mayla atmete tief durch. »Als Erbin von Vincent und Bertha wurde auch in ihr die alte Magie vereint. Emma war bereits in meinem Bauch, als Bertha den Zauber ausgesprochen hat. Doch weil sie damit geboren wurde, kann Emma offenbar die gebündelte Magie anwenden, ohne dass ihr die Gefahr droht, dabei zu sterben.«

Fassungslos sah Violett von Mayla zu Tom. Unzählige Fragezeichen schossen förmlich aus ihrem Kopf. »Die Kinder wirken immer nur die Magie der Mutter!«

»Offenbar nicht.« Halbherzig lächelnd zuckte Mayla mit den Achseln. Hatte nicht einst ihre Oma gesagt, der Magie waren keinerlei Grenzen gesetzt?

Violett schüttelte langsam den Kopf, stand auf und lief auf und ab, um das Unglaubliche zu verdauen. »Wieso habt ihr nichts gesagt?«

Musste sie das wirklich erklären? Sie wollte die Freunde nicht mit all zu klaren Worten vor den Kopf stoßen, weshalb sie lediglich den Kopf schief legte.

Violett nickte. »Ich verstehe schon, ihr habt Angst, wie die anderen reagieren, aber uns hättet ihr es wenigstens verraten können! Als würden wir Emma je anders sehen oder sie nicht ebenso lieb haben wie vorher, nur weil ihre Magie außergewöhnlich ist. Wir sind vertrauenswürdig und eure besten Freunde. Das haben wir doch wohl schon mehrfach bewiesen!« Ein Gedanke unterbrach ihren Monolog und vorwurfsvoll sah sie zu Georg. »Oder hast du es etwa gewusst?«

Abwehrend hob er die Hände. »Geahnt habe ich es. Du hättest Tom damals im Koma liegen sehen müssen. Melinda war ratlos und kaum kann Emma ihre Magie anzapfen, hat er sein Bewusstsein wiedererlangt. Da hab ich eins und eins zusammengezählt.«

Mayla schmunzelte. Ganz der Kommissar. Hoffentlich halfen ihnen seine analytischen Fähigkeiten, die Jäger aufzuhalten und zur Verantwortung zu ziehen.

Dennoch hatte Georg all die Jahre geschwiegen, akzeptiert, dass sie nicht darüber reden wollten.

Tom legte die Hände aneinander, er wirkte nervös. Kein Wunder, sein Geheimnis hatte er annähernd dreißig Jahre für sich behalten. Absolut verständlich, dass er Angst um Emma hatte, wenn man bedachte, wie die Hexen im Feuerhauptquartier auf ihn und die Tatsache reagierten, dass auch in ihm die alte Magie vereint war. »Ihr dürft es niemandem verraten. Außer uns und Melinda weiß es keiner und dabei muss es bleiben – zu Emmas Schutz. Bis sie alt genug ist und selbst entscheiden kann, wie sie mit ihren Kräften umgeht.«

»Außer bei eurer Heirat wird diese Magie unterdrückt und sie kann nur noch Feuermagie wirken«, sinnierte Georg.

»Was?« Mayla sah ihn ungläubig an. »Das könnte passieren?« Auch wenn Emmas Kräfte möglicherweise ihr Leben lang zu Problemen führen konnten, gehörten sie zu ihr, waren ein Teil von ihr. Mayla wollte nicht, dass sie darauf verzichten musste.

Melinda lehnte sich in ihrem Stuhl zurück und faltete die Hände im Schoß. Mayla hatte beinahe vergessen, dass sie anwesend war. Normalerweise verhielt sie sich in Gesprächen nicht derart zurückhaltend. »Da es so einen Fall wie euch noch nie zuvor gegeben hat, können wir wohl nichts ausschließen. Du hast recht, Violett, normalerweise wirken die Kinder die Magie ihrer Mutter, deshalb kam wohl bisher niemand auf den Gedanken, dass Emma dazu in der Lage ist. Aber dass sie ihre Magie nach eurer Hochzeit verliert, halte ich für unmöglich. Andernfalls würden sämtliche Nachkommen jedes Mal ihre Kräfte verändern, wenn jemand zum zweiten Mal heiratet und der Partner aus einem anderen Zirkel stammt. Nein, Emma wird ihre außergewöhnlichen Kräfte ihr ganzes Leben behalten.«

Erleichtert langte Mayla nach einer weiteren Praline und betrachtete die Ummantelung aus weißer Schokolade. Violett unterdessen warf sich ihre karottenroten Strähnen über die Schulter. Die Geste erinnerte Mayla an früher und entlockte ihr ein kleines Lächeln. »Glaubt ihr, die Jäger wissen es und wollten sie aus diesem Grund entführen?«

»Ich befürchte es.« Mayla roch an der Praline. »Was können wir jetzt tun?«

Akkurat krempelte Georg die Ärmel seines karierten Hemdes hoch. »Ich habe meine Leute beauftragt, sämtliche Verstecke der Familie von Eisenfels abzusuchen – oder zumindest all diejenigen, die der Metallzirkel, also die Jäger, für sich genutzt haben. Das haben wir zwar schon vor Jahren gemacht, aber vielleicht finden wir trotzdem eine Spur. Offenbar werden sie nun wieder aktiv und es ist nicht auszuschließen, dass sie eines ihrer alten Verstecke nutzen, um sich zu treffen.«

Tom wiegte zweifelnd den Kopf hin und her, doch Georg fuhr fort: »Selbst auf eurem Landsitz, den die Polizei offiziell untersucht hat und der unter regelmäßiger Beobachtung steht, haben sich welche herumgetrieben, wie ihr selbst vorhin mitbekommen habt.«

»Es ist ein Strohhalm, immerhin besser als nichts.« Tom nickte grübelnd. »Habt ihr schon herausgefunden, wer der Tote ist?«

»Richard von Pommern. Er war seit Jahren auf der Flucht. Stammt aus reichem Hause, weswegen er wahrscheinlich so lange Zeit untertauchen konnte.«

Fröstelnd schlang Mayla die Arme um sich. Nun, da sie den Namen kannte, erlebte sie alles noch einmal. Mit Gewalt schob sie die Erinnerung an den Mittag zur Seite und hörte Georg zu, der weitere Informationen für sie hatte.

»Früher war er kein hohes Tier bei den Jägern, wenn wir den Geständnissen der anderen glauben können – trotz der finanziellen Ressourcen, die er beigesteuert hat. Wie es allerdings in den letzten Jahren aussah, welchen Rang er eingenommen hat, seit Vincent und Bertha tot sind, wissen wir nicht. Da er versucht hat, Emma zu entführen, steckt er auf jeden Fall mit denjenigen zusammen, die etwas im Schilde führen. Ich gehe davon aus, dass sich die letzten Jäger nicht in alle Winde verstreut, sondern wieder zusammengetan haben.«

»Das glaube ich auch.« Tom lehnte sich in seinem Stuhl zurück, als wäre das ein Grund sich zu entspannen.

Mayla war kaum in der Lage, dem Gespräch weiterhin zu folgen. Vor ihrem inneren Auge sah sie erneut den Jäger, der mit seinem letzten Atemzug versprochen hatte, dass sie Emma niemals wiederfänden. »Sein Lachen klang so hämisch, als wäre er sicher, dass wir diesmal nicht gegen sie gewinnen können.« Unvermittelt begann sie zu zittern, worauf Violett einen Arm um sie legte.

»Wir werden sie besiegen, Mayla, ganz bestimmt.«

Dankbar lächelte Mayla ihre Freundin an und ließ sich von ihr in eine Umarmung ziehen. Hoffentlich hatte sie recht.

Kapitel 16

Die Freunde blieben bei ihnen. Sie brüteten gemeinsam mit Melinda über den Schriftrollen, bis Georg sich zurücklehnte und laut aufseufzte. »Was wissen wir?«

Violett schlug die Hände über dem Kopf zusammen und gähnte ausgiebig. »Das hatten wir doch längst.«

Mayla unterdessen ließ sich trotz ihrer anfänglichen Zweifel nicht von den Recherchen abbringen. Irgendwo in diesen Texten gab es einen Hinweis. Es gab ihn. Bestimmt. Und sie wollte ihn finden.

»Wir wissen, dass sie uns beobachten«, ging Tom auf Georgs Brainstorming ein, lehnte sich ebenfalls im Stuhl zurück und verschränkte die Hände hinter dem Kopf. »Sie wissen, wann ich ohne Begleitung unterwegs war.«

»Und offenbar wussten sie auch, dass wir unsere Hochzeit vorziehen wollten«, konnte sich Mayla nicht zurückhalten, ihren Senf beizutragen.

Melinda hatte bis eben unbeteiligt weitergelesen, doch auf Maylas Kommentar setzte sie sich abrupt in ihrem Stuhl auf. »Davon habt ihr nichts gesagt.«

Kopfschüttelnd sah Tom zu Mayla. »Weil es ein Zufall gewesen ist. Ich glaube nicht, dass –«

»Wieso sonst heute, Tom? Sie haben es gewusst.«

»Moment.« Georg hob die Hände. »Von Anfang an.«

Tom rieb sich über die Augen. »Mayla dachte, wenn wir bereits am Samstag heiraten, können sie uns keine Knüppel mehr zwischen die Beine werfen, weil ich dann nur noch über Feuermagie verfüge. Wir haben es bislang niemandem gesagt, nicht einmal die Priesterin ist eingeweiht.«

Melinda kniff die Augen zusammen. »Gestern habt ihr das beschlossen?«

Tom und Mayla nickten.

»Und just an dem darauffolgenden Tag versuchen die Jäger Emma zu entführen?« Alarmiert sah sich Melinda auf der Terrasse um. Wonach suchte sie?

Ebenso plötzlich stand Georg auf und trat auf Mayla zu. »Arme auseinander und hinstellen.«

Irritiert blinzelte sie. »Wie bitte?« Was hatten die beiden nur?

»Ich muss dich durchsuchen.«

Mayla wollte protestieren, doch Tom stand bereits neben ihr und zog sie auf die Füße. Sein Gesichtsausdruck war ebenso alarmiert wie Georgs. Was für einen Verdacht hatten sie?

Mayla wollte nachfragen, aber Tom legte ihr schnell einen Finger auf die Lippen. Kein Wort sprachen er und Georg, selbst Violett und Melinda hielten sich zurück, während die Männer Mayla wie am Flughafen abtasteten, bis sich Georgs

Mimik versteifte. Mayla setzte erneut an zu reden, doch sofort hielt ihr Tom die Hand vor den Mund und deutete auf Georg, dessen Miene sich versteifte. Mayla versuchte über die Schulter zu gucken, da Georg hinter ihr stand. Er nestelte an ihrer Bluse herum, genauer gesagt an einer Falte zwischen ihren Schulterblättern, an die sie selbst nicht gelangte. Als er ihr zeigte, was er dort hervorgezogen hatte, hielten alle die Luft an. Es war ein Sonnenblumenkern – und Mayla wusste sofort, dass es kein echter war. Schokoladenkrümel, sicher, das hätte passieren können, vielleicht auch ein Nusskrümelchen von Emmas Haselnusspralinen, aber Saaten? Niemals! So etwas kam bei ihr nicht auf den Tisch.

Neugierig betrachtete sie ihn genauer, als Georg bereits seinen Zauberstaub zückte. »Dele!« Mit einem Zischen verpuffte der Kern und nichts blieb von ihm zurück. Dennoch suchte Mayla die Terrassenplatten mit den Augen ab, doch es war ebenso wenig davon zurückgeblieben wie von einem Nuntia-Zauber. Ihr Puls beschleunigte sich. »Was war das?«

»Ein Abhörzauber.«

»Eine Wanze?« Bestürzt sah sie Georg an. »Heißt das, sie haben uns die ganze Zeit zugehört?«

Tom fuhr sich über die dunklen Bartstoppeln. »Ob sie wirklich die Hochzeit verhindern wollten, ist die Frage. So oder so haben sie jedes unserer Gespräche verfolgt und das für wer weiß wie lange schon.«

Empört hob Mayla den Zeigefinger. »Was denkt ihr von mir? Ich dusche täglich und die Bluse habe ich heute morgen frisch angezogen. Wie sollen sie uns gestern schon abgehört haben?«

Georg und Tom stockten, dann wechselten sie einen Blick, als kommunizierten sie neuerdings per Gedanken. »Weil es nicht der erste Abhörzauber war, den jemand auf dir platziert hat.«

»Was?«

Violett fuhr sich an die Stirn. »Deshalb wussten sie auch, wann Tom alleine unterwegs war. Auf diese Weise haben sie ihm den Diebstahl der magischen Steine angehängt.«

»So sieht es aus.« Georg trat von Mayla zurück, doch sie stellte sich mit ausgebreiteten Armen vor ihn. Schweiß brach ihr aus bei der Vorstellung, weitere dieser ekelhaften Abhörzauber an sich zu haben.

»Such noch mal. Vielleicht gibt es mehr davon. Meine Haare, die habe ich heute morgen nicht gewaschen. Vielleicht steckt da ein Zauber drinnen.« Unbehaglich schüttelte sie sich.

Bevor die Männer erneut per Hand ihre Kleidung und ihr Haar durchwühlen konnten, stellte sich Melinda vor sie, hob die Hände und donnerte: »Quaere exploratorem!«

Georg runzelte die Stirn. »Der Spruch ist normalerweise zu schwach um –«

»Zweifelst du an meinen Fähigkeiten, junger Mann?« Auf Melindas warnenden Blick blieb Georg stumm, während sich die mächtige Hexe auf den Zauber konzentrierte. Nichts regte sich, kein weiterer Sonnenblumenkern und auch kein Kürbiskern oder etwas anderes, das nicht zu ihr gehörte, schwebte von Mayla fort.

»Bin ich wanzenfrei? Seid ihr euch sicher?«

Melinda nickte entschieden. »Du, Tom und Emma auch. Der Spruch hätte sie gefunden.«

»Wieso hast du ihn nicht sofort angewendet, Oma?«

»Weil ich nicht mit einem Abhörzauber gerechnet habe.« Sie schaute hinüber zu ihrer Urenkelin. »Ich halte es für zu gefährlich, wenn Emma an diesem Ort bleibt, bis wir herausgefunden haben, wer ihn dir untergejubelt hat.«

Etwas stach in Mayla, doch Melinda hatte recht. »Wo können wir mit ihr hin? In eine andere geheime Weltenfalte?«

Tom begann unruhig auf- und abzulaufen. »Die Jäger, ich gehe davon aus, der Abhörzauber ist von ihnen, hören nicht mehr mit, also wissen sie, dass wir ihn entdeckt haben. Darüber hinaus können wir nicht ausschließen, dass sie auch auf andere Weise unser neues Zuhause ausgekundschaftet haben.«

»Wer hat dir nur den Zauber untergejubelt?« Georg verschränkte die Arme vor der Brust. »Kannst du mir eine Liste der Personen erstellen, die du in letzter Zeit täglich gesehen hast?«

Mayla hob die Arme und ließ sie wieder fallen. »Natürlich könnte ich dir eine Liste der Freunde und Bekannten aufschreiben, die ich umarmt habe, seit wir wieder zurück sind, aber das würde nicht viel nützen. Tom und ich waren heute Vormittag in Ulmenstadt unterwegs. Dort haben mich so viele Leute in dem Gedränge angerempelt – jeder von ihnen kann es gewesen sein. Möglicherweise war es auch nicht ein und dieselbe Person. Und im Hauptquartier des Feuerzirkels bin ich auch gewesen. Dort habe ich viele Bekannte umarmt.«

»Mit anderen Worten, wir können die Gruppe der Verdächtigen nicht eingrenzen.« Georg wandte sich an Tom, der ebenfalls den Kopf schüttelte.

»Mir ist auch niemand Verdächtiges aufgefallen – außer all diejenigen, die im Feuerzirkel waren, als ich dort aufgetaucht bin. Unter ihnen befanden sich bestimmt ein paar Gegner, bloß ob auch Jäger unter ihnen wa–«

Ein Knall ertönte. Vögel jagten aus den umstehenden Bäumen in den Himmel, während sie alle still standen, nur für einen Augenblick. Dann raste Mayla zu Emma und drückte sie an sich, während eine Horde junger Männer durch den Wald auf ihren Garten zustürmte. Rote Blitze zischten durch die Luft und zerstörten die Idylle von jetzt auf gleich.

Bevor ein Fluch sie treffen konnte, hob Emma die Hände und ein lilafarbener Schutz umgab sie. Es war ein Reflex, worauf die Jäger johlten, als hätten sie erreicht, weshalb sie hergekommen waren. Dennoch ließen sie die Bäume hinter sich und stürmten in den Garten. Es waren viele, bestimmt mehr als fünfzehn.

Melinda schmetterte bereits einen Zauber nach dem anderen auf sie. Ein paar von ihnen strauchelten, doch die Jäger ließen sich davon nicht aufhalten.

»Verschwindet!«, rief Melinda. Es waren zu viele Angreifer, um es mit ihnen aufzunehmen, und Emma durfte nicht verletzt werden.

»Unterbrich den Schutz!«, rief Mayla panisch, weil sie andernfalls ihre Tochter nicht packen und mit ihr fortspringen konnte. Tom war bereits neben ihr, griff ihre Rechte und streckte die andere Hand nach Emma aus. Der lilafarbene Schein verschwand. Tom dachte einen Zauber, um fortzuspringen, und Mayla sah, wie Melinda, Violett und Georg das Gleiche taten. Gleichzeitig landeten sie im Foyer auf Burg Donnersberg.

Atemlos drückte Mayla Emma an sich, während sich die anderen neben ihnen materialisierten. Sie keuchte. »Wie war das möglich? Wie konnten sie deinen Schutz um das Grundstück durchbrechen, Tom?«

Tom lief unruhig auf und ab. Bevor er antworten konnte, ging Melinda dazwischen. »Sie waren die ganze Zeit dazu in der Lage, weil sie mit Sicherheit zugehört haben, als er ihn gesprochen hat. Sie kannten die Formel und somit auch die Schwachstellen.« Melinda ging auf Emma zu, die sich ängstlich an Mayla klammerte, und strich ihr über die Wange. »Alles in Ordnung, mein Schatz, mach dir keine Sorgen. Die Jäger sind viel langsamer als wir. Die kriegen uns niemals.«

»Versprochen, Uromi?«

Melinda strich ihr über die Locken und lächelte, doch sie antwortete nicht darauf. Mayla überfiel ein Schaudern und sie drückte ihre Tochter enger an sich.

Gemeinsam traten sie in den Burgsaal, wo Artus und Anna zusammensaßen. Als sie Maylas und Violetts zerzausten Haare, Emmas erschrockenes Gesicht und die gehetzten Blicke sahen, sprangen sie auf und kamen ihnen entgegen.

»Was ist geschehen?«, wollte Artus wissen.

»Sie haben uns in unserem Zuhause angegriffen.« Tom presste die Lippen aufeinander. »Mein Schutz hat nicht ausgereicht.« Er sah zu Mayla und Emma, und sie konnte den unausgesprochenen Satz in seinen Augen lesen:

Ich konnte meine Familie nicht einmal gegen sie verteidigen.

Der Schmerz und ein Anflug von Versagen schimmerten in seinen Augen. Mayla hätte gern in aller Ruhe mit ihm über das Thema gesprochen, doch die Ereignisse überstürzten sich und ließen sie kaum zu Atem kommen.

Violett und Georg fassten zusammen, wie sie den Abhörzauber an Mayla entdeckt hatten und kurz darauf von den Jägern angegriffen worden waren. Sie erwähnten nicht den lilafarbenen Schein, den Emma gehext hatte, wofür Mayla ihnen dankbar war. Zum Glück hatten sie Georg und Violett kurz vorher eingeweiht, sonst wären sie vor Schreck überrascht gewesen und hätten sich vielleicht nicht rechtzeitig in Sicherheit bringen können. Auf jeden Fall würden sie jetzt sofort darüber diskutieren wollen, und dann wären auch Artus und Anna über Emmas Magie informiert gewesen. So oder so wussten die Jäger nun zweifellos, wozu Emma in der Lage war.

»Werden sie uns in die Burg folgen können?«, fragte Mayla. Ihre Stimme klang dünner als gewöhnlich, während das Herzchen ihrer Tochter schnell an ihrer Brust klopfte.

»Hier seid ihr sicher.« Gleichzeitig sah Artus Melinda fragend an, als zweifle er an seiner eigenen Aussage.

»Sie sind schon einmal hergekommen. Es wird ihnen wieder gelingen, wenn sie es wollen.« Melinda blickte von Tom zu Mayla und zu Emma. »Sie werden vermuten, dass wir uns auf der Burg verstecken. Und sie werden erwarten, dass ihr Emma nicht eine Sekunde von der Seite weicht.«

Mayla strich ihrer Tochter über den Kopf. Ihre Herzen klopften im Gleichklang schneller als gewöhnlich. »Was willst du damit andeuten, Oma?«

Tom legte ihr eine Hand auf die Schulter. Sein Blick war so ernst, dass ihr Gänsehaut über den Rücken wanderte. »Dass es klüger ist, wenn wir uns trennen.«

»Was? Niemals!«

Melindas Stimme war einfühlsam. »Emma könnte mit mir kommen. Ich habe einige Verstecke, von denen nicht einmal du weißt, Mayla. Und die Schutzzauber wirken seit so langer Zeit, sie werden uns niemals finden.«

Dann können wir uns zusammen dort verstecken, brannte es Mayla auf der Zunge zu sagen, doch ein Blick auf die anderen genügte. Wenn sie sich alle dort verbargen, blieb niemand übrig, der die Jäger aufhielt. Und dann … dann würden sie eines Tages wieder vor ihrer Haustür stehen, egal, wie gut Mayla und die anderen sich versteckt hatten.

»Jede Minute zählt«, raunte ihre Oma und Mayla tauschte einen Blick mit Tom. Etwas war im Busch und ihre Tochter war schon viel zu sehr mit hineingezogen worden. Zudem war es mehr als wahrscheinlich, dass es die Jäger explizit auf die Kleine abgesehen hatten. Gut möglich, dass Emma für sie die magischen Steine zusammensetzen sollte.

Mayla atmete tief durch. O wie verfluchte sie den Tag, an dem sie beschlossen hatten zurückzukommen. Obgleich sie Emma fest an sich drückte und sie nie wieder loslassen wollte, stand ihre Entscheidung fest – und sie durfte vor Emma nicht in Tränen ausbrechen. Am liebsten wäre sie mit ihr wenigstens für ein paar Minuten in den Burggarten gegangen, um Zeit mit ihr zu verbringen, ihren Erzählungen aus dem Kindergarten zu lauschen, ihren Beobachtungen in der Pflanzenwelt, ihren Ideen für neue Kräuterteemischungen, doch die Stunde des Abschieds hätte sie damit nur hinausgezögert.

Sie vergrub ihre Nase im Haar ihrer Tochter, das noch immer ein wenig den süßen Babyduft innehatte, vor allem aber nach Wald und Kräutern roch. »Mein Schatz, Uromi macht eine spannende Reise mit dir. Sie passt auf dich auf, bis ihr zu uns zurückkommen könnt, verstehst du?«

»Ist gut, Mami.« Eine Träne kullerte über Emmas Wange, worauf Mayla ihr fröhlichstes Gesicht aufsetzte, obgleich ihr Mutterherz verzweifelt schrie. »Es wird toll werden – und ich will gar nicht wissen, welche Tricks dir Oma beibringt, die viel zu gefährlich für eine Vierjährige sind.«

Emma legte die Hände auf den Mund und kicherte. Mayla setzte sie auf dem Steinboden ab und hockte sich mit Tom vor sie, der seine Tochter fest umarmte. »Bis bald, kleiner Engel. Pass auf Uroma auf.«

»Das werd ich, Papi.«

Schneller als Mayla es verstand, nickte Melinda ihr zu, nahm Emma an der Hand und sprang mit ihr davon. Sie hörte noch das Kichern ihrer Tochter, bis es von jetzt auf gleich verklang.

Alles in ihr schrie. Schrie auf bei der Ungerechtigkeit, dass sich die Jäger schon wieder in ihr Glück drängten. Ihr nun die Tochter nahmen. Doch sie sagte nichts, presste die Lippen aufeinander und blieb tapfer, um vor versammelter Mannschaft nicht die Fassung zu verlieren. Als dennoch ein Bild von der Wand fiel und der schwere Holzrahmen laut krachend auf den Steinboden donnerte, sagte keiner ein Wort.

Kapitel 17

Ihr müsst weg und euch verstecken«, erinnerte Violett.
»Sie sind schon einmal hergekommen, sie werden es
wieder tun.«

»Nein!«

Erschrocken sahen alle zu Mayla, deren Stimme wie ein
Versprechen von den Wänden hallte.

»Wir werden nicht abhauen! Sollen sie doch kommen.
Dann können wir endlich mehr über sie erfahren. Wir erwarten sie mit einem großen Knall und dann schnappen wir sie
uns und befragen sie, bis wir alles wissen, was notwendig
ist.«

Ungläubig starrte Violett sie an, wovon sich Mayla nicht
beirren ließ. »Sie haben versucht mir meine Tochter zu
nehmen. Umso früher ich Emma wieder an meiner Seite
habe, desto besser – für die Jäger! Wir haben viel zu viel Zeit
vertrödelt. Sie haben uns gejagt, waren uns ständig einen
Schritt voraus. Jetzt drehen wir den Spieß um!«

Tom drückte ihre Hand. Stolz lag in seinem Blick. »Du hast vollkommen recht, dennoch sollten wir vorher mit unseren Gastgebern reden.« Fragend sah er zu Artus und Angelika. Natürlich gebührte es der Anstand, die Burgherrschaften zu fragen, ob sie einem Kampf auf ihrem Grund und Boden überhaupt zustimmten.

Aus Artus war ein wenig Vitalität gewichen, er war über neunzig Jahre alt, doch Angelika wirkte mindestens so kampfesmutig wie Mayla. »Was für eine Frage! Natürlich, wir stehen immer an eurer Seite. Wer sind wir, uns auf unsere letzten Lebensjahre davor zu drücken, für das Gute einzutreten?«

Anna baute sich selbstbewusst neben Angelika auf. »Wir stehen hinter euch und am besten sagen wir sofort den anderen Bescheid, damit uns keiner der Jäger durch die Lappen geht.«

Erleichtert blickte Mayla von einem zum anderen. Gemeinsam würden sie es schaffen und dann würden sie endlich ihre Rückkehr genießen, ihre Hochzeit feiern und eine unbeschwerte Zeit im Kreise der Familie und Freunde verleben können.

Artus, Anna und Tom machten sich sofort daran, mittels Nuntia-Zaubern die anderen Verbündeten zusammenzutrommeln. Es dauerte nicht lange und einer nach dem anderen tauchte in der Burghalle auf. Alle waren mehr als bereit, endlich die verbliebenen Jäger zur Rechenschaft zu ziehen. Alle, bis auf eine.

Violett hatte sich auf einen Sessel zurückgezogen, die Hände gedankenverloren auf den Bauch gelegt, der bisher nichts von ihrem Geheimnis preisgab. Als Mayla sie entdeckte, setzte sie sich zu ihr. Sofort erkannte sie die Angst im

Gesicht ihrer Freundin und den Zwiespalt, in dem sie sich befand. Beschwichtigend strich sie ihr über die Schulter. »Violett, ich halte es für besser, wenn du dich und dein Krümelchen in Sicherheit bringst. Was wir vorhaben, ist keine geeignete Aktivität für eine werdende Mutter.«

Als Violett aufblickte, glänzten Tränen in ihren roten Wimpern. »Ich will euch nicht im Stich lassen.«

Mayla nickte und wartete. Violett musste sich den Kummer von der Seele reden – und Mayla würde ihr zuhören.

»Aber ich will mein Kleines auch nicht im Stich lassen.«

»Ich verstehe dich gut.«

Unwirsch schnaubte Violett auf. »Du hast damals mit Emma im Bauch gekämpft. Du hast dich neben die anderen gestellt und alles riskiert, um Vincent und Bertha aufzuhalten.«

Gut erinnerte sich Mayla an den Tag, doch sie winkte ab. »Die Sachlage war eine völlig andere, das kannst du nicht vergleichen. Außerdem hatte ich erst wenige Augenblicke vorher erfahren, dass ich schwanger war. Ich hatte noch gar nicht die Verbindung aufgebaut, die du zu deinem Kind hast.«

Violett schüttelte den Kopf. Ein verbissener Ausdruck trat auf ihr Gesicht. »Dafür hast du gedacht, du könntest keine Kinder bekommen. Emma war ein Wunder für dich und trotzdem hast du alles riskiert. Nein. Ich werde mir niemals wieder in die Augen sehen können, wenn ich euch im Stich lasse.«

»Glaubst du, ich werde mir je wieder in die Augen sehen können, wenn dir oder deinem Kind etwas passiert?« Ihre Freundin durfte sich und das Kleine nicht durch überflüssige Schuldgefühle in Gefahr bringen. Es war nicht notwendig, dass Violett mitkämpfte. Mayla hingegen hatte vor fünf Jahren keine Wahl gehabt. Als Mitglied einer Gründerfamilie waren ihre Kräfte unabdingbar gewesen, um Vincent und Bertha aufzuhalten.

Violett schluchzte auf. Sie ließ den Kopf hängen, hin- und hergerissen zwischen dem Drang zu helfen und dem Instinkt, ihr Kind zu schützen. Mayla blickte sich im Saal um und wollte Georg zu ihnen winken. Er würde die richtigen Worte finden. Doch er hatte sie längst entdeckt und kam zu ihnen. Als er seine aufgelöst Verlobte sah, zählte er sofort eins und eins zusammen.

»Vio, komm, lass uns im Burggarten spazieren gehen.« Er sagte es mit einer solchen Zärtlichkeit in der Stimme, dass Violett aufblickte und ihn dankbar anlächelte. Die zwei stahlen sich aus dem Raum und Mayla schaute ihnen nach. Wie froh war sie, dass die beiden zueinander gefunden hatten. Sie taten einander gut, waren füreinander da und Georg würde wissen, wie er Violett beruhigen konnte.

Mit leichterem Herzen kehrte sie an die Tafel zurück, an der bereits die versammelte Mannschaft plante.

»Wir müssen sie sofort lähmen, damit uns keiner entkommen kann«, betonte Angelika. »Jeder greift an, niemand baut einen Schild auf, sonst hauen sie wieder ab.«

Tom ließ ein Knurren verlauten, das leise war, dennoch horchte jeder auf. Es war ihm entwischt, keine Frage. Wie nutzlos musste er sich erneut vorkommen? Erst bei der Entführung von Emma, dann als die Jäger ihr Zuhause gestürmt hatten und nun bei der Abwehr ihrer Widersacher. Mayla wollte sich zu ihm setzen, ihm beistehen, doch seine ablehnende, kühle Haltung barg eine deutliche Sprache, weshalb sie es unterließ, ihre Hand auf seine zu legen.

»Tom ist für den Schutz zuständig, sollte sich jemand verletzen und sich zurückziehen müssen«, setzte Angelika wie selbstverständlich hinzu, als hätte sie eben keine andere Anweisung gegeben.

Ihm brannte eine Erwiderung auf der Zunge, die all seinen Frust widergespiegelt hätte, das konnte jeder sehen, aber er verbiss sich den Kommentar, ballte lediglich die Hand unter dem Tisch zur Faust, während er seine gewohnte distanzierte Miene zur Schau trug. Die Knöchel traten deutlich an seinem Handrücken hervor, bevor er die Hände hervorzog und scheinbar gelassen in seinem Schoß faltete. Dabei hörte er aufmerksam zu, während die anderen planten, wie sie die Jäger aufhalten konnten.

Egal wie gründlich sie überlegten, wie viele sich im Laufe des Abends um den Tisch versammelten, wie entschlossen sie auf ihre Feinde warteten, die Jäger griffen nicht an. Keiner von ihnen tauchte auf. Die Stunden vergingen und Mayla wurde unruhiger und unruhiger. Violett war mittlerweile gegangen. Georg hatte sie überredet, in die Bibliotheken zu springen und nach Hinweisen über die magischen Steine zu suchen. Eine wichtige Aufgabe, wie er ein ums andere Mal betonte, und Violett schien damit zufrieden. Ohnehin war sie eher die Theoretikerin, die Lehrerin, die Politikerin als die Kämpfernatur wie Anna und ihre Freundinnen. Natürlich hätte Mayla sie trotzdem gerne bei sich gehabt, die Situation war nicht leicht und Violett war ihre beste Freundin. Doch sie hatte Verständnis für ihre Entscheidung und war sogar froh, dass sie sich und das Ungeborene aus der Schusslinie gezogen hatte.

Als der Abend der Nacht wich, rechnete niemand mehr mit einem Angriff. Die meisten hatten sich zerstreut, auch wenn keiner Burg Donnersberg verließ. Während die anderen schläfrig einen Kaffee tranken, konnte Mayla sich nicht entspannen. Aufgewühlt lief sie auf und ab, unfähig, sich irgendwo niederzulassen und das Offensichtliche zu akzeptieren und laut auszusprechen. Doch Angelika nahm ihr das ab.

»Sie kommen nicht mehr.«

Artus zuckte müde mit den Schultern. »Vielleicht warten sie die Nacht ab, um uns zu überraschen.«

Entschieden schüttelte Mayla den Kopf. Sie würde sich bestimmt nicht zurückziehen und den Abend ungenutzt verstreichen lassen. »Sie wissen, dass wir sie erwarten. Tom, lass uns noch einmal heimgehen. Vielleicht halten sie sich noch in unserem Zuhause auf.«

Nickend erhob er sich vom Stuhl. »Oder wir finden Spuren von ihnen. Es waren immerhin um die fünfzehn Jäger, die in unseren Garten gestürmt sind.«

Geräuschvoll rückte Georg seinen Stuhl zurück. »Gute Idee. Ich komme mit euch.«

»Sollten wir alle gehen?«, fragte Anna. »Zu zweit … ich meine zu dritt seid ihr vielleicht nicht stark genug.« Unwohl blickte sie Tom an. Sie mochte ihn, wollte ihn nicht demütigen, doch sie war nicht der Typ, der seine Gedanken für sich behielt.

Scheinbar gelassen verschränkte Tom die Arme vor der Brust. Er hatte den Seitenhieb verstanden – ebenso wie jeder andere im Raum. »Nein, bewacht ihr die Burg, falls sie herkommen.« Ohne ein weiteres Wort dazu zu sagen, nahm er Mayla bei der Hand, die ihrerseits Georgs umfasste, während Tom brummte: »Perduce nos in domicilium ad Rhenum situm!«

Kapitel 18

Ein seltsames Gefühl wanderte durch Maylas Magen und zischte einmal von oben nach unten, während sie auf der Terrasse ihres Hauses am Rhein landeten. So etwas hatte sie bislang nie beim Springen gefühlt. Woher rührte es? Ratlos schob sie den Gedanken beiseite und schaute sich stattdessen abwehrbereit um.

Niemand befand sich auf ihrem Grundstück, die Verwüstung allerdings zeugte davon, dass die Jäger den Garten und das Haus nicht sofort verlassen hatten, nachdem Mayla und die anderen fortgesprungen waren. Der Tisch war umgestoßen, ebenso wie die Stühle, die Kuchenplatte lag zerbrochen auf den Steinfliesen inmitten von Schokokrümeln und einigen Schriftrollen, aber gewiss nicht allen. Nur Emmas Kräutergarten war intakt, als hätte er bei dem Überfall nur zugesehen. Hatte ihr Schutz sich auf die Pflanzen übertragen?

Ein Schaudern bemächtigte sich Mayla, während sie zu den Möbeln lief und sich bückte. Es war unerträglich, ihr

Heim so derangiert zu sehen. Georg kam zu ihr und gemeinsam suchten sie inmitten des Durcheinanders nach Spuren, während Tom ins Haus trat.

»Sie haben mindestens die Hälfte der Schriftrollen mitgenommen«, schätzte Georg. »Hoffentlich nur die Texte, die ihr bereits durchgelesen habt.«

Mayla überflog sie. »Dank meiner Oma hatten wir fast alle durch, jedoch nichts Wichtiges gefunden. Trotzdem sollten wir die verbliebenen Texte auf Burg Donnersberg bringen. Angelika wird sie schützen.«

Georg sammelte sie ein, verwandelte einen Kieselstein in eine Tasche und verstaute darin die Texte. Mayla lief unterdessen zu Tom ins Haus. Wenn sie dachte, das Chaos auf der Terrasse wäre schlimm, wurde sie spätestens jetzt eines Besseren belehrt. Bücher lagen aufgeschlagen auf dem Boden, Vasen waren zertrümmert ebenso wie das Geschirr, die Polstermöbel aufgeschlitzt und der Glastisch zersprungen. Von Tom fehlte jede Spur. Wahrscheinlich war er oben, vielleicht in Emmas Zimmer.

Mayla lief über die Treppe hinauf und ignorierte das Chaos, so gut es möglich war. Die Jäger hatten alles durchwühlt, alles zerstört, jedes bisschen Privatsphäre zunichte gemacht. Nie wieder würde sie sich in diesem Haus heimisch und sicher fühlen.

Leise lief sie weiter. Aus welchem Grund sie keinen Lärm verursachen wollte, wusste sie selbst nicht. Vielleicht war es ähnlich wie bei einem Tatort mit Toten. Sie wollte die Ruhe des verwüsteten und auf ewig zerstörten Heims nicht stören. Kurz bevor sie im oberen Stockwerk ankam, hörte sie Stimmen. Es war die Stimme einer Frau und … Toms?! Mit wem unterhielt er sich? Ihre Oma und Violett waren es mit

Sicherheit nicht und auch sonst kam ihr die Stimme nicht im Mindesten vertraut vor.

Lautlos, um nicht ertappt zu werden, schlich Mayla weiter, sparte die knarzende Stufe aus und gelangte im oberen Stockwerk an. Die Stimmen kamen aus dem Schlafzimmer.

»– etwas geahnt?«, hörte Mayla die Fremde fragen. Ihre Stimme klang merkwürdig rau.

»Nein, sie vertrauen mir.« Das war Tom. Was hatten seine Worte zu bedeuten, verdammt?

Mayla schielte durch die Tür in das Zimmer. Sie konnte die Unbekannte nur von hinten sehen, aber der dunkle Umhang kam ihr bekannt vor. Das war doch nicht etwa dieselbe Hexe, die sie beim Kämpfen auf dem alten Anwesen in Südengland beobachtet hatten? Diejenige, die den Jäger getötet hatte?! Bevor Mayla kopflos hineinspringen und die Frau durch einen Zauber festhalten konnte, verabschiedete sie sich so schnell, dass Mayla keine Zeit blieb zu reagieren.

»Bis später.« Mit den Worten sprang die Fremde davon. Zurück blieb nur Tom, der sich nachdenklich durch die Bartstoppeln fuhr.

Bevor er Mayla sehen konnte, zuckte sie zurück und schlich rückwärts in den Flur. Sie tat es völlig mechanisch. Genauso gut hätte sie in der Schlafzimmertür stehen bleiben und ihn zur Rede stellen können. Was hatte er mit dieser Frau zu schaffen? Und wieso verheimlichte er ihr, dass er sie kannte?

Verfluchter Mist, was ging vor sich? Ihr Herz raste. Tom würde sie niemals verraten. Niemals. Er liebte sie und er liebte Emma. Sie musste ihm vertrauen. Aber er benahm sich so distanziert in letzter Zeit. War frustriert und wortkarger als gewöhnlich.

Nein, nicht zweifeln!

Das hatte sie schon einmal getan und sie war damals auf dem Holzweg gewesen und würde es heute wieder sein.

Ein umgefallenes Schränkchen stand ihr im Weg, sie sah es nicht rechtzeitig und stieß dagegen. »Aua! Verdammt!«

»Mayla?« Tom trat aus dem Schlafzimmer und sah sie im Flur auf einem Bein hüpfen. »Was tust du hier oben?«

»Ich habe nach dir gesucht«, und habe dich mit einer Mörderin reden hören, nach der wir suchen und die du angeblich nicht kennst, »und bin an das Schränkchen gestoßen.«

Tom lachte leise. Sie liebte dieses Lachen. Sie liebte es. Es war nicht falsch. Und er auch nicht. Tränen traten ihr bei dem Klang in die Augen, die Tom falsch deutete.

»Brauchst du etwas zur Kühlung?«

Er schöpfte keinen Verdacht, dass sie ihn belauscht hatte. Nicht ein klitzekleines bisschen. Himmel, wann hatte sie so gut schauspielern gelernt? Normalerweise sah er ihr jede Regung an der Nasenspitze an. Wahrscheinlich hatte sie seit heute Mittag nonstop aufgewühlt ausgesehen, die Wangen fleckig, die Augen ständig aufgerissen wie ein Reh im Scheinwerferlicht. Die minimale Veränderung, dass sich diese Aufgeregtheit auch auf ihn bezog, war ihm entgangen.

»Es geht schon. Hast du Spuren der Jäger gefunden? War noch jemand im Haus?« Sie versuchte es beiläufig klingen zu lassen, doch zugleich schoss ihr die Hitze ins Gesicht. Lügen war einfach so gar nicht ihrs. Damit ihre roten Wangen sie nicht verrieten, beugte sie sich zu ihrem Fuß und strich über die Ferse, die wirklich weh tat.

»Nein, niemand. Das Haus war leer.«

O Gott. Er log sie an. Er log sie tatsächlich an.

Alles in ihr schrie danach, ihm zu sagen, dass sie ihn belauscht hatte, ja, ihn sogar mit der Frau gesehen hatte, doch die Worte wirbelten wie Tornados durch ihren Kopf und keines fand seinen Weg zu ihren Lippen. Hatte die Erkenntnis, dass er ihr nicht die Wahrheit sagte, eine Art Stummheit bei ihr ausgelöst? Fassungslos sah sie ihn an.

Auch das fiel ihm nicht auf. Er legte den Arm um sie, als wäre nichts vorgefallen, bückte sich zu ihrem Fuß und raunte: »Sana!« Seine Heilkräfte waren mächtig geworden, weitaus mächtiger als ihre. Von jetzt auf gleich verklang der Schmerz und zurück blieb nur der Verrat. Nur …

»Komm, lass uns zu Georg gehen.« Sanft schob er sie zur Treppe. Wollte er etwas hier oben vor ihr verbergen? Hatte die Frau Spuren hinterlassen, ihm einen Gegenstand aufs Bett gelegt, den Mayla übersehen hatte?

»Ich will noch in Emmas Zimmer.«

Mitleidig sah er sie an. »Dort herrscht Chaos. Bist du sicher, dass du das sehen willst?«

»Ja.« Entschlossen sah sie ihn an. »Ich will alles sehen. Ich vertrage alles. Du musst mich nicht schützen.«

Unsicherheit flackerte in seinen Augen auf. Bemerkte er endlich, dass sie sich anders verhielt? Wieso sagte er es ihr nicht? Hielt er sie für derart zerbrechlich? Zart besaitet? Verbarg er Probleme vor ihr, weil er glaubte, sie hielte sie nicht aus? Sie wollte daran glauben, wollte es unbedingt. Er hinterging sie nicht aus schlechten Beweggründen. Sein Motiv musste edel sein. Oder … machte sie sich nur etwas vor?

Er wies mit der Hand auf Emmas Tür, die angelehnt war, und Mayla lief an ihm vorbei zum Zimmer ihrer Tochter. In den wenigen Tagen, die sie in dem Haus wohnten, hatte sie ihr kleines Reich derart persönlich gestaltet, dass es Mayla einen Stich mitten ins Herz versetzte. Sie sah getrocknete Blumen auf buntes Papier geklebt an den Wänden hängen, Kuscheltiere, die sich in dem Bett und auf dem Schaukelstuhl stapelten, gemalte Bilder, die sich auf dem Schreibtisch türmten. Das Chaos war nicht so schlimm, wie Tom es angekündigt hatte. Sah es nicht immer so im Zimmer ihrer Tochter aus? Ordentlich war die Kleine gewiss nicht, das hatte sie von Mayla.

Sie lief auf das Bett zu, in dem ihre Tochter nicht lag, obwohl es bereits Nacht war, und schnappte sich Emmas liebstes Kuscheltier. Eine kleine Pflaume, die Arme und Beine hatte, und die sie aus großen Augen erstaunt ansah, als wundere sie sich, wo Emma blieb und wieso sie nicht mit ihr knuddelte. Mayla drückte das Kuschelobst an ihre Brust. Sie würde es bei sich behalten, bis sie es Emma in die Hand drücken konnte.

»Mayla … wir werden sie zurückholen.«

Sie nickte lediglich und huschte an ihm vorbei in den Flur. Bevor Tom sie aufhalten konnte, betrat sie das Schlafzimmer, das angrenzte. Während sie alles nach einer Spur absuchte, die die Frau hinterlassen haben könnte, blieb Tom mit verschränkten Armen in der Tür stehen und lehnte sich an den Rahmen.

»Suchst du etwas?«

»Klar, nach Spuren derjenigen, die unbefugt in unser Haus eingedrungen sind. Oder glaubst du, außer uns hat niemand unser Schlafzimmer betreten?«

Sie spürte sein Zögern, doch dann winkte er ab. Er glaubte nicht, dass sie ihn belauscht hatte, sonst hätte er längst Verdacht geschöpft. Mayla holte tief Luft. Sie hielt es keine Sekunde länger aus und endlich fiel die Starre von ihr ab.

192

»Ich habe dich gesehen!« Sie brüllte es mehr, als dass sie es sagte. Sie musste es sagen. Musste wissen, was vor sich ging. Wieso verheimlichte er das Treffen vor ihr? Wieso log er sie an? Wer war diese Frau?

Tom erstarrte, dann trat er einen Schritt auf sie zu, die Hände besänftigend erhoben. »Mayla, ich –«

»Mayla, Tom!« Georg rief von unten und klang alarmiert. Sie sahen sich an, nur für einen Moment, dann eilte Mayla die Treppe hinunter ins Erdgeschoss, Tom hinter ihr her.

»Was ist los?«

»Ich habe einen Hinweis gefunden. Seht her, ein Abdruck.« Er zeigte auf den Boden neben der umgestoßenen Couch. »Jetzt haben wir eine Spur.«

Abdruck? Das war ein Schmutzfleck auf ihrem Parkettboden. Nur mit Mühe war das Schuhprofil zu erkennen. Hauptsächlich bestand diese sogenannte Spur aus Erd- und Sandkrümeln. Mayla sah Georg entgeistert an. »Wie soll der uns weiterhelfen? Der ist ja nicht mal komplett. Außergewöhnlich groß sieht er auch nicht aus und viel zu erkennen ist ebenfalls nicht.«

Georg schmunzelte. »Glaubst du wirklich, wir Polizisten, die hexen können, haben keine besonderen Tricks auf Lager?«

Stimmt. Daran hatte sie nicht gedacht. Was konnte er mit so einem Dreckhaufen anstellen? Gespannt wartete sie ab, während sich Tom bereits zu dem Hinweis beugte. »Er kann die Erde und den Sand einem Herkunftsort zuordnen.«

Maylas Augen wurden groß. »Das kannst du? Wie funktioniert das?«

»Sieh zu und lerne.« Er zückte seinen Zauberstab, richtete die Spitze auf den Haufen Erde und sprach laut und deutlich: »Ostende, unde venias!« Die Überreste erhoben sich, drehten sich langsam in der Luft und ein Glitzern wanderte um sie herum.

Wartend beobachtete Mayla, was geschah. »Und jetzt? Fliegt der Dreck nach Hause und wir müssen schnell hinterher?«

Tom lachte leise. Ein wenig klang es in Maylas Ohren wie Verrat. Wie konnte er einfach so weitermachen, als hätten sie nichts Wichtiges zu klären? Als hätte sie ihn nicht bei einer Lüge ertappt? Doch vor Georg scheute sie sich, darüber zu reden, also spielte sie sein Spiel mit. Vorerst.

Er zeigte auf den Dreckhaufen. »Sieh zu.«

Die Erde und der Sand drehten sich, schneller und schneller, waberten durch die Luft, bis sie sich zu einer Kugel zusammenfügten und langsam zu Boden schwebten. Auf dem Dielenboden blieben sie liegen. Mayla erkannte nichts. Verwundert sah sie zu Georg. Wie sollte ihnen das weiterhelfen? Doch Georg und Tom betrachteten nicht den Schmutzhaufen, sondern sahen auf die Stelle, wo noch immer glitzernde Punkte durch die Luft schwebten. Die Partikel drehten sich im Kreis, wurden mehr und mehr, nahmen Farbe an, bis sie sich zu einem Bild zusammenfügten.

»Der Mont-Saint-Michel«, bemerkte Georg.

»Wie bitte?« Mit verengten Augen versuchte sie etwas aus den Glitzerpunkten zu erkennen. Da war eine hohe Spitze einer Kirche, eine kleine Stadt auf einer winzigen Insel und rundherum rauschte das Meer. »Der Mont-Saint-Michel?«

Tom drehte sich nickend zu ihr. »Frankreich. Einer der Jäger war zuletzt in der Normandie, in einer Weltenfalte auf dem Mont-Saint-Michel.«

Mont-Saint-Michel? Verwundert sah sie die Männer an.

»Meint ihr diesen Berg an der Atlantikküste, der sich kurz vor dem Festland befindet und auf dem eine alte Kirche und ein paar Häuser stehen? Der je nachdem ob Flut oder Ebbe ist, mit dem Festland verbunden oder komplett von Wasser umgeben ist? Dort gibt es eine Weltenfalte?«

Grinsend klopfte Georg ihr auf die Schulter. »Mich wundert es, dass du dich noch wunderst.«

Mayla sah staunend von Tom zu Georg. Das war unglaublich. Dieser Ort war Magie pur – in ihren Augen schon immer gewesen. Auch ohne Hexen und Weltenfalten. Sie war nie dort gewesen, hatte es allerdings immer gewollt und damals mit Henning geplant, jedoch niemals umgesetzt. Nun, so wie es aussah, würde sich das in den kommenden Stunden ändern. Enthusiastisch schlug sie die Hände aneinander. »Endlich ein Hinweis! Aber bevor wir aufbrechen, schnapp ich mir meine Pralinenvorräte. Ohne die gehe ich nirgends hin.« Rasch eilte sie in die Küche.

Georg gähnte und sah auf seine Armbanduhr. Es war weit nach Mitternacht. »Wir sollten erst mal schlafen. Der Tag war lang und unsere Konzentration ist nicht mehr die beste. Es ist klüger, wenn wir ein paar Stunden schlafen und den Ort morgen absuchen, bevor wir heute Nacht noch in eine Falle laufen.«

Tom überlegte. Er war hin- und hergerissen, das konnte Mayla sehen, während sie mit drei Schachteln Pralinen zu den Männern zurückkehrte. Widerwillig musste sie Georg recht geben. Es war vernünftiger, morgen in ausgeschlafenem Zustand ihre Suche fortzusetzen – auch wenn sie am liebsten sofort losstürzen, die Jäger entlarven und ihr Kind zurückhaben wollte. Aber vernünftig mussten sie sein. Außerdem würde sie dadurch heute Nacht eine Gelegenheit finden, mit Tom in Ruhe darüber zu reden, was sie beobachtet hatte. Er wusste, dass sie es wusste, und hatte Zeit genug gehabt, um zu überlegen, wie er ihr seine Lüge erklären konnte.

Sie wandte sich an Georg. »Du hast recht. Ich fühle mich wie erschlagen. Morgen werden wir sie gemeinsam zur Strecke bringen.«

Georg umarmte sie zum Abschied. »Ich werde zu Violett heimgehen. Ich muss mich vergewissern, dass es ihr gutgeht und sie sich nicht aufregt. Vielleicht hat sie mehr über die magischen Steine herausgefunden, immerhin war sie den halben Abend in der Bibliothek. Ich bin morgen früh um acht Uhr auf Burg Donnersberg.«

»Ist gut. Grüß sie von mir«, rief sie Georg hinterher, der mit einem Glitzern verschwand. Sie drehte sich zu Tom, der sich über den Nacken fuhr. »Übernachten wir auf Burg Donnersberg?«

»Ich habe noch etwas zu erledigen. Geh schon mal vor, ich komme nach.«

Ein Stich durchfuhr sie und entsetzt sah sie ihn an. Beinahe wären ihr die Pralinen hinuntergefallen. Gerade rechtzeitig fing sie sie auf und presste sie an die Brust. »Tom, was soll schon wieder diese Geheimniskrämerei? Wer war die Frau? Was hast du mit ihr zu schaffen? Was hat sie dem Jäger gestohlen?«

Tom umfasste seinen Amulettschlüssel und sah an ihr vorbei. »Ich werde dir alles erzählen, aber zuerst muss ich noch eine Sache klären.«

Ihr Herz raste. In ihrer Vorstellung hatte sie ihn nach Rechtfertigungen suchen und zu ihren Füßen knien sehen, doch dass er einfach abhauen und ihr eine Antwort schuldig bleiben würde, damit hatte sie nicht gerechnet. Das konnte er nicht machen. »Du hast mich angelogen, Tom. Was soll ich davon halten? Wieso sagst du mir nicht einfach sofort die Wahrheit und klärst dann das, was auch immer noch zu klären ist?«

»Weil es auf diese Weise nicht funktioniert. Vertrau mir.«

»Das tue ich, und damit das so bleibt, darfst du mich nicht anlügen!«

»Ist gut.« Zärtlich strich er über das Haar, mied aber weiterhin ihren Blick. »Bald wirst du es verstehen, das verspreche ich dir.«

Tränen traten ihr in die Augen. Wieso tat er das schon wieder? Wieso bezog er sie nicht mit ein? Bevor sie ihn danach fragen und verzweifelt gegen seine Brust trommeln konnte, hauchte er ihr einen Kuss auf die Stirn und verschwand mit einem unschuldigen Glitzern.

Kapitel 19

Mayla stand auf Burg Donnersberg in ihrem Zimmer am Fenster. Es war dasselbe Zimmer, das sie vor fünf Jahren bewohnt hatte. Ein einfaches Bett, ein Schrank, ein Tisch mit zwei Stühlen. Um ehrlich zu sein, hatte sie mit einem größeren Zimmer oder zumindest einem Doppelbett gerechnet. Offenbar glaubten jedoch Angelika und Artus noch weniger als sie selbst daran, dass Tom vor dem Morgengrauen zurückkehrte.

Sie hatte das Fenster geöffnet und stützte sich mit den Händen auf die Fensterbank. Es war dunkel, bis auf den bevorstehenden Vollmond leuchtete kaum ein Stern am Nachthimmel, lediglich sein silbernes Licht beschien die Spitzen der Tannen und Berge, die sich rund um Burg Donnersberg befanden. Der Ausblick war ihr vertraut, ebenso wie das Zimmer, dennoch fühlte sie sich einsam.

Müde stieß sie sich von der Fensterbank ab. Sie ließ das Fenster offen, damit die erfrischende Spätsommerluft in den Raum drang, und legte sich auf das Bett. Mit offenen Augen und den Armen hinter dem Kopf verschränkt starrte sie an die Zimmerdecke, kaum zu einem klaren Gedanken fähig, als die Luft zu wabern anfing und ein kleiner Schatten auf das Bett sprang.

»Karli, mein Schatz.«

Er hatte ihre Sorge gespürt, obwohl sie nicht nach ihm gerufen hatte. Maunzend stampfte der treue Kater auf ihrem Bauch, während sie ihm gedankenverloren das Fell kraulte. Er schnurrte so laut, als wolle er verhindern, dass sie in ihren deprimierenden Gedanken festhing, doch es reichte nicht. Wieder und wieder sah sie Tom mit der Fremden tuscheln, hörte, wie er sie anlog, und beobachtete, wie er sie hatte stehen lassen.

Wie damals.

In den vergangenen Jahren hatte sie nicht damit gerechnet, dass eine solche Situation je wiederkehren könnte. Sie waren ein Team, Eltern einer gemeinsamen Tochter und hatten zusammen gewohnt. Okay, Tom war oft weg gewesen. Sehr oft. Allerdings nie so lang, dass es ihr verdächtig erschienen wäre. Und auch nicht so lang, dass sie das Gefühl hatte, er würde vor ihr flüchten, etwas verbergen oder sich noch immer als Eigenbrötler durchs Leben schlagen. Spätestens jeden Abend war er heimgekommen, hatte gemeinsam mit Emma und ihr gegessen, die Kleine ins Bett gebracht, ihr vorgelesen und die restlichen Stunden und vor allem jede Nacht an Maylas Seite verbracht. Sie waren eine richtige Familie gewesen. Gewesen. Gewesen?

Wieso bezog er sie nicht ein? Warum sagte er ihr nicht die Wahrheit? Weshalb zum Teufel log er sie an?

Karli stupste mit dem Köpfchen an ihren Arm, worauf sie aufschaute. Kläglich maunzte er.

»Entschuldige, Karli, leidest du etwa, weil ich leide? Das ist natürlich nicht fair. Aber du musst mir recht geben, das alles ist sehr verdächtig. Weißt du, was Tom treibt? Vielleicht von Kitty?«

Er schickte ihr keine Bilder, dafür ein Gefühl, so schön, wie sich eine warme Umarmung eines geliebten Menschen anfühlte.

»Danke, Karli. Ich mache mir einfach so viele Sorgen. Er hätte wenigstens aus Rücksicht darauf, dass ich einen Schock wegen Emma erlebt habe, bei mir bleiben können, oder? Verlange ich zu viel?«

Der schwarze Kater schnurrte und stampfte erneut auf ihrem Bauch. Er schmuste mit ihr, bis sich ihr Atem beruhigte.

»Ist ja gut, kleiner Kerl. Ich weiß, dass du immer für mich da bist. Ich hab dich lieb. Nur diese Fragen muss ich mir stellen. Natürlich vertraue ich ihm, anlügen hingegen darf er mich nicht. Da ist es doch kein Wunder, dass ich mir Sorgen mache. Und nur weil er sich entschuldigt hat, macht das die Lüge nicht ungeschehen.«

Karli hörte auf zu stampfen und kuschelte sich eng an ihre Hüfte. Laut schnurrend schlief er ein. War das eine Aufforderung? Sollte sie endlich zur Ruhe kommen?

»Du hast recht, kleiner Schatz. Wenn ich nicht langsam die Augen zumache, bin ich morgen erschöpfter als heute. Aber dass er wirklich nicht zu mir kommt, hätte ich nicht gedacht, ich ...« Tief atmete sie durch. Es war die sprichwörtliche Teufelsspirale.

Sie blies die Flamme der Kerze auf ihrem Nachtschränkchen aus und kuschelte sich zu Karli unter die Bettdecke. Es dauerte lange, bis sie einschlief, und selbst die Nacht schenkte ihr kaum Erholung. Sie sah die Jäger, die Emma verfolgten, und Tom, der sie immer wieder anlog, bis die Alpträume sie endlich losließen und sie in einen traumlosen Schlaf fiel.

∞

Als sie am nächsten Morgen zum Frühstück erschien, war sie nicht die erste. Angelika thronte bereits kerzengerade und würdevoll wie eine Königin auf ihrem Stuhl und aß einen Obstsalat. Obwohl Mayla nicht der einzige Übernachtungsgast auf der Burg war und die Sonne schon lange die umliegenden Berge und Wälder beschien, saß außer der Burgherrin niemand am Tisch.

»Guten Morgen, Mayla. Hast du gut geschlafen?«

Lächelnd tapste sie auf die Tafel zu. »Danke. Es riecht nach frisch gebackenem Bauernbrot. Beschäftigst du wieder deine ehemaligen Köchinnen?«

»Natürlich. Sobald der Irrsinn vorbei war, habe ich sie zurückgeholt. Sie sind treue Seelen und haben Artus verziehen, dass er sie verdächtig hat. Seither toben sie sich wieder in der Küche aus und glaub mir, Artus ist der letzte, der sich darüber beschweren wird.« Sie zwinkerte ihr verschmitzt zu.

Mayla setzte sich neben Angelika und griff beherzt nach einer Scheibe Bauernbrot und Camembert. Auch wenn sich ihr Magen aufgrund all der Sorgen zusammenzog, zwang sie sich, mit gutem Appetit zu essen.

»Tom ist nicht gekommen.« Es war keine Frage von Angelika, eher eine Feststellung.

Natürlich hatte Mayla damit gerechnet, dass er sofort auf ihr Zimmer kommen würde, wenn er herkäme, und da er das nicht getan hatte, war sie davon ausgegangen, dass er die Nacht woanders verbracht hatte. Dennoch versetzte ihr die Information einen Stoß in die Magengegend. Das Brot in ihrem Mund schmeckte plötzlich wie Gummi und ließ sich ebenso schwer kauen. Es dauerte eine halbe Ewigkeit, bis sie es schlucken konnte.

»Gibt es etwas, das du mir sagen willst?«

Konnte Angelika vielleicht doch Gedankenlesen? Auch wenn Tom gelacht hatte, als sie ihn in einer lauschigen Stunde zum gefühlt hundertsten Mal danach gefragt hatte, schloss sie es immer noch nicht aus. Wenn es Hexen gab und Weltenfalten überall auf der Erdkugel, wieso sollte dann nicht mindestens eine von ihnen diese Kunst beherrschen?

»Ich denke an Emma.« Wenn auch nicht die ganze Wahrheit, war das zumindest nicht gelogen. Aber sie würde die Sache mit Tom direkt klären und bestimmt nicht mit Angelika diskutieren – auch wenn sie eine herzensgute Frau war und Mayla ihr mittlerweile vorbehaltlos traute.

Die Burgherrin legte ihre Gabel beiseite und sah Mayla großmütterlich an. »Melinda wird mit ihr eine tolle Zeit verbringen und du kannst dir sicher sein, dass Emma an ihrer Seite nichts Schlimmes geschieht. Sie wird so viel über Pflanzen lernen und Zaubersprüche bewerkstelligen, von denen andere Kinder in dem Alter nur träumen. Die Sprüche, die sie im Kindergarten verpasst, wird sie mühelos aufholen. Melinda hat mir schon vor Monaten erzählt, dass sie ein talentiertes Mädchen ist.«

Als wären es ihre Fähigkeiten und ihr Können, um die sich Mayla sorgte. Nein, ihre Emma musste nicht die beste Hexe der Welt werden. Sie wollte, dass es ihr gutging, und sie hatte fest damit gerechnet, dass die Kleine schon bald

Freunde finden und nach Hause einladen würde. Sie hatte gehofft, ihre Tochter verlebe eine … normale Kindheit. Soweit es überhaupt normal war, über magische Fähigkeiten zu verfügen – wie zu Beginn ihrer Zeit als Hexe versetzten zahlreiche Dinge Mayla noch immer in Staunen –, und soweit es normal war, als Kleinkind mächtigere Kräfte in sich zu tragen als der Großteil der Hexenbevölkerung.

»Ich weiß, dass Oma gut aufpassen wird, aber ich vermisse sie.«

Angelika lehnte sich vor und legte die Hand auf Maylas. Die Adern traten bereits deutlich hervor, auch wenn ihre Hände weicher waren, als es bei einer Frau ihres Alters üblich war. »Wir stehen an deiner Seite und gemeinsam werden wir die Jäger aufhalten. Hab Vertrauen und gib dein Bestes, dann werdet ihr bald wieder vereint sein.«

Ihr? Meinte sie damit auch Tom? Apropos Tom, wann würde er endlich auftauchen? Und wieso war er heute Nacht nicht gekommen? Nur um dem Gespräch aus dem Weg zu gehen oder hatte er wirklich etwas Wichtiges zu erledigen gehabt? Stopp! Sie musste diese quälenden Gedanken endlich aus ihrem Kopf verbannen. Sie würde ihre Fragen direkt mit ihm klären, anstatt wild über seine Beweggründe zu spekulieren. »Wo sind eigentlich die anderen? Anna, Susana und Pierre haben auch auf der Burg geschlafen, oder?«

»Ja, die gesammelte Mannschaft von damals. Manchmal bin ich immer noch versucht, uns Verstoßene zu nennen.« Angelika lachte gedankenverloren auf. »Sie sind bereits seit Stunden in der Bibliothek, gemeinsam mit Artus, obwohl wir gestern lange diskutiert haben.«

Ups. Hatte sie so lange geschlafen? Sie schielte auf die große Wanduhr. Zehn vor acht. Wenigstens für ihr Treffen mit Georg war sie nicht zu spät. Ihr Blick schweifte über die großen Fenster, die den Blick frei ließen auf eine unberührte Spätsommerlandschaft, bis sie wieder auf ihren Teller starrte. Ihr Appetit ließ zu wünschen übrig, aber wenn sie nicht wenigstens die angebissene Brotscheibe aufaß, würde Angelika härtere Verhörmethoden auffahren. Unter großer Kraftanstrengung biss sie ein kleines Stück ab.

Angelika rührte in ihrem Tee. »Gestern ist niemand mehr aufgetaucht. Die Jäger werden es nicht wagen, uns in unserem Territorium, auf unserer Burg anzugreifen. Wahrscheinlich rechnen sie damit, dass Melinda bei uns ist. Gemeinsam mit dir und Tom sind wir sehr stark.«

Mayla nickte nur beiläufig, während sie versuchte, den winzigen Bissen Brot zu kauen und zu schlucken.

»Wirst du mit Georg und Tom nach Frankreich aufbrechen? Soll euch jemand begleiten?«

Obwohl Mayla gestern erst nach Mitternacht auf die Burg gesprungen war, hatte Angelika auf sie gewartet und es sich nicht nehmen lassen, sie auf dem Weg zu ihrem Zimmer zu befragen. Sie wollte haargenau wissen, was Mayla und die anderen herausgefunden hatten. Mayla hatte ihr von den Erd- und Sandspuren erzählt und auch, wohin sie führten.

Endlich hatte sie den Bissen geschluckt und legte das Brot zurück auf den Teller. »Ich denke, es ist besser, wir sehen uns nur zu dritt um. Wenn wir zu viele sind, fallen wir sofort auf.«

Angelika nickte und trank einen Schluck Kräutertee.

»Guten Morgen«, schmetterte Violett und Mayla drehte sich um. Ihre Freundin kam mit Georg an der Hand in den Saal geschlendert. Sie sah wesentlich fröhlicher aus als gestern und ihre Wangen leuchteten in gesunder Röte. Die beiden setzten sich zu ihnen an den Tisch und Violett gönnte sich ein paar Gabeln Schinkenspeck und zwei Scheiben Bauernbrot, während Georg lediglich einen Kaffee trank.

»Hast du keinen Hunger?«, fragte Angelika verwundert.

Georg schüttelte den Kopf, nicht ohne seiner Verlobten einen warmen Blick zuzuwerfen. »Wir haben bereits zuhause gefrühstückt.«

Mayla lachte auf, worauf Violett von ihrem Teller aufschaute. »Was? Ich muss jetzt für zwei essen.«

»Hau nur ordentlich rein.« Sie schob ihr die Erdbeermarmelade rüber, die Violett sofort großzügig auf dem Brot verteilte. »Bist du gestern in der Bibliothek bei deinen Recherchen über etwas Interessantes gestolpert?«

Violett nickte, schluckte und schmierte weiter. »Die magischen Steine sind offenbar nicht für die Hexenkräfte der jeweiligen Zirkel notwendig. Sie sind lediglich die Quelle der Magie.«

»Lediglich …« Georg schmunzelte.

Violett verdrehte die Augen, während sie Honig über die Erdbeermarmelade träufelte. »Ihr wisst, was ich meine. Es ist natürlich trotzdem schlimm, dass die Jäger sie gestohlen haben, weil sie nicht die komplette Quelle der Magie in ihre Finger bekommen dürfen. Aber erst einmal hat das keine Auswirkungen auf die Kräfte der Wasser- und Erdhexen.«

»Das sind gute Neuigkeiten.« Mayla atmete auf und konnte auch Georg die Erleichterung ansehen. Noch war er ein Wasserhexer und somit hätte ihn der Diebstahl des Steines unmittelbar betreffen können. Sie wandte sich wieder an Violett, die mit leuchtenden Augen den Schinken verschlang. »Hast du weitere Dinge herausgefunden, die für uns von Bedeutung sein könnten?«

Violett schüttelte den Kopf, im Mund einen großen Bissen, weshalb sie unfähig war zu antworten. Georg schmunzelte und strich ihr zärtlich über den Rücken. Die Liebe, die dabei in seinen Augen lag, war unübersehbar. Dann wandte er sich an Mayla.»Euer Stein ist gut geschützt, richtig?«

Dankbar, wegen der Unterhaltung nicht erneut nach dem Brot greifen zu müssen, legte sie die Hände auf dem Tisch ab. »Außer mir, Tom und meiner Oma weiß niemand, wo er versteckt ist. Außerdem haben wir ihn magisch abgeschirmt, so dass er mit keinem Auffindungszauber aufgespürt werden kann.«

Angelika sah sie besorgt an.»Bist du sicher? Andernfalls können wir in der Burg auf ihn aufpassen wie vor ein paar Jahren schon, als Melinda verschwunden war. Wenn du dich nicht gewachsen fühlst, Mayla …«

»Nein, danke. Ich bin völlig Herr der Lage.« Sie angelte nach einer der Pralinenschachteln, die sie mitgebracht hatte, und schob sich eine Mandelpraline in den Mund. Der vertraute Geschmack breitete sich auf ihrer Zunge aus und verlieh ihr Kraft für den Tag.

Stirnrunzelnd blickte Georg durch den Saal und zur Tür. »Wo ist Tom?«

Mayla wurde rot, so richtig rot, und die Hitze breitete sich in ihrem kompletten Körper aus. Was sollte sie antworten? »Er …«

Verfluchter …

»Ich bin hier.« Gewohnt leise betrat Tom den Burgsaal. Er sah müde aus, blass, wo zum Teufel hatte er die Nacht verbracht? Mayla wäre am liebsten aufgesprungen, hätte ihn in eine Ecke gezerrt und zur Rede gestellt. Stattdessen griff sie nach einer weiteren Praline, die sie in den Mund steckte, ohne Tom aus den Augen zu lassen. Er hingegen mied ihren Blick. Sah nicht ein einziges Mal zu ihr hin, wirkte dabei jedoch so lässig, als wäre das völlig normal. Wie konnte er nur! Angelika beäugte ihn misstrauisch und setzte an, etwas zu sagen, doch Tom ließ sich von ihr nicht auf die Finger gucken. »Wir können sofort los.«

Georg musterte ihn von Kopf bis Fuß. Auch er schien skeptisch. Definitiv war er in seinem Job als Kriminaloberkommissar richtig aufgehoben. Langsam erhob er sich, gab Violett einen Kuss, die hungrig weiterfrühstückte und ihnen beiläufig über die Schulter zuwinkte. Gemeinsam mit Mayla liefen Georg und Tom in die Empfangshalle. Seit damals hatte Artus den Schutzzauber nicht verändert, sodass man die Burg nur per Besen oder Amulettschlüssel durch die Eingangshalle betreten konnte.

Sie fixierte Tom, nagelte ihn mit ihrem Blick fest, doch Georgs Präsenz neben ihr war nur allzu deutlich spürbar. Sollte sie vor ihm Tom ausfragen, was zum Teufel vor sich ging? Schlagartig fiel ihr die Situation damals in den Pyrenäen ein, als sie Tom vor Georg zur Rede gestellt hatte, weil sie ihn für den Lufterben gehalten hatte. Stattdessen hatte er ihr offenbart – oder vielmehr hatte Georg geschlussfolgert –, dass Tom Vincents Sohn war. Wäre Georg damals nicht an ihrer Seite gewesen und hätte sie nicht sofort in Sicherheit bringen wollen, vielleicht wäre die Sache anders verlaufen. Womöglich hätte Tom weniger abweisend reagiert, andere Worte gewählt, ihr die Dinge versucht zu erklären.

Sie biss sich auf die Lippe. Sie wollte ihn nicht wieder bedrängen und vor anderen zur Rede stellen. Ihr alleine vertraute er möglicherweise etwas an, das Georg – noch –

nicht erfahren durfte. Sie wollte den gleichen Fehler nicht zweimal begehen, aber die nächstbeste Gelegenheit war ihre. Und heute Abend würde er nicht so einfach davon springen, das schwor sie bei sämtlichen Pralinenvorräten der Welt! Bis sie einen günstigen Zeitpunkt fand, würde sie Ruhe bewahren – so Gott ihr half. Betont gelassen sah sie von Tom zu Georg. »Wart ihr schon mal in der Weltenfalte auf dem Mont-Saint-Michel?«

Georgs Augen leuchteten. »Als kleiner Bub mit meinen Eltern. Ich kann mich an jedes Detail erinnern, höre die Möwen, die Wellen, die Flut ...«

Auffallend sachlich fragte sie: »Können wir unbemerkt hinspringen oder würden wir sofort sämtliche Jäger aufschrecken?«

Tom warf ihr einen prüfenden Blick zu. Befürchtete er, sie würde ihm an die Gurgel gehen, sobald etwas anderes aus seinem Mund kam als eine Erklärung für sein Verhalten? »Wir können bedenkenlos springen. Selbst in der Weltenfalte sind so viele Touristen, dass es schwerer ist aufzufallen, als sich zu verbergen.«

Na, das musste ja einer seiner liebsten Orte sein. Erneut biss sie sich auf die Lippe, doch er schien ihre Gedanken zu erraten. Zum ersten Mal heute Morgen sah er sie direkt an. Sein Mundwinkel zuckte, als wollte er sie anlächeln, aber sofort wandte er den Blick wieder ab und umfasste sein Amulett. Er gab ihr die Hand, die sich nicht warm und unterstützend anfühlte, sondern rau und kalt. War er die Nacht über draußen gewesen?

Georg ergriff ihre andere, wodurch sie den Blick für einen Moment von Tom löste. »Ich springe mit euch. In dem Gedränge kann man sich leicht verlieren.«

»Perduce nos ad montem Sancti Micheli!«, murmelte Tom.

Sie spürte Toms Hand in ihrer, doch es fühlte sich anders an. Fremd. Dieses Gefühl der Verbundenheit, das sie stets empfand, wenn sie sich berührten, war nicht da. Sie schluckte.

Während die Steinwände verschwammen, drückte sie seine Hand fester als nötig. Sie sah zu ihm auf und er zu ihr hinab und endlich trafen sich ihre Augen. In seinem Blick lag ein Bedauern, das ihr die Kehle zuschnürte. Wieso war er nicht früher gekommen und hatte ihr alles erklärt? Sie hätten die Angelegenheit längst klären können. Stattdessen trugen sie es nun mit sich herum. Offensichtlich vertraute er ihr nicht vorbehaltlos. Aber weshalb nicht, verdammt? Nie hatte sie eines seiner Geheimnisse verraten! Seit damals in den Pyrenäen nie wieder Dinge angesprochen, die ihm unangenehm sein konnten, wenn jemand dabei war – nicht einmal vor Emma. Sie hatte das nicht verdient. Wie sollte ihre Ehe aussehen, wenn sie wusste, dass er ihr nicht in dem Maß vertraute wie sie ihm?

Kapitel 20

Als sie sich auf dem Mont-Saint-Michel materialisierten und die Gespräche unzähliger Menschen an ihre Ohren drangen, wandte Mayla den Blick von Tom ab. Sie musste sich konzentrieren und die Jäger finden, dabei durfte sie sich nicht ablenken lassen – nicht einmal von ihm. Vor Georg und in diesem Touristenmagneten würde sie ohnehin nicht das Gespräch mit ihm suchen.

Aufmerksam schaute sie sich um. Sie befanden sich auf einer Straße. Konnte man das überhaupt als Straße bezeichnen? Es war eher eine Gasse, schmal und zu den Seiten befanden sich alte Steinhäuser, vornehmlich aus Naturstein erbaut und mit einfachen Holztüren und Fensterläden bestückt. Weiter vorne entdeckte sie zudem Fachwerkhäuser, die sich Wand an Wand aneinanderreihten.

So viele Menschenmassen schoben sich an ihnen vorbei, es kam einem Wunder gleich, dass sie niemandem von ihnen auf die Füße gesprungen waren. Wobei Mayla das noch nie passiert war – und theoretisch bestand an jedem Ort, zu dem man mittels Amulettschlüssel sprang, diese Gefahr. Wahrscheinlich platzierte der Zauber den Hexenden an einen Platz, so klein er auch war, an dem man niemanden verletzten konnte. Andernfalls wäre das Springen nicht ohne ständige Massenkarambolagen möglich.

Chinesen, Amerikaner, Franzosen und Portugiesen bestaunten und kommentierten in ihren Landessprachen die altehrwürdige Architektur. Es war erstaunlich, dass es in jedem Land Hexen und Weltenfalten gab. Irgendwann wollte Mayla auf Reisen gehen, das nahm sie sich vor. Es musste wunderbar sein, von Land zu Land zu springen und die Welt völlig neu zu erkunden.

In den mehrere hundert Jahre alten Häusern befanden sich Souvenirläden und Cafés. Menschentrauben bildeten sich vor den Läden, sodass die Inhaber zu keinen Tricks greifen mussten, um den Gästen ihren frisch gebrühten Kaffee oder die Miniatur-Wasserspeier, Postkarten und Ritterschwerter zu verkaufen.

Mayla überflog das Areal mit den Augen. Dort vorne war ein Bekleidungsgeschäft mit einem Kleidchen, dessen Stoff im typischen Normandiestil gefärbt war, weiß mit dunkelblauen Querstreifen. Wie goldig würde Emma damit aussehen … Aber sie war nicht zum Shoppen hier. Sie mussten der Spur nachgehen, die endlich einer der Jäger hinterlassen hatte. »Können wir eingrenzen, woher der Sand und die Erde in unserem Wohnzimmer stammen?«

»Entweder vom Strand oder oben von der Kathedrale, würde ich vermuten.« Tom zeigte hinauf. Über ihnen erhob sich das mächtige alte Gebäude, die Krone des Mont-Saint-Michel, die ihren Schatten auf die engen Gassen warf. Über mehrere Ebenen war die Kathedrale erbaut – ausschließlich durch Menschenhand, oder hatten die Hexen mitgeholfen? Bevor Mayla nach Touristeninfos fragen konnte, fuhr Tom fort. »Dort oben gibt es eigentlich keine bekannte Weltenfalte, aber womöglich eine verborgene.«

Georg musterte wachsam die umstehenden Hexen, aber unter den fröhlichen Besuchern befand sich kein auffälliger Kandidat. »Wir können versuchen, oben eine Falte zu öffnen. Wenn sich nichts tut, gehen wir an den Strand. Ein Teil davon gehört zu der Weltenfalte, in der wir uns befinden.«

Mayla versuchte hinabzusehen, doch die Gebäude standen so eng, dass ein Blick auf das Meer, geschweige denn den Strand zumindest in diesem Moment unmöglich war. »Zieht sich die Weltenfalte über sämtliche Stockwerke oder wie darf ich mir das vorstellen?«

»Wie ein Tortenstück.« Georg schmunzelte. »Mit den Worten haben es mir meine Eltern damals erklärt.«

»Spannend.« Mayla wurde von einem Touristen angerempelt, der sich sogleich entschuldigte, und wurde damit aus ihrer ehrfürchtigen Betrachtung gerissen. Sie folgten der engen Straße, bis sie vor sich zwar dieselbe Architektur und nahtlos übergehende Pflastersteine hatten, die Menschenmassen jedoch noch dichter wurden als zuvor. Unzählige Besucher tauchten wie aus dem Nichts auf. Dort musste die Weltenfalte zu Ende sein.

Sie zögerte, was nicht leicht war, da von hinten unzählige Hexen voran drängten. »Werden sie uns nicht bemerken, wenn wir einfach so hinauslaufen?«

»Nein, es ist viel zu voll und die Menschen abgelenkt. Trotzdem gibt es zusätzlich einen Trick, schau.« Georg zeigte auf ein Café, das »La Mère Poulard« hieß und über die Grenze reichte. »Dort können wir reingehen und anschließend durch die Toiletten. Dann kommen wir auf der anderen Seite heraus.«

»Gute Idee.«

Auf dem Weg dorthin beobachteten sie weiterhin die Leute, ob sich unter ihnen möglicherweise bereits ein Jäger aufhielt. Mayla schielte von links nach rechts über alte Männer mit Landkarten und Frauen mit großen Sonnenhüten. Wie sollte sie einen ihrer Widersacher erkennen? Er würde wohl kaum ein T-Shirt mit der Aufschrift »Ich bin ein Jäger« tragen. Außerdem war es nicht schwer, in der Touristenmasse unterzutauchen. Man musste nur den Mund leicht öffnen und von einem Gebäude zum nächsten blicken, schon verhielt man sich wie jeder andere.

Ratlos schaute sie sich um, als ihr etwas einfiel. Da ihre Gesichter unter den Jägern recht bekannt waren, würden ihre Gegner sie wahrscheinlich erkennen und sich durch ihre Reaktion verraten. Anstatt die Augen gesenkt zu halten, hob Mayla den Kopf und sah den Besuchern direkt in die Augen und beobachtete ihre Mimik, während sie sich weiter in Richtung Café schoben. Doch niemand erkannte sie, keiner beachtete sie, alle waren viel zu beschäftigt, auf die alten Stein- und Fachwerkhäuser und die Kathedrale zu zeigen, die vor ihnen in den Himmel ragte. Die Touristen hatten völlig recht. Es sah magisch aus.

Vor den Toiletten waren lange Schlangen. Mayla stellte sich in die Reihe zur Damentoilette und Tom und Georg in die zur Herrentoilette.

»Wir treffen uns beim Ausgang«, rief Georg ihr zu, bevor er mit Tom im Nachbargang verschwand. Natürlich war die Schlange bei ihnen kürzer. Mayla trat von einem Fuß auf den anderen. Was dauerte denn da so lange? Sie stellte sich auf die Schuhspitzen und versuchte den Anfang der Schlange zu erkennen. Offenbar nutzten die meisten Besucherinnen die Gelegenheit und legten tatsächlich eine Toilettenpause ein. Unrecht hatten die Damen nicht. Dennoch würde Mayla direkt an den Kabinen vorbeilaufen und wieder hinausgehen. Ihre Ungeduld war zu groß.

Als sie gefühlt eine Stunde später nach draußen trat, fehlte von Tom und Georg jede Spur. Ein Schreck durchfuhr sie, sofort das Schlimmste annehmend, doch sie besann sich. Mit Sicherheit liefen die zwei in der Nähe irgendwo umher. Wahrscheinlich hatten sie keine Lust gehabt, tatenlos auf Mayla zu warten, und sahen sich bereits ein wenig um. Gleich würden sie zurückkommen. Kein Problem, dann würde Mayla eben einen dieser fantastisch duftenden Pfannkuchen essen.

Bevor sie zur Theke laufen und einen bestellen konnte, legte ihr jemand die Hand auf die Schulter. »Da bist du ja.« Es war Georg, direkt neben ihm folgte Tom.

»Entschuldigt, die Schlange war verdammt lang. Habt ihr euch die Zeit schön vertrieben?« Neugierig sah sie von einem zum anderen.

Die Männer wechselten einen Blick, in dem so viel Unbehagen lag, dass Mayla ahnte, was geschehen war. Georg hatte Tom zur Rede gestellt. Natürlich war ihm nicht entgangen, dass etwas im Busch war, und er hatte nicht lange gezögert. Wehe, er wusste, worum es ging, und sie nicht!

Georg drängte zur Eile, bevor sie nachhaken konnte. »Wir sollten uns aufmachen, bevor die Spur völlig kalt ist. Immerhin haben wir schon die Stunden der Nacht verloren.«

Bevor sie ihre Meinung dazu beitragen konnte, marschierten die beiden los. Grummelnd zog sie hinter ihnen her.

Verfluchte Männerbande. Wie zum Teufel sollte sie sich auf die Suche nach einem Jäger konzentrieren, wenn ihre Gedanken von ganz anderen Fragen beherrscht wurden?

Außerhalb der Weltenfalte herrschte zunehmend dichteres Gedränge. Zunächst liefen sie Schulter an Schulter, schon wenig später allerdings mussten sie hintereinander laufen. Sie kämpften sich durch die Touristenmassen bergauf, während Möwen schreiend über ihnen kreisten. Es war eine Kunst, sich nicht zu verlieren. Mayla war versucht nach Toms Hand zu greifen, doch jemand drängelte sich zwischen sie. Tom blieb sofort stehen, bis Mayla wieder bei ihm war, und reichte ihr die Hand. Als sie sie umfasste, lief er weiter wie zuvor, dennoch glaubte Mayla in der Geste ein Versprechen zu sehen, es zu fühlen, genauso wie sie fühlte, dass sein Daumen über ihren strich. Er würde ihr die Dinge erklären, er hielt zu Emma und ihr und schon bald hatte dieser Irrsinn ein Ende.

Sie schoben sich durch die schmalen Gassen, in denen altertümliche Laternen und rote Ladenschilder an den Hauswänden hingen und beinahe die gegenüberliegenden Häuserzeilen berührten, so eng waren die Straßen. Die Leute erzählten, Verkäufer boten ihre Waren an, wodurch eine laute Geräuschkulisse entstand. Mit eingezogenen Schultern kämpften sie sich weiter, bis sie die Läden hinter sich ließen und einen schmalen gepflasterten Weg erreichten, der von einer alten hüfthohen Mauer begrenzt wurde. Menschen strömten ihnen entgegen, weshalb sie auch dort hintereinander laufen mussten, bis sie wieder eine Treppe vor sich hatten.

Die Kathedrale, die auf den oberen drei Ebenen errichtet worden war, prangte hoch über ihnen, als sie einen kleinen

Platz und damit die nächst höhere Ebene erreichten. Es gab einen kleinen Bungalow mit Toiletten, ein paar Bänke und eine atemberaubende Aussicht auf das französische Festland und hinaus aufs offene Meer.

Mayla keuchte. Ihre Fitness war noch nie die beste gewesen. Obwohl sie mit Emma wesentlich aktiver war als früher, hatte ihre Puste kaum bis zur obersten Treppenstufe gereicht. Schnaufend hielt sie sich an der Brüstung fest und warf einen Blick auf das Watt, während ihr der Wind um die Ohren pfiff. Das Meer kämpfte sich bereits den Weg zurück. Bald würde es das umliegende Land fluten und den Mont-Saint-Michel wieder zu einer Insel machen, nur durch einen Damm mit dem Festland verbunden. Am liebsten würde sie die nächsten zwei Stunden exakt an dieser Stelle stehen bleiben und dem Naturschauspiel beiwohnen – und das nicht nur, um wieder zu Atem zu kommen. Wann bekam sie noch einmal die Gelegenheit dazu? Leider sahen die Männer alles andere als danach aus, dass sie ihr diese Bitte erfüllen wollten. Georg schielte ständig auf seine Armbanduhr und auch Tom erweckte den Eindruck, als würde er innerlich mit den Füßen scharren. Keine zwei Minuten ließen sie Mayla verschnaufen, bis sie weiterdrängten.

Seufzend gab Mayla nach. Stufe um Stufe kämpften sie sich weiter nach oben. Warum nur musste diese geheime Falte ausgerechnet ganz oben sein? Moment, streng genommen hatten sie keine Ahnung, wo sie sich befand. »Wieso könnte sich die verborgene Weltenfalte, sofern es sie gibt, nicht auf einer der unteren Ebenen befinden? Schließlich sind dort auch ein paar Grünflächen, von denen die Erde stammen könnte. Nicht, dass wir uns völlig umsonst bis nach oben quälen …«

216

»Es ist nur eine Vermutung«, kam Georgs knappe Antwort, der mittlerweile hinter ihr lief und sie vor sich herschob, damit sie nicht schon wieder stehen blieb. Tom preschte derweil vorneweg, diesmal ohne ihr die Hand zu reichen. Nebeneinander konnten sie auch hier nicht laufen. Die Treppen und Wege waren so eng, das eine Schlange hoch und die andere Schlange hinunter lief. Unzählige Touristen kamen ihnen entgegen, während sich andere vor und hinter ihnen die ansteigenden Wege und Treppen zur Kathedrale hinauf kämpften. Wie viele von ihnen Hexen waren, ließ sich beim besten Willen nicht beantworten – und ob sich auch nur ein einziger Jäger unter ihnen befand, noch viel weniger.

Sie gingen an einem Steinhaus nach dem anderen vorbei, manche einstöckig, andere zweistöckig, die einen mit roten, die anderen mit grünen Fensterläden, bis sie einen Friedhof mit schmuckvollen Gräbern erreichten, über den ebenfalls ein paar Urlauber flanierten. Er war nicht sonderlich groß, aber groß genug, um die Touristenmassen ein wenig zu entzerren.

Mayla schnaufte. »Pause!«

»Schon wieder? Mayla, komm schon.« Georg legte ihr die flache Hand auf den Rücken, um sie vorwärts zu treiben, als er mitten in der Bewegung stockte. Ehe Mayla herumfahren konnte, um zu überprüfen, wohin er starrte, griff Georg ihre Hand und sagte betont gelassen: »Natürlich machen wir eine Pause, wir haben Zeit. Setz dich auf eine Bank, damit der Schwindel nachlässt, und ruh ein paar Minuten aus.«

Normalerweise sprach er nicht so tief. Hatte er die Stimme verstellt? Und von Schwindel hatte sie nichts gesagt. Was hatte Georg entdeckt? Oder wen? Auch Tom verstand sofort, da er Mayla den Arm um den Rücken legte und sie unauffällig zur Bank schob. Den Kopf hielt er dabei so tief, dass er die Touristen nicht überragte.

»Atme ruhig ein und wieder aus, dann geht es dir besser. Ich bring dich zur Bank.« Er sprach so leise, dass es für die Umstehenden allenfalls als beruhigendes Gemurmel hörbar war.

Was war dort? Wer war dort?

Neugierig hob Mayla den Kopf und schaute zu der Bank, die die Männer anvisierten und auf der niemand saß. Dabei ließ sie ihren Blick unauffällig über das kleine Areal gleiten. Mehrere Gräber, insgesamt drei Reihen und manche prunkvoller gestaltet als andere, befanden sich eng nebeneinander. Die meisten bestanden aus Stein, wenige waren begrünt und eines besaß eine auffallend hohe Stele mit einem kleinen Kreuz an der Spitze. Die Touristen blieben wahllos vor den einzelnen Grabstätten stehen und verhielten sich angemessen ruhig, wodurch der Friedhof eine regelrechte Ruheoase bildete. Die Leute studierten die Schriftzüge, aber niemand von ihnen verhielt sich auffällig.

Wahllos fiel Maylas Blick auf einen Besucher nach dem anderen, zuerst auf einen blassen Mann mit Sonnenschirm, der länger vor dem Grab mit der hohen Stele verweilte, anschließend auf eine Frau, an deren Hand ein kleiner Junge hüpfte, bis Maylas Aufmerksamkeit wie magisch angezogen wurde von jemandem, der vor einem Grab hockte. Als sie sah, um wen es sich dabei handelte, rutschte ihr vor Schreck das Herz in die Hose.

Es war Marianna Lauber.

Kapitel 21

Marianna Lauber. Die Jägerin, die sich bei ihnen eingeschlichen und auf Burg Donnersberg als verschrobener Bücherwurm getarnt hatte. Die Marianna, die in ihren Haarknoten einen zerkauten Bleistift gesteckt hatte und sie wenig später rücksichtslos angegriffen und Pierre schwer verletzt hatte.

Auch in ihr war die alte Magie vereint. Konnte sie sie nutzen? Oder war sie gefangen durch die übermäßige Macht und nicht in der Lage, etwas anderes zu wirken als harmlose Zauber und Schutzmagie wie Tom?

Sie kniete auf den kleinen Steinen, das glänzend schwarze Haar zu einem hohen strengen Zopf gebunden, und strich mit den Händen über die niedrigen Sträucher, die das Grab einfassten. Dabei hatte sie die Augen auf die Inschrift des Grabsteins gerichtet. Wer lag dort? Betrauerte sie jemanden?

Doch darum ging es gerade nicht. Es war Marianna Lauber. Eine Jägerin. Wie durch ein Wunder hatte sie sie noch nicht bemerkt. Um sofort loszustürmen und sie festzunehmen, waren sie zu weit von ihr entfernt und zu viele Menschen wuselten zwischen ihnen hin und her. Die Gefahr, dass sie ihnen entwischte, war zu groß, und sie durch Magie aufzuhalten, zu riskant. Nicht auszudenken, dass einer der Touristen von dem Zauber getroffen wurde.

Die Bank, auf die Tom und Georg zuhielten, befand sich in unmittelbarer Nähe zu ihr. Stetig schritten sie darauf zu, Mayla auf Tom gestützt. Normalerweise hätte sie seine Nähe aus dem Konzept gebracht und erneut all die Gedanken hochgewirbelt, doch sie konnte nur an diese Frau denken, die dort vorne hockte, die das Leben der Schulkinder im Feuerhauptquartier bedroht hatte und trotzdem noch immer auf freiem Fuß war.

Die Steine unter ihren Schuhen knirschten, trotzdem schaute die Jägerin nicht auf, sondern blieb ruhig, als würde sie mit dem Toten sprechen. Sie waren nicht mehr weit von ihr entfernt. Sollte Mayla einen Lähmungszauber hexen? Aber das Glitzern würde auffallen und wer weiß, ob es etwas brachte. Georg hatte die Hände frei. Als Polizist hatte er andere Befugnisse als sie, außerhalb von Weltenfalten seinen Zauberstab zu zücken – auch wenn es durch den Zauberstab leider so viel auffälliger war, als wenn Mayla eine Hand hob. Und Tom konnte nicht angreifen, ohne sein Leben aufs Spiel zu setzen. Mayla schielte zu Georg und hob fragend eine Augenbraue. Sollte sie vielleicht einen kleinen Zauber …?

Nachdrücklich schüttelte Georg den Kopf. Wahrscheinlich hatte er recht. Wenn sie hexte und der Spruch danebenging, würde Marianna sich sofort verteidigen, ohne Rücksicht auf die Urlauber zu nehmen.

Langsam pirschten sie näher und noch immer blickte die Jägerin nicht auf. Genügend Menschen schlenderten über den Friedhof, bestaunten die vielen Grabsteine und blickten hoch zu der Palme, die darüber prangte, und ohne es zu wissen halfen sie alle dabei, die Jägerin abzulenken.

Ein kleiner Junge sprang an ihnen vorbei, stolperte über seine eigenen Füße und fiel auf die Steinkante einer Grabeinfassung. Sein Schrei hallte über den Friedhof, worauf jeder den Kopf hob und zu ihm schaute. Er hatte das Knie aufgeschrammt und blutete. Das alles dauerte keine zwei Sekunden und als Mayla und die anderen wieder zu Marianna schauten, war sie nicht mehr zu sehen.

Verfluchter Mist.

Georg und Tom spurteten los. Als hätten die Touristen die Seiten gewechselt, schoben sich so viele Menschen vor die beiden, dass sie nur langsam vorwärts kamen. Mayla spähte durch die Zwischenräume, die sich zwischen den Urlaubern auftaten – bei ihrer Größe konnte sie kaum jemandem über den Kopf schauen. Doch wohin sie blickte, von Marianna fehlte jede Spur.

Während die Männer davonjagten, um sie zu suchen, musterte Mayla den Grabstein, vor dem die Jägerin gekniet hatte. Er bestand aus hellem Stein wie viele der anderen und war von kleinen Büschen eingefasst. Neugierig las Mayla, wer darin zur ewigen Ruhe gebettet war, und hockte sich dabei an die Stelle, an der zuvor ihre Widersacherin gekniet hatte.

Marchand stand zuoberst der Familienname und darunter die Personen, die in dem Familiengrab beigesetzt waren: Caroline, Jean-Léon, Chantal, Valérie und Raoul. Daneben war eine Rose eingraviert. War Marianna mit dieser Familie verwandt? Lagen in dem Grab überhaupt Hexen, obwohl sich der Friedhof außerhalb einer Weltenfalte befand?

Große Schatten näherten sich Mayla von hinten. Als sie aufblickte, standen Tom und Georg neben ihr.

»Wir haben sie verloren.« Georg zückte bereits seinen Notizblock und kritzelte die eingravierten Namen auf ein Blatt, während Tom ratlos den Kopf schüttelte.

»Wieso hat sie vor dem Grab gehockt? Was ist das für eine Familie?«

»Ich weiß nicht.« Mayla zuckte mit den Schultern. Dabei verlor sie das Gleichgewicht und stützte sich mit den Händen zwischen den kleinen Gewächsen ab. Doch ihre linke Hand traf nicht auf Blätter und Erde, sondern auf einen harten Gegenstand. Stirnrunzelnd neigte sie den Kopf und befühlte das, was sie durch die dichte Bepflanzung nicht sehen konnte. Es war kalt und glatt. Metall? »Vielleicht hat Marianna nach irgendetwas gesucht.« Sie nahm die zweite Hand zu Hilfe und pulte die Erde rundherum zur Seite, damit sie das notdürftig vergrabene Objekt greifen konnte. Als sie es hochhob, hockten Georg und Tom bereits neben ihr.

In ihren Händen hielt sie ein Medaillon, das an einer schmalen Kette hing. Es war aus Weißgold und die Vorderseite mit Ranken und Schnörkeln verziert. Hatte Marianna nach diesem Gegenstand gesucht? Mayla strich die Erdkrümel ab und klappte es vorsichtig auf. In seinem Inneren befand sich das Porträt einer edel frisierten Frau.

»Wer ist das?« Maylas Stimme war nur ein Flüstern.

»Darf ich?« Georg nahm es ihr aus der Hand und betrachtete die Abbildung eingehend, als Tom bereits unruhig wurde.

»Es wäre besser, wenn niemand sieht, dass wir im Besitz des Medaillons sind. Vielleicht sind weitere Jäger hier und beobachten uns. Kommt, lasst uns zurückgehen.«

Mayla nickte, während Georg das Fundstück in seine Hosentasche schob und die Hand darüber behielt. Mit dem Gefühl, endlich einen Schritt nach vorne gekommen zu sein, kämpften sie sich an den Besuchern vorbei den Berg hinunter.

∞

Geschlossen sprangen sie zurück auf Burg Donnersberg, wo sich Violett, Angelika und Anna sogleich über das Medaillon beugten, während Georg von ihrem Ausflug berichtete.

Anna und Angelika schüttelten den Kopf. »Kenne ich nicht, kommt mir nicht bekannt vor.«

Violett hingegen legte nachdenklich einen Finger an die Lippen. »Ich bin mir ziemlich sicher, dass ich ein Bild dieser Frau schon mal irgendwo gesehen habe. Wartet kurz, ich bin gleich wieder da.« Sie stürmte davon in Richtung Bibliothek, während Georg und John sich einen Kaffee gönnten und gemeinsam mit Angelika überlegten, was es mit dem Medaillon auf sich haben könnte.

Mayla beteiligte sich nicht an den Spekulationen. Bevor Tom abhauen konnte, zog sie ihn an der Hand in eine abgeschiedene Ecke des Burgsaals.

»Wo warst du letzte Nacht?«

»Unterwegs.« Er wich ihrem Blick aus. Verdammt, weshalb tat er das?

»Wieso sagst du mir nicht die Wahrheit?«

Er zögerte, dann schaute er sie an, und in seinen Augen entdeckte sie Schmerz. Ihre Knie wurden weich, doch sie zwang sich aufrecht stehen zu bleiben. Was war schon wieder los? Was bedrückte ihn?

»Tom, bitte …«

»Es ist besser, wenn du nicht alles weißt.«

»Machst du irgendwelche illegalen Sachen?«

Tom lachte leise. Er betrachtete sie mit einer Zärtlichkeit, die ihr Herz weitete. Wieso nur hatte sie immer das Gefühl, ihn retten zu müssen?

»Warum bist du letzte Nacht nicht zu mir gekommen?« »Ich hatte etwas Wichtiges zu erledigen. Hör zu, Mayla. Bitte vertrau mir. Ich kann es dir noch nicht sagen, es geht wirklich nicht. Kannst du das verstehen?«

Verstehen? Nein! Akzeptieren? Was blieb ihr anderes übrig? Tief atmete sie durch, auch wenn ihr rasender Puls sich davon kaum beeindrucken ließ. Sie schluckte mehrmals, bis sie die Augen schloss. Es fühlte sich wie eine Niederlage an, aber gehörte das zu einer Beziehung nicht dazu? Dass man auch mal nachgab, dem Partner Raum schenkte und ihm vertraute? Nur wieso fühlte es sich dann wie eine gottverdammte Katastrophe an?

Sie hob den Blick. »Es wäre gut, wenn du mir wenigstens Bescheid sagst, falls du über Nacht fort bleibst. Ich weiß sonst gar nicht, ob du in Gefahr schwebst oder dich nur wieder auf geheimer Mission befindest.«

»Versprochen.« Er legte ihr die Hand an die Wange, sie hob das Kinn, es sollte ein Versöhnungsangebot sein, ein Vertrauensvorschuss, doch er lächelte nur matt, ehe er sich abwandte. Keine Küsse in der Öffentlichkeit. Herrgott, dabei wusste jeder, dass sie zusammen waren. Sie hatten schließlich sogar ein gemeinsames Kind. Und sie waren auf Burg Donnersberg unter ihren Vertrauten. Für Tom jedoch schien das nicht auszureichen. Wenigstens lief er nicht einfach davon, wie er es früher in einem solchen Moment getan hätte, sondern blieb neben ihr, wartete, bis sie sich gefangen hatte.

»Komm, lass uns mit den anderen herausfinden, wie uns dein Fund weiterhelfen kann.«

Mayla nickte und zusammen kehrten sie an die Tafel zurück. Sie zog sofort eine der Pralinenschachteln zu sich, während Anna und Angelika gemeinsam überlegten, welche Hexenfamilien auf Mont-Saint-Michel lebten und wen diese Frau davon darstellen könnte, aber sie kamen auf kein Ergebnis. Georg und John unterhielten sich derweil über den fehlenden magischen Stein des Wasserzirkels, zu dem es noch keine konkrete Spur gab, ebenso wenig wie zu dem des Erdzirkels. Dabei schielte John immer wieder zu ihnen, um genau zu sein zu Tom …

Glaubte er womöglich der Augenzeugin, die behauptete, Tom habe den Stein gestohlen? Das war doch Quatsch! Vielmehr sollte mal jemand diese Wasserhexe genauer unter die Lupe nehmen! Oder aber die Zeugin hatte diesen von Pommern gesehen, der auf die Ferne große Ähnlichkeit mit Tom hatte.

Bevor sich Mayla mit John anlegen und die Ehre ihres Verlobten verteidigen konnte, rauschte Violett mit wehenden Haaren und klimpernden Armreifen in den Burgsaal. Strahlend winkte sie mit einem dicken Buch.

»Ich weiß, wer es ist.« Schwungvoll platzierte sie den Schinken auf dem Tisch und deutete auf den Titel, laut dem sich der Inhalt um adelige Hexenfamilien drehte. Mayla hatte gar nicht gewusst, dass es welche gegeben hatte – oder vielleicht sogar immer noch gab? Sie schielte zu Angelika. Wurden ihre Vorfahren ebenfalls in dem Buch erwähnt?

Rasch blätterte Violett durch die Seiten, bis sie zu einer Doppelseite gelangte, auf der mehrere Porträts dargestellt waren. »Seht!«

Neugierig beugten sie sich näher. Tatsächlich. Eine der Frauen, die in dem Buch abgebildet waren, sah der in dem Medaillon auffallend ähnlich.

»Wer ist das?«, fragte John, während Tom längst den Text überflogen hatte.

»Charlotte de Bourgogne. Sie lebte im fünfzehnten Jahrhundert und war die letzte ihres Geschlechts.«

Violett holte ein weiteres großes Buch hinter ihrem Rücken hervor. Sie war so schmal – wie hatte sie es hinter sich verstecken können? »Laut dem Text, der vor euch liegt, starb mit ihr die Hexenlinie der de Bourgogne aus. Der Autor dieses Werks ist allerdings anderer Meinung.« Sie legte es ebenfalls auf den Tisch, zog die Brauen zusammen und blätterte flink hindurch, bis sie eine Seite aufschlug und erneut auf eine Abbildung zeigte. »Das hier ist das Château de Saint Bernard, das in einer Weltenfalte auf dem Gebirge Morvan in Burgund steht. Obwohl wir in dem einen Buch lesen, dass Charlotte de Bourgogne im fünfzehnten Jahrhundert kinderlos gestorben ist, lesen wir in dem anderen, dass ein gewisser Charles de Bourgogne regelmäßig auf dem Château de Saint Bernard zu Besuch war, und zwar im achtzehnten Jahrhundert.«

Mayla betrachtete zunächst die Abbildung der Burg in dem einen Buch und anschließend das Medaillon auf dem Tisch und das Porträt der Frau in dem anderen Folianten. »Interessant. Bloß wie hilft uns das weiter?«

Angelika massierte sich die Schläfen, die Augen geschlossen, bis sie zu Tom sah. »Die Familie war ausgesprochen mächtig. Sie haben oft an der Seite der von Eisenfels gestanden. Nicht wahr, Tom?«

Er strich sich über den Nacken.

»Ja, das stimmt, sie haben meine Vorfahren in vielerlei Hinsicht unterstützt. Meines Wissens ist die Familie wirklich im fünfzehnten Jahrhundert ausgestorben.«

Mayla horchte auf. Hatte er versucht, es zu verschweigen? Hatte er die Frau längst erkannt? Zumindest schien er überrascht ...»Wieso wollte Marianna dieses Medaillon haben?«

Angelika seufzte.»Wenn Melinda hier wäre, könnte sie mittels ihrer Kräfte herausfinden, ob sich Magie in dem Schmuckstück verbirgt. Ich bin leider zu einem solchen Zauber nicht fähig, und du?«

Mayla schüttelte den Kopf.»Sie hat es mir weder beigebracht noch von einem entsprechenden Spruch erzählt.« Es gab noch viel zu lernen, bevor sie in die Fußstapfen ihrer Oma treten konnte.

Violett reckte die Siegesfaust.»Nichtsdestotrotz sind wir heute weitergekommen. Wir haben endlich eine Spur!«

Georg fuhr sich durch den kupferroten Bart.»Das sehe ich auch so. Wir sollten uns auf dem Château de Saint Bernard umsehen. Vielleicht finden wir dort etwas, das uns verrät, weshalb die Jäger scharf auf das Medaillon sind.«

Nickend stemmte Violett die Hände in die Hüften. »Macht das, auch wenn der Familiensitz der Familie sich in Paris befunden hat.«

Tom spähte in das Buch, das sich mit der Familiengeschichte der de Bourgogne beschäftigte.»Wo genau befindet sich der Sitz?« Auf Angelikas forschen Blick setzte er hinzu:»Dort sollten wir auch vorbeischauen.«

Violett wanderte mit dem Finger die Zeilen entlang.»Sie besaßen eine eigene Weltenfalte in –«

»Eine eigene Weltenfalte?« Mayla horchte auf.

»Ich dachte, die können nur Gründerfamilien erschaffen.«

Angelika nickte. »Schon, aber einige Adelsfamilien haben sogenannte Dynastien-Weltenfalten zum Dank für ihre Unterstützung erhalten. Wir haben diese Ländereien um Burg Donnersberg beispielsweise vor vielen Generationen von Tatjana von Flammenstein geschenkt bekommen, einer deiner Vorfahrinnen.«

Von der hatte Mayla schon gehört. Hatte diese Urahnin nicht auch Geschichtsbücher geschrieben? Bevor sie weiter vom Thema abdrifteten, strich sie Violett über die Schulter. »Entschuldige, ich habe dich unterbrochen. Wo war ihr Stammsitz?«

Violett tippte auf eine Textstelle. »Es liegt im ersten Arrondissements, in der Nähe des Pont Neuf.«

Maylas Augen leuchteten. »Paris? Das Land der zuckersüßen leckeren Petit Fours?«

Verständnislos sah Violett sie an. »Was sind Petit Fours?«

Schmachtend legte Mayla die Hände aneinander. »Kleine Küchlein, die mit Zuckerguss überzogen und aufwendig dekoriert werden. Super lecker!«

Stirnrunzelnd beugte sich Georg über den Text. »Steht dort, ob jeder die Weltenfalte betreten kann?«

Violett schüttelte den Kopf. »Dazu habe ich nichts gefunden. Das müsst ihr wohl selbst vor Ort herausfinden.«

»Dann sollten wir das schleunigst tun.« Mayla sah sich bereits ein oder zwei Petit Fours essen, dazu ein Pain au chocolat und einen Café au Lait trinken. Die Ausflüge beflügelten ihren Appetit – was nur gut sein konnte.

Georg zeigte auf das andere Buch. »Ich halte es für wichtiger, dass wir uns zuerst auf dem Château de Saint Bernard umsehen.«

Tom zuckte mit den Schultern. »Wir können uns aufteilen. Ihr springt nach Burgund und ich gehe nach Paris.«

Paris ohne sie? Erbost schaute Mayla zu ihm auf. Als er es sah, lächelte er kaum merklich. »Und Mayla kommt mit mir.« Endlich kam er zur Besinnung – zumal er schon oft genug auf eigene Faust loszogen war. Kein Wunder, dass die ersten schon wieder misstrauisch wurden.

»Kein Problem, ich gehe mit Georg«, schlug John vor.

Georg verschränkte die Arme vor der Brust, die Augen skeptisch zu Schlitzen verengt. »Wollen wir nicht lieber zusammen bleiben?«

Mayla hatte nichts dagegen, doch Tom lehnte ab. »Wir dürfen keine Zeit verlieren. Denkt daran, die Jäger planen etwas, und wir müssen so schnell wie möglich herausfinden, was das ist.«

Nachdenklich musterte sie Tom. Wenn er nicht zugestimmt hätte, dass sie mitkam, hätte sie schwören können, er wollte schon wieder alleine losziehen. Auch John und Georg sahen ihn hellhörig an.

»Ich will dir nicht zu nahe treten, Tom.« Georg räusperte sich. »Aber wenn ihr auf Jäger trefft, muss Mayla alleine gegen sie kämpfen. Ich bin dafür, dass wir zusammen bleiben. Wenn es dir so wichtig ist, springen wir zuerst nach Paris und anschließend ins Château de Saint Bernard.«

Toms Mimik war undurchdringlich. Selbst Mayla hatte keine Ahnung, was er dachte. Wieder einmal tobten in ihr das Gefühl, ihn beschützen zu müssen, und gleichzeitig die Gewissheit, dass er etwas im Schilde führte und am liebsten ohne Begleitung den Hinweisen nachgehen würde. Er war ein Einzelkämpfer, seit klein auf – ob das der ausschließliche Grund war? Als er endlich nickte, wirkte er wie immer.

Verschlossen, grüblerisch, doch nicht verstimmt. Was würde Mayla dafür geben, seine grünen Augen funkeln zu sehen …

Violett hatte von den unterschwelligen Spannungen nichts mitbekommen und sich erneut den Texten gewidmet. »Wenn ihr auf den Pont Neuf springt, müsstet ihr die Falte der Familie de Bourgogne bereits sehen – sofern sie nicht verborgen ist. Die Architektur sticht mit Sicherheit aus dem Pariser Stadtbild heraus.« Sie deutete auf mehrere Punkte auf einem Stadtplan, um die Gegend abzustecken, die infrage kam.

Mayla warf sich noch eine Praline ein und dann ging es weiter. Während sie in die Empfangshalle liefen, kam John mit ihnen. Überrascht sah Mayla ihn an.

»Ich begleite euch. Gemeinsam sind wir stärker.« Der beiläufige Blick, den er Tom bei seinen Worten zuwarf, sprach jedoch eine ganz andere Sprache.

Kapitel 22

Bevor sie von Burg Donnersberg lossprangen, zögerte Mayla. Sie kannte sich in der Pariser Hexenwelt nicht aus. »Gibt es auf dem Pont Neuf eine Weltenfalte?«

Georg winkte ab. »In Paris gibt es hunderte. Viele winzig klein, andere größer, in jedem Fall so gut verteilt, dass man problemlos in jedes Quartier springen kann.«

Eigentlich sollte Mayla nichts mehr wundern, trotzdem staunte sie. Hunderte Weltenfalten in Paris? Wieso hatte Tom sie nicht längst einmal dorthin entführt zu einem Abendessen bei Kerzenschein oder einem Ausflug auf den Eiffelturm? Nicht selten war Emma in der Obhut ihre Oma gewesen.

Aber Tom war nun einmal Mister Zurückgezogen. Er war nicht der Typ für einen romantischen Spontantrip nach Paris. Stopp. Ungerecht wollte sie nun auch nicht werden. Immerhin hatte er sie an Emmas erstem Kindergartentag in das Café am Bodensee entführt. Das lag zwar abgelegen und von

Großstadtflair weit entfernt, aber es war seine Art, romantisch und idyllisch Zeit mit ihr zu verbringen.

»Wir springen direkt auf den Pont Neuf«, erklärte Georg seinen Plan, »und suchen nach der Falte. Laut Violett müssten wir sie von dort aus sehen, da die Familie ihren Wohnsitz mit Blick auf die Île de la Cité erbaut hat. Wollen wir hoffen, dass sie nicht versteckt ist und wir sie nicht erst gewaltsam öffnen müssen.« Er hielt John die Hand hin, der über keinen eigenen Amulettschlüssel verfügte.

Mayla sah zu Tom, der schwieg. Er umschloss bereits seinen Amulettschlüssel. Offenbar ging er davon aus, dass sie getrennt voneinander sprangen. Bevor sie jedoch angesichts dieser winzigen Geste der Zurückweisung erneut ein Stich durchfuhr, streckte er unvermittelt die Hand aus. Mayla zögerte keine Sekunde und umfasste sie. Ihr Blick versank in seinem, während er bereits den Zauber dachte und die Farben um sie herum verschwammen. Doch das nahm Mayla nur beiläufig wahr. Nichts um sie herum existierte, nur sie beide, und in diesem Moment kam es ihr so vor, als wären alle Schwierigkeiten problemlos zu bewältigen. Ihre Blicke verhakten sich miteinander, ihr Herz klopfte schneller und entschlossen schlang sie einen Arm um ihn.

»Tom, ich stehe an deiner Seite, immer.«

Lächelnd beugte er sich zu ihr hinab. Mit ihren Absätzen landete sie auf dem Steinboden, während sich seine Lippen den ihren näherten. Sie schloss die Augen, doch anstatt seiner Wärme auf dem Mund spürte sie eine beißende Hitze, die sich in ihren Arm brannte. Sie schrie auf und wirbelte herum, die Hand auf die schmerzende Stelle gedrückt. Gleichzeitig zauberte Tom einen Schutz um sie, der lila schimmerte.

Alarmiert zeigte er gen Norden, wo drei Jäger fortrannten. Sie waren längst aus der Weltenfalte draußen, die so klein war, dass sie keine drei Quadratmeter maß.

Direkt neben ihnen landeten Georg und John. Mit einem Blick erfassten sie die Situation und stürzten den Jägern hinterher, während Tom Maylas Arm befühlte.

»Kannst du ihn bewegen?«

»Ja, der Schmerz lässt bereits nach. Es war nur irgendein schwacher Zauber oder er hat mich nur gestreift. Ist schon gut.« Sie eilte hinter Georg und John her, mit denen sie selbst in Sportschuhen niemals mithalten könnte, doch die beiden stoppten bereits. Die Jäger waren aus ihrem Sichtfeld verschwunden, aufgesaugt von den unzähligen Passanten auf der anderen Straßenseite. Eine Verfolgung war aussichtslos.

Nur minimal keuchend joggten die beiden zu ihnen zurück. »Was ist passiert?« Georg nahm Maylas Arm und besah ihn sich. Ihre Haut war gerötet, sonst war nichts zu sehen. Der Schmerz war beinahe vergangen.

Tom wies zurück auf die Weltenfalte. »Wir sind gelandet und sofort haben uns die Jäger angegriffen.«

»Hell!« John fuhr sich an die Stirn. »Haben sie uns erwartet?«

Tom schüttelte den Kopf. »Dann wären sie nicht abgehauen. Wir haben sie wohl überrascht oder sie sind wenige Sekunden vor uns dort gelandet – so oder so wissen sie jetzt, dass wir hier sind.«

Georg fluchte, dann winkte er ab. »Kann man nichts machen. Aber wenigstens waren Vios Tipps richtig. Seht mal.« Er zeigte in nördliche Richtung über die Seine, auf der einzelne Boote fuhren. Auf der anderen Seite, inmitten der dicht und klassizistisch erbauten Uferpromenade erhob sich ein Hügel, über und über mit Lavendel bewachsen und dadurch in ein sanftes Lila getaucht. Auf seinem Gipfel thronte ein Château. Es war nicht übermäßig groß, aus hellem Stein erbaut und besaß zwei vorgelagerte Türmchen, die zu Seiten eines halbrunden Eingangstors prangten. Dahinter gab es drei weitere Türme, die ihre roten Spitzen dem Himmel entgegenstreckten. Das Gebäude besaß eine warme Ausstrahlung. Es war nicht protzig, sondern heimelig. Darin würde Mayla sofort Urlaub machen – wahrscheinlich sogar Tom.

Staunend betrachtete sie die Weltenfalte. »Wow. Ich werde sämtliche Städtereisen noch einmal machen und mir mindestens die doppelte Zeit nehmen müssen, um die Welt mit all ihren Falten erkunden zu können.«

Tom lachte leise und strich ihr über den Oberarm, an dem nichts mehr von dem Angriffszauber geblieben war. Ohne dass sie es bemerkt hatte, musste Tom einen Heilzauber angewendet haben. Zum Glück war es keiner der alten Flüche gewesen, sonst hätte sie direkt wieder auf Burg Donnersberg zurückkehren müssen, um sich verpflegen zu lassen, und die Jagd ihrer Widersacher den Männern überlassen müssen – und das wollte sie nicht.

»Wenigstens ist der Familiensitz nicht versteckt.« John deutete auf ihren Arm. »Geht es wieder?«

»Klar, wir können weiter.«

Auch wenn der Ausflug kein Sightseeingtrip war, bestaunte Mayla die Seine, die im Licht der Spätsommersonne glitzerte, die ehrwürdigen Bäume, die den Fluss säumten, und die alten Gebäude, die am nördlichen Ufer standen. Ein mehrstöckiger Altbau reihte sich neben den anderen. Die Aussicht aus den großen Fenstern musste atemberaubend sein. Sie drehte sich um und blickte zurück auf die Île de la Cité. Weit ausladende Bäume versperrten die Sicht, aber auch dort standen alte Gebäude, über deren Dächern die Spitzen von Notre Dame emporragten. Sehnsüchtig seufzte sie auf.

Bevor den Männern ihr Trödeln auffiel, schloss sie zu ihnen auf und ließ ihren Blick weiter über die nördliche Uferpromenade schweifen, bis zu dem Anwesen auf dem lilafarbenen Hügel, das nur Hexen sehen konnten. Diese Art von Château fand sich häufig in den ländlichen Regionen Frankreichs. Wer hätte gedacht, dass selbst die Millionenmetropole Paris eins barg – und das sogar mit Blick auf die Île de la Cité!

Sowohl Pariser als auch Touristen drängten sich auf dem Pont Neuf, weshalb sie nicht sonderlich schnell vorankamen, ohne Aufsehen zu erregen. Mit französischer Musik im Ohr und beschwingtem Schritt spazierte Mayla über die jahrhundertealte Brücke, während die Männer keinen Blick übrig hatten für die gusseisernen Laternen und die halbrunden Ausbuchtungen, an denen die Leute verharrten und die Schönheit von Paris bestaunten.

Sie erreichten das Ufer und wandten sich gen Osten. Keine dreihundert Meter entfernt endete die Häuserzeile. Die Straße am Seineufer verlief außerhalb der Weltenfalte, doch direkt dahinter, wo die Menschen nur alte Gebäudereihen sich fortsetzen sahen, erhob sich das Anwesen der de Bourgogne. Wieso sie ihren Stammsitz in Paris hatten, obwohl ihr Name auf Burgund hinwies, war Mayla ein Rätsel. Aber vielleicht fanden sie darauf Antworten in dem Château de Saint Bernard, das sie anschließend besuchen wollten. Hoffentlich würden die Männer zwischendurch mit ihr eine Mittagessenspause einlegen.

Ihr Herz schrie nach Petit Fours, Macarons und einem Glas Rosé.

Sie eilten die Straße entlang, bis sie den gepflasterten Weg betraten, der den verschlungen Berg hinauf und zum Eingangstor des Châteaus führte und der ein wenig an den Pfad aus gelben Ziegelsteinen aus dem Film Oz erinnerte.

Sogleich stieg Mayla der Duft des Lavendels in die Nase, der im lauen Wind hin und her wehte. Erstaunlich, dass selbst Gerüche in den Weltenfalten verblieben. Neugierig blickte sie zu dem Gebäude, dessen Fenster oben abgerundet waren und sich malerisch in die Architektur einfügten. Niemand bewegte sich dahinter. Doch das Haus war gepflegt – mit Sicherheit stand es nicht leer und war seit Jahrhunderten dem Verfall preisgegeben, das war auf den ersten Blick ersichtlich.

»Wenn die Familie ausgestorben ist, wer bewohnt dann dieses ... Schlösschen?«

»Das werden wir gleich herausfinden.« Georg erklomm den Hügel zuerst, dicht gefolgt von John. Tom hielt sich auffällig zurück. Lag es an John? Er verblieb neben Mayla, egal wie lahm sie gegen Ende des Weges wurde. Als sie oben angelangten, warteten die beiden anderen bereits vor dem Eingangsportal, über das sich ein Torbogen spannte und an dessen Seite eine metallene Glocke hing.

Georg sah sie fragend an. »Bereit?«

Mayla nickte, zum Reden war sie noch nicht in der Lage, und strich sich die losen Strähnen aus dem Gesicht, die sich aus ihrer Klammer am Hinterkopf gelöst hatten. Endlich beruhigte sich ihr Herzschlag. »Falls die Bewohner uns auf ein Glas Burgunder und Horsd'œuvre einladen, lehnen wir nicht ab!«

Georg zog an einem Seil, worauf die Glocke läutete. Es dauerte, dann hörten sie Schritte. Unwillkürlich umfasste Tom Maylas Hand fester, während er die andere unauffällig anhob, bereit, einen Zauber zu wirken. Sofort schlugen in Mayla sämtliche Alarmglocken. Er hatte recht. Sie mussten sich auf einen Angriff gefasst machen. Doch als das breite Eingangsportal aufschwang, lachte Mayla vor Erleichterung auf. Vor ihnen stand eine rundliche alte Frau, die weißen Haare hochgesteckt, eine Lesebrille schief dazwischen, und lächelte sie freundlich an. In ihren Händen, die sie aneinanderlegte, war kein Zauberstab zu sehen.

»Guten Tag, Sie wünschen?« Sie sprach Latein mit leichtem französischem Akzent. Hatte sie erkannt, dass sie keine französischen Hexen waren?

»Guten Tag, mein Name ist Georg Stein, Kriminaloberkommissar aus Frankfurt am Main.« Er zeigte ihr seinen Ausweis, worauf die Frau gütlich nickte. »Wir haben ein paar Fragen zu der Familie de Bourgogne. Sind Sie die Besitzerin dieses Anwesens?«

»Oui, oui, kommen Sie herein. Ich wollte gerade einen Café au Lait trinken, leisten Sie mir Gesellschaft.«

Maylas Augen strahlten und freudig trat sie durch den Torbogen. Die Besitzerin führte sie durch einen Innenhof, in dem unzählige Pflanzen wuchsen, insbesondere Weinranken, die sich die Säulen hoch bis aufs Dach schlängelten. Sie folgten der Dame über die großen hellen Steinfliesen zu einer Sitzgruppe aus Korbstühlen, die zum Faulenzen einluden. Die dicken Kissen passten mit ihren warmen Rottönen farblich zu den roten Trauben, die üppig an den Reben hingen.

»Bitte, setzen Sie sich. Ich bin gleich zurück.« Sie eilte durch eine Tür und kam wieder zurück, bevor sich die

Männer zu Mayla auf die Couch gesetzt hatten. »Bitte, meine Herren, nehmen Sie Platz. Gleich kommt unser Café. Ach, ich vergaß mich vorzustellen. Mein Name ist Julie Martin.«

»Mayla von Flammenstein.« Sie hielt der älteren Frau die Hand entgegen.

»Von Flammenstein? Oh, die Feuerfamilie. Es ist mir ein Vergnügen.« Ihre Augen blitzten in den Farben eines Waldsees. Türkisgrün.

Mayla nickte ihr freundlich zu, worauf sich John vorstellte. Zuletzt war Tom an der Reihe. Er zögerte. »Mein Name ist … Valerius von Eisenfels.«

Mayla entglitten die Gesichtszüge. Seit wann stellte er sich mit seinem Geburtsnamen vor? Wollte er nun in aller Öffentlichkeit sein Erbe annehmen? Wie würde die alte Dame reagieren? Schreiend wegrennen?

Doch Julie Martin bedachte ihn ebenso freundlich wie Mayla zuvor. »Wie hoch erfreut, ein weiteres Gründungsmitglied. Die Familie von Eisenfels ist mit der Familie de Bourgogne gut bekannt.«

War das der Grund, weshalb er den Namen genannt hatte? Erhoffte Tom sich dadurch mehr zu erfahren?

»Wie stehen Sie zur Familie de Bourgogne?«, schaltete sich Georg in die Unterhaltung mit ein und stützte sich mit seinen Unterarmen auf die Knie.

»Sie verlieren keine Zeit, Monsieur, n'est-ce pas?« Julie lehnte sich in ihrem Sessel zurück und blickte zur Tür, durch die sie eben verschwunden war und durch die ein Kellner trat, keine zwanzig Jahre alt. Auf seinen Händen balancierte er ein Tablett. Nanu, konnte er gar nicht hexen? Bevor Mayla nachfragen konnte, zückte er einen Zauberstab aus der Innentasche seiner Livree. Nutzte er das Tablett nur zum

Schein? Weil es eleganter aussah? Er murmelte einen Spruch, worauf die Tassen samt ihres dampfenden Inhalts auf den Tisch flogen, dazu eine Schale mit Gebäck. Jackpot. Sobald Julie sie mit einer Handbewegung aufforderte zuzugreifen, kam Mayla der Bitte nach. Es waren hauchdünne Kekse mit Orangenaroma. Lecker. Während sie sich ihren Gaumenfreuden hingab, verfolgte sie das Verhör, das Georg und Tom fortsetzten. »Sind Sie mit der Adelsfamilie de Bourgogne verwandt?«, fragte Georg in aller Höflichkeit.

Die Dame wiegte mit dem Kopf. »Non, aber mein Mann. Er war der Nachfahre eines unehelichen Kindes. Als die Familie mit Charlotte de Bourgogne ausgestorben ist, war es dieser Nachfahre, der sich auf dem Anwesen niedergelassen hat.«

»Eine Seitenlinie.« Georg strich sich durch seinen kupferroten Bart. »Interessant.«

Das fand Mayla auch. Daher stammte mit Sicherheit auch besagter Charles de Bourgogne, der in dem Château de Saint Bernard zu Gast gewesen war. Bloß wie brachte sie das auf der Suche nach den Jägern weiter?

»Kennen Sie zufällig eine gewisse Marianna Lauber?«, preschte Georg weiter vor.

Die Frau hob die Hände. »Non, nicht, dass ich wüsste. Ich lebe sehr zurückgezogen. Wäre mein Marc nicht, der mir im Haushalt zur Hand geht, würde ich meine Tage in völliger Abgeschiedenheit verbringen.« Schneller, als sie sich versahen, nahm Julie die Zügel in die Hand und erzählte ausführlich über ihr Leben auf dem Château, was sie anbaute, wie viele verschiedenen Essenzen sie aus dem Lavendel produzierte, welchen Wein sie kelterte und mit welchen Zaubersprüchen sie sich den Alltag erleichterte.

Als sie sich eine halbe Stunde später verabschiedeten, hatten sie nichts Relevantes erfahren. Wenigstens hatte Julie bestätigt, dass Charlotte nicht die letzte de Bourgogne gewesen war. Was Marianna jedoch mit dem Medaillon anfangen wollte, konnten sie sich immer noch nicht erklären.

Tom war der letzte, der der alten Dame die Hand reichte, und sie zog ihn ein paar Schritte weiter zu der Tür, durch die der Kellner verschwunden war. Mayla stockte und wollte ihnen folgen, als Julie winkte.

»Wir kommen gleich, gehen Sie ruhig vor.« Ohne Maylas Reaktion abzuwarten, verschwanden sie im Inneren des Château.

Wie bitte? Kannten sich die zwei etwa? Was hatte Tom mit ihr zu besprechen? Oder sie mit ihm? Mayla hatte nicht den Eindruck gehabt, er würde sie kennen, sonst hätte er nicht überlegt, welchen Namen er ihr nennen sollte. Oder lag es daran, dass er zugegeben hatte, ein von Eisenfels zu sein?

John blickte ebenso misstrauisch hinter den beiden her. »Damn, er hat etwas zu verbergen. Ich sehe es in seinen Augen.«

Natürlich verbarg Tom etwas.

Forschend musterte Georg Mayla, die versuchte, nicht rot zu werden. »Weißt du, was vor sich geht?« Sein Blick war der eines Falken, der seine Beute längst durchschaut hat, dennoch würde sie Tom nicht in den Rücken fallen.

»Ich vertraue ihm und das solltet ihr auch tun.«

John verschränkte die muskulösen Arme vor der Brust und blickte ungeduldig zu der Tür, durch die Tom und Julie verschwunden waren. »Wir sollten ihnen folgen.«

Mayla wollte widersprechen, doch Georg kam ihr zuvor. »Wir werden nicht die Gastfreundschaft der netten Dame ausnutzen und auf ihrem Grundstück herumschnüffeln. Jeder hat ein Recht auf Geheimnisse.«

John schnaubte. »Auch ein von Eisenfels?«

»Ja, auch Tom.« Georg zwinkerte Mayla beiläufig zu, der ein Stein vom Herzen fiel. So viel Loyalität hatte sie nicht erwartet. Vielleicht fiel es Georg leichter, Toms Taten objektiv zu betrachten, seit er mit Violett zusammen war.

Endlich kehrten Tom und Julie zurück. Sie verabschiedeten sich distanziert voneinander, nicht einmal die Hand reichten sie sich, und Tom kam mit großen Schritten zu ihnen. Julie winkte, dann verließen sie ihr Anwesen und schon fiel hinter ihnen das halbrunde Eingangstor zu.

»Was wollte sie von dir?« Mayla versuchte unbekümmert zu klingen. Keine Ahnung, ob ihr das gelang. So oder so liefen Georg und John nah bei ihnen, wodurch die zwei ihr Gespräch verfolgen konnten. Sie hätte erst später danach fragen können, aber das wäre vielleicht noch auffälliger gewesen.

Tom vergrub die Hände in den Hosentaschen. »Sie hat mir ein altes Erbstück meiner Familie gezeigt und gefragt, ob ich es haben will. Sie meinte, es stünde eher mir zu als ihr.«

Ob das die Wahrheit war? Sie gab ihr Bestes, ihren argwöhnischen Blick zu verbergen – John gelang es nicht.

»Was war das für ein Erbstück?«, wollte er wissen.

»Ein bronzener Spiegel. Wieso? Willst du ihn haben?«

John murmelte etwas, das sich verdächtig nach britischen Flüchen anhörte.

Georg wusste, dass Tom nichts verraten würde, und zog stattdessen das Resümee aus ihrem Besuch. »Viel gebracht hat uns der Trip nach Paris nicht. Zumindest wissen wir, dass sich in der Stadt ein paar Jäger herumtreiben. Vielleicht

241

versuchen sie generell in den Hauptstädten unterzutauchen, schließlich suchen die Menschen nicht nach ihnen. Ich werde das nachher mit meinen Kollegen besprechen und entsprechende Fahndungen anordnen. Jetzt springen wir erst mal nach Burgund. Ich habe das Gefühl, dass wir auf dem Château mehr Antworten erwarten können als von Julie Martin.«

Mayla schaute noch einmal zu Tom, der bereits ihre Hand umfasste, John sprang mit Georg und einen Wimpernschlag später wirbelte das lila der Lavendelbüsche durch die Luft und verschwand, während Mayla versuchte in Toms Augen zu sehen, um herauszufinden, ob ein Erbstück wirklich der Grund für das Gespräch unter vier Augen gewesen war. Doch er wich ihrem Blick aus, was nur eins bedeuten konnte. Er hatte schon wieder nicht die Wahrheit gesagt.

Kapitel 23

Sie sprangen direkt nach Burgund auf den Morvan, wo sich eine große, öffentlich zugängliche Weltenfalte befand. Mayla staunte nicht schlecht, als sich die Landschaft vor ihnen ausbreitete. Satte Wiesen, auf denen Schafe weideten, Wälder, die sich ewig erstreckten, und Flüsse, die sich seenartig über die Landschaft zogen. Rings um sie herum befand sich die Natur in ihrer reinsten Form. Lautes Rauschen drang an ihr Ohr. War in der Nähe ein Wasserfall?

Mayla drehte sich einmal im Kreis, um die Landschaft in ihrer Gänze zu bestaunen, bis sie sich dem herrschaftlichen Bau zuwandte, dem Château de Saint Bernard, das sich auf einer Hügelkuppe erhob und von einem hohen Zaun samt Tor eingefasst wurde. Es war aus dunklem Stein errichtet, ein großer Turm prangte gen Himmel und unzählige Figuren zierten die Dächer und Simse, die unliebsame Passanten mit ihren Fratzen abzuschrecken versuchten. Das protzig herrschaftliche Gebäude stand in markantem Gegensatz zu dem

Château, in dem Julie Martin in Paris wohnte. Es war nicht nur größer, sondern auf eine merkwürdige Art furchteinflößend, als bestünde die Aufgabe des Anwesens darin, sämtliche Besucher einzuschüchtern. Alles an dem Gebäude strahlte Macht, Reichtum und Dominanz aus, gleichzeitig besaß es durch seine dunkle Fassade, die gruselig anmutenden Figuren und den metallenen Zaun einen bedrohlichen Charakter. War ein Gebäude überhaupt dazu in der Lage, bedrohlich zu sein, oder schufen seine Bewohner eine derartige Atmosphäre, die sich über die Mauern hinweg verbreitete? Mayla schauderte. »Wer wohnt dort?«

Georg zog die Stirn kraus. »Vio hat uns dazu nichts gesagt, aber wir werden es gleich herausfinden.« Gemeinsam mit John marschierte er los, Tom hielt sich mit ihr ein Stück abseits.

Als sie seine raue Stimme nahe ihrem Ohr hörte, kroch Gänsehaut über ihren Nacken. »Würdest du mich jetzt noch einmal fragen, was Julie mit mir besprochen hat, würde ich nicht lügen, sondern sagen, dass ich es dir zu einem späteren Zeitpunkt erklären werde.«

Zwiespältige Gefühle schossen durch sie hindurch. Sie war unendlich froh, dass er ihr offenbar nur aus dem Grund die Wahrheit verschwiegen hatte, weil Georg und John zugehört hatten. Trotzdem fragte sie sich, wieso er lügen musste. Es war verdächtig, verdammt, das war es. Aber sie wollte ihm vertrauen, musste es. Es war das einzige, das ihr blieb, um ihr Glück zu retten.

Sie legte den Kopf in den Nacken, um ihn direkt ansehen zu können. »Ich wünschte, du würdest mich einweihen, Tom. Du weißt, dass ich dir vertraue, aber du machst es mir mit deinem Verhalten nicht leicht.«

Er wickelte sich eine ihrer losen Strähnen um den Finger und strich mit dem Daumen darüber. »Das ist mir bewusst und es tut mir leid, Mayla, wirklich. Es geschieht zu deinem eigenen Schutz.«

»Und wenn ich gar nicht beschützt werden will? Wenn ich an deiner Seite stehen und mit dir zusammen das tun will, was du tust, um die Jäger aufzuhalten?«

Tom zögerte und betrachtete sie grüblerisch. Er setzte an, etwas zu erwidern, als Georg sie unterbrach. »Alles in Ordnung bei euch?«

Schon wieder ruhte Johns misstrauischer Blick auf Tom – und diesmal auch auf Mayla. Es war ein seltsames Gefühl, verletzend und enttäuschend zugleich. Wie schnell verloren Verbündete ihr Vertrauen? Und wie oft musste sich Tom genau dasselbe fragen?

Sie überspielte ihr Unbehagen und setzte ein halbherziges Lächeln auf. »Alles okay, wir vermissen Emma und ich war noch nie für meine Geduld berühmt.« Wow, seit wann konnte sie so gut lügen?

Georg schmunzelte, doch seine Augen blieb wachsam, ebenso wie Johns. Bevor sie die Unterhaltung fortsetzen konnten, ertönte ein ohrenbetäubender Knall. Sofort gingen sie in die Hocke und Tom baute einen Schutz um sie auf, der lila schimmerte.

Mayla spähte zu dem Château, von dem der Lärm gekommen war und das so friedlich und still vor ihnen lag, als wäre nichts geschehen. »Was war das?«

»Vielleicht ein Kampf?« John richtete sich ein wenig auf, worauf Tom den Schutzzauber aufhob, und rannte geduckt zum Tor. Mit beiden Händen umfasste er die Metallstäbe und rüttelte.

»Vielleicht sollten wir es erst mal auf die klassische Weise probieren.« Georg legte die Hand auf den Knauf und drehte ihn, worauf das Tor ohne Probleme aufschwang. John zuckte nur mit den Schultern und gemeinsam betraten sie das umzäunte Grundstück.

Mayla zögerte. »Ist das nicht Hausfriedensbruch, Herr Kommissar?«

»Das ist eine zeitlich drängende Ermittlung und zudem haben wir nichts aufgebrochen.« Entschieden lief Georg den Kiesweg entlang, der so breit war, dass locker zwei Autos nebeneinander bis zu dem Anwesen fahren könnten – sofern es Autos in Weltenfalten gäbe. Zu den Seiten befanden sich Weinreben, die den Abhang hinab gen Süden wuchsen und so penibel gepflegt aussahen, als würde jemand täglich alle unerwünschten Triebe abschneiden und das Unkraut dazwischen rupfen. Vielleicht tat das sogar jemand – mittels eines Zaubers.

Niemand war zu sehen, weder sang ein Vogel noch streifte ein Seelentier umher und es kam ihnen auch keine Menschenseele entgegen, die sie wegen unbefugten Betretens eines Privatgrundstücks maßregelte. Aber irgendjemand musste diesen Knall verursacht haben.

Nah beisammen näherten sie sich dem Gebäude, stiegen die breiten Treppen hinauf und betraten den quadratischen Vorhof, auf dem steinerne Löwen Wache hielten, deren Blicke ihnen zu folgen schienen. Tom und Mayla hielten die Hände bereit, John und Georg hatten die Zauberstäbe gezückt. Wer wohnte auf diesem Anwesen?

Sie erreichten die Eingangstür, deren dunkles Holz zum düsteren Anwesen passte. Daran befestigt war ein Türklopfer in Form eines dämonenartigen Gesichts mit Hörnern und einem weit aufgerissenen Maul. Sobald Georg ihn betätigte, hallte das Klopfen ungebremst über das Anwesen, wenn es auch leiser war als der Knall vorhin.

Ein betagter Mann in einem dunklen Anzug öffnete ihnen und neigte ehrerbietig den Kopf. War er der Hausdiener?

»Sie wünschen?« Er sah müde aus, erschöpft, sein weniges graues Haar war nicht sonderlich ordentlich gekämmt. Entweder legten die Hausbesitzer keinen großen Wert auf das Erscheinungsbild ihrer Dienerschaft oder er bewohnte das Château alleine.

»Guten Tag, mein Name ist Georg Stein, Kriminaloberkommissar aus Frankfurt. Wir recherchieren zur Familie de Bourgogne und würden gerne mit den Bewohnern dieses Anwesens sprechen …« Georg ließ den Satz offen. Vermutlich schloss er nicht aus, dass der alte Herr selbst der Besitzer war, auch wenn er dafür streng genommen viel zu tatterig und unterwürfig wirkte.

»Familie de Bourgogne? Die ist seit Jahren ausgestorben. Die hat mit diesem Anwesen nichts mehr zu tun. Wenn Sie mich jetzt entschuldigen würden.« Er wandte sich ab und war im Begriff, ihnen die Tür vor der Nase zuzuschlagen, doch John hatte bereits seinen Fuß dazwischen.

»Verzeihung, wir wollen nicht unhöflich sein, aber wer wohnt derzeit hier?«

Das Zittern des Mannes nahm zu, als fehle ihm die Kraft, so lange Zeit zu stehen. »Wie unhöflich! Gehen Sie sofort!« Er griff nach einem Stock, der neben der Tür gelehnt haben musste, und stieß damit nach Johns Fuß.

»Komm, John, lass es«, mahnte Georg.

Unerwartet energisch drückte nun Tom die Tür auf. Die Augen des Alten weiteten sich. »Was soll das? Was fällt

Ihnen ein, Sie dürfen nicht ohne meine Erlaubnis eindringen!«

Mayla und Georg waren ebenso überrascht und konnten nur dabei zusehen, wie John unaufhaltsam mit Tom in die Eingangshalle drängte und los spurtete. Fassungslos blickte Mayla den beiden hinterher. Seit wann waren die zwei sich einig? Sie spähte ihnen hinterher in den dunkel gefliesten Eingangsbereich und entdeckte zwei junge Männer, die davonrannten.

»Wer ist das?«, verlangte Georg von dem alten Herrn zu erfahren, während Tom gemeinsam mit John die Verfolgung aufnahm.

»Bitte, ich habe damit nichts zu tun. Bitte, lassen Sie mich.« Schweiß glänzte auf der Stirn des Alten, weshalb Georg einen Stuhl heranzog und ihn darauf setzte. Der Herr zog ein Stofftaschentuch aus der Innentasche seiner Jacke und tupfte sich damit die Stirn ab.

»Wenn Sie nichts damit zu tun haben, warten Sie hier, wir sind gleich zurück.«

Mayla war längst hinter Tom hergerannt und Georg holte sie in Nullkommanichts ein. »Wo sind sie lang?«

Mayla zeigte auf eine Abzweigung. »Sie sind links abgebogen.«

Sie hetzten durch die verlassenen Gänge, deren hohe Wände mit Porträts geschmückt waren. Auf die Schnelle erkannte Mayla keine der herrschaftlich anmutenden Personen.

Sie hetzten durch das Wirrwarr an Gängen, die ausnahmslos von Kronleuchtern erhellt wurden und in denen so viele Kerzen brannten, als fände eine wichtige Veranstaltung statt, zu der unzählige Besucher erschienen waren. Doch es begegnete ihnen niemand, kein Hausangestellter, kein Gast in schicker Kleidung, nur ein Porträt nach dem anderen – bis ein weiterer Knall ertönte.

Mayla zuckte zusammen. »Was war das? Gibt es hier irgendwo ein Chemielabor?«

»Das werden wir gleich herausfinden.«

Sie erreichten eine Kreuzung und blieben unschlüssig stehen. In zwei Richtungen ging es weiter und beide abzweigenden Flure waren leer. An der anderen Seite stand eine Tür offen, die ihnen geschlossen niemals aufgefallen wäre. Beinahe erweckte es den Eindruck, als hätte sich die Wand selbst geöffnet. Sie liefen näher und spähten durch die Tür. Dahinter führte eine Treppe in den Keller, die in der Dunkelheit verschwand.

Unsicher sah sich Mayla um. Wo waren die anderen hingerannt? Wirklich nach unten? »Sollen wir rufen?«

»Lass uns lieber versuchen unauffällig zu sein. Unsere Ankunft scheint genug Aufregung verursacht zu haben.« Er wandte sich der Treppe zu.

Mayla hielt ihn am Arm zurück. »In den Keller? Bist du sicher, dass das keine Falle ist? Vielleicht sind sie einen der Gänge entlanggerannt und haben die versteckte Tür nur aufgestoßen, um uns in die Irre zu führen. Wenn die Tür hinter uns zufällt, finden uns dort unten niemand!«

Georg zögerte und lauschte erneut, doch es war nichts zu hören. Selbst Toms Schritte und die von John waren längst verklungen. »Wir bleiben dicht zusammen und gehen langsam.«

Mayla zögerte, dann gab sie nach. »Also schön, wenn deine Polizistennase das sagt. Aber wehe, wir sind bis an unser Lebensende in einem feuchten Keller gefangen!«

Mit einem mulmigen Gefühl in der Brust lief sie neben Georg die Treppe hinunter. Was wartete in diesem alten Gemäuer auf sie? Wer bewohnte es? Die Jäger? Marianna Lauber? Oder jemand anderes? Was hatte der Diener damit zu tun?

Mayla blies eine Flamme auf ihre Fingerspitze. Der Korridor, durch den die Treppe hinunterführte, war wesentlich prunkloser als das restliche Gebäude. Kein Schnörkel oder anderer Dekor zierten das einfache Geländer, die Wände waren in einem beigen Farbton gestrichen und weder mit Stuck noch mit Bildern geschmückt, und selbst die Treppe bestand aus nacktem Stein, über den kein Teppich gelegt worden war. Dieser Gang war sicherlich nicht dazu gedacht, dass Besucher ihn zu Gesicht bekamen – vermutlich war er deshalb nicht beleuchtet.

Wieder knallte es und das Geräusch kam mit Sicherheit aus dem Keller. Ein beißender Geruch zog zu ihnen herauf, der Mayla Übelkeit verursachte. In die Küche führte dieser Korridor schon mal nicht.

»Halt dich bereit«, flüsterte Georg und deutete nach unten, wo die Treppe in einen weiteren Gang mündete. Es war nicht zu erkennen, was sich dort befand oder ob sie jemand erwartete. Mayla dankte dem Himmel, dass sie heute morgen ganz in Detektivmanier die flachen Pumps mit den leisen Absätzen gewählt hatte, wodurch sie lautlos neben Georg hinunterschlich. Mit jedem Schritt wurden sie langsamer, lauschten auf jedes Geräusch, aber seit dem Knall war nichts mehr zu hören. Was ging dort unten vor sich?

Georg ging in die Hocke und spähte den Flur entlang, dann winkte er Mayla zu sich, die stehen geblieben war. Es war niemand zu sehen. Langsam stahlen sie sich weiter und erreichten die letzte Stufe. Der Gang vor ihnen war ebenso schmucklos wie der, aus dem sie gekommen waren. Ein Knistern lag in der Luft, als wären starke Energien am Werk. Vielleicht doch ein Chemielabor?

Der Schein von Maylas Flamme beleuchtete am Ende des Korridors eine Tür, die angelehnt war. Leise Stimmen drangen ihnen ans Ohr, die nicht zu Tom gehörten und auch nicht zu John. Auf Zehenspitzen schlichen sie näher, bis sie die Tür erreichten. Georg oben und Mayla weiter unten spähten sie durch den Spalt. In dem Raum, der durch unzählige Kerzen beleuchtet war, standen zwei junge Frauen, beide über mehrere Kessel gebeugt, in denen es brodelte und aus denen Dampf in roten und grünen Farbtönen emporstieg. Vor sich hatten sie unzählige Schalen und Gläser, in denen Pulver, Kräuter und Flüssigkeiten verwahrt wurden. Auf sämtlichen freien Ablageflächen, die Mayla und Georg durch den schmalen Spalt erkennen konnten, lagen Bücher, in denen die zwei Fremden immer wieder blätterten und nachlasen. Messingwaagen und Pinzetten vervollständigten das Equipment. Fraglos waren die knallenden Geräusche aus diesem … Magielabor gekommen.

Georg und Mayla sahen einander an, dann zählte Georg mit dem Finger bis drei, bevor er die Tür aufstieß. Die Frauen entdeckten sie augenblicklich, als hätten Georg und Mayla einen stummen Alarm ausgelöst. Noch während Mayla den ersten Spruch dachte, umfassten beide einen Amulettschlüssel und waren von jetzt auf gleich verschwunden, während Georgs »Halt, Polizei!« durch den verlassenen Raum hallte.

Ärgerlich stemmte Mayla die Hände in die Hüften. »Sie sind abgehauen. Also war es nichts Legales, was sie hier fabriziert haben – oder versucht haben zu fabrizieren.«

Georg wanderte durch das Labor, in dem mehrere Kessel brodelten und nach Schwefel stinkende Dämpfe in den unterschiedlichsten Farben bis unter die Decke wanderten. »Mich wundert es, dass John und Tom nicht hier sind. Wo sind sie hingerannt?«

»Das wüsste ich auch gerne.« Mayla hielt sich die Nase zu, wodurch ihre Stimme einen nasalen Tonfall bekam. »Meinst du, wir haben ein heimliches Lager der Jäger entdeckt?«

»Es sieht so aus. Das Medaillon war ein guter Hinweis. Komm, wir müssen die anderen suchen.« Er lief zur Tür, doch Mayla zögerte.

»Sollten wir das alles vorher in Sicherheit bringen? Nicht, dass die Hexen zurückkommen und Beweismaterial mitnehmen, bevor wir herausgefunden haben, was sie treiben.«

»Es ist eindeutig, was sie treiben.« Georg zeigte auf die Waagen, die Zutaten, die Kräuter und Wurzeln, sowie auf die Kessel, deren Geruch immer abscheulicher wurde, und er wies auf die aufgeschlagenen Bücher. »Sie versuchen sich an unerprobten Zaubertränken.«

Mayla griff nach dem nächstgelegenen Buch und überflog die Seiten, bis sie die Augen aufriss. »Alte Magie!«

Georg nickte. »Verbotene oder vergessene Zaubersprüche. Die Bücher sollten wir mitnehmen, da hast du recht, aber die Zutaten und Kessel können sie sich ohnehin immer wieder besorgen. Dafür werden sie nicht zurückkommen. Und so, wie das Zeug stinkt, waren sie bislang nicht sonderlich erfolgreich, weshalb wir ihr Gebräu guten Gewissens zurücklassen können.«

Eifrig sammelte Mayla die Bücher ein. Vielleicht fanden sie etwas über die magischen Steine darin, wenn sich diese

Werke mit Zaubersprüchen aus der alten Zeit befassten. Sie drückte sie an die Brust und eilte mit Georg aus dem Labor, hoch in das Erdgeschoss. Als sie die Treppe hinter sich ließen und der Geruch endlich wieder halbwegs erträglich wurde, kamen ihnen die anderen beiden entgegen.

John fluchte. »Wir haben sie verloren.«

Tom nahm Mayla sogleich die Bücher ab und überflog die Titel. »Was habt ihr im Keller gemacht?«

Georg wies auf die Tür, die er schloss und die daraufhin mit der Wand verschmolz, als existiere sie nicht, und die er sogleich wieder weit öffnete. »Wir waren im Keller und haben ein Versuchslabor für Zaubertränke der alten Magie entdeckt. Leider sind die Hexen weggesprungen, bevor wir sie festnehmen konnten. Und ihr? Irgendeine Ahnung, wer die Männer waren und wohin sie geflohen sind?«

John schüttelte den Kopf und strich sich über sein kurz rasiertes Haar. »Sie sind weggesprungen, bevor wir sie daran hindern konnten. Wieso sie allerdings vorher durch das halbe Anwesen vor uns weggelaufen sind, ist die Frage.«

Tom blätterte durch die Bücher. »Vielleicht wollten sie uns von der Kellertür fernhalten.«

Georg brummte zustimmend. »Lasst uns den Diener befragen. Er wird wissen, was in den letzten Wochen vor sich gegangen ist.«

Durch einen Suchzauber gelangten sie zurück in die Eingangshalle, ohne sich in dem Gewirr aus Gängen zu verirren. Wie durch ein Wunder saß der alte Herr noch immer auf dem Stuhl, zusammengesunken wie ein Häufchen Elend, das ordentlich gefaltete Stofftaschentuch in der Hand. Sobald er sie entdeckte, hielt er ihnen müde die Hände entgegen.

»Ich leiste keinen Widerstand. Nehmen Sie mich fest.«

Georg runzelte die Stirn. »Wieso sollten wir das machen? Sind Sie in illegale Machenschaften involviert? Wer sind Sie überhaupt?«

Der Alte seufzte schwer und sackte auf seinem Stuhl noch mehr zusammen als vorher. »Mein Name ist Partout, Marc Partout, ich bin der Diener des Hauses. Seit Monaten habe ich diese jungen Leute beherbergt. Ich wusste zu Anfang nicht, aus welchem Grund sie auf dem Anwesen verweilen, aber als sie mit den Experimenten im Keller angefangen haben, dachte ich mir, dass sie irgendetwas Verbotenes tun. Doch sie waren zu viele und ich wusste nicht, wie ich mich gegen sie wehren kann. Ich bin wohl feige gewesen, denn ich dachte mir, wo kein Kläger ist, da ist auch kein Richter. Ich habe sie schalten und walten lassen, obwohl der Herr dieses Besitztums niemals damit einverstanden gewesen wäre.«

Mayla horchte auf. »Gewesen wäre? Heißt das, er ist tot?«

Betrübt nickte Monsieur Partout. »Verstorben, vor zwei Jahren.«

Skeptisch sah Georg ihn an. »Wieso haben Sie die jungen Leute überhaupt auf das Anwesen gelassen?«

»Zuerst waren es nur zwei, und der eine hat mir glaubhaft gemacht, er sei der Neffe von Sire Henri de Bernard, dem letzten Besitzer dieses Anwesens. Mittlerweile bin ich davon überzeugt, dass er mich belogen hat.«

Georg schwenkte den Zauberstab. Aus seiner Hosentasche kamen ein Block und ein Stift geflogen. Der Stift begann sofort die Aussage des Dieners aufzuschreiben, während sich Georg selbst wieder dem greisen Herrn zuwandte. »Können Sie uns sagen, wie die richtigen Namen derjenigen sind, die sich hier aufgehalten haben?«

Monsieur Partout zuckte mit den Schultern. Er wirkte mit jeder Minute gebrechlicher. »Einen habe ich Eduardo sagen hören, aber das war wohl eher ein Zufall, weil sie mich im Garten nicht gesehen haben. Ansonsten haben sie sich mit Zahlen angeredet, wenn ich dabei war. Sie sagten, das sei ein Spiel.«

Eduardo … doch nicht der Verräter? Mayla wurde unruhig, worauf ihr Tom die Hand auf die Schulter legte. »Mach dir keine Sorgen. Immerhin haben wir die Bücher und die werden wir gleich auf der Burg durchforsten, bis wir einen nützlichen Hinweis gefunden haben, einverstanden?«

Sie nickte und lächelte ihn dankbar an. Irgendwie fühlte es sich an, als wäre die Kluft zwischen ihnen wieder kleiner geworden.

Georg half dem betagten Mann auf die Füße. »Ich nehme Sie mit aufs Revier. Keine Sorge, nur, um Ihnen ein paar Fragen zu stellen. Wenn Sie uns alles gesagt haben, was Sie wissen, können Sie anschließend gerne gegen die Männer Anzeige erstatten. Sofern Sie auf dieses Anwesen zurückkehren wollen, muss ich darauf bestehen, dass Sie uns umgehend unterrichten, wenn sich die jungen Leute noch einmal blicken lassen. Kann ich mich darauf verlassen?«

Monsieur Partout schüttelte Georg die Hand. »Oui, oui, das ist sehr anständig von Ihnen, junger Mann. Ich werde Ihnen alles sagen.«

»Gut.« Georg wandte sich an Mayla und Tom. »Nehmt ihr John mit auf die Burg? Er besitzt keinen eigenen Amulettschlüssel. Ich will direkt aufs Revier springen.« Bevor jemand dagegen Einwände erheben konnte, dachte Georg bereits den Zauber und sprang mit dem Diener fort. Mayla wollte nichts lieber, als schnell mit Tom zu reden und diese Bücher zu durchforsten. Deshalb wartete sie nicht ab, ob es John möglicherweise nicht recht wäre, sondern hakte sich bei ihm ein. Sobald sie auf der Burg waren, würde John seiner Wege gehen und sie konnte ungestört mit Tom reden.

»Ich nehme ihn mit, okay, Tom? Wir sehen uns auf der Burg. Perduce nos in arcem.« Tom würde mit seinem Amulettschlüssel zurückspringen. Sie sah ihn nicken, während sein Gesicht zusammen mit dem Glanz des Foyers verschwamm.

Als sie in der Eingangshalle von Burg Donnersberg landeten, war von Tom noch nichts zu sehen, was nicht verwunderlich war, da er nach ihnen das Château verlassen hatte.

»Er kommt gleich, wir sind ja vor ihm losgesprungen«, beeilte sich Mayla zu sagen, bevor John schon wieder irgendwelche Verdächtigungen gegen ihn verlautbaren lassen konnte, doch die Luft blieb ruhig. Verdammter Mist, wo blieb er? Sie hörte das Pendel der Uhr im Saal tick tack schlagen. Tick tack, tick tack, wieder und wieder, die Zeit schritt eindeutig voran, aber Tom sprang nicht zu ihnen.

John sah auf sie herab, es wirkte mitleidig. Glaubte er, sie ließe sich von Tom täuschen? Hielt er sie für ein naives Dummchen? Seine Mimik deutete darauf hin.

Entschieden verschränkte sie die Arme vor der Brust. »Er kommt. Ich weiß, dass er kommt.«

John schnaubte. »Hoffentlich mit den Büchern.« Mit den Worten ließ er sie stehen und marschierte in den Burgsaal davon. Mayla blieb zurück und tigerte durch die Empfangshalle, erfüllt von dem furchtbaren Gedanken, dass Tom mehr im Schilde führte, als für sie beide gut sein konnte.

Kapitel 24

Die Minuten verstrichen und Tom kehrte nicht auf die Burg zurück. Das flaue Gefühl in Maylas Magen wurde stärker und stärker mit jedem Ticken der Uhr. Wieso tauchte er nicht auf? Was tat er? War ihm etwas zugestoßen? Hatte John recht? War sie ein dummes Naivchen, das ihrem Partner vorbehaltlos alles glaubte, egal wie schäbig er sich verhielt? Aber so schäbig verhielt sich Tom auch wieder nicht. Er hatte schwerwiegende Gründe, musste er haben, und er hatte ihr versprochen, sie kein weiteres Mal anzulügen. Bloß wie viel war das wert, wenn er ihr nicht die Wahrheit sagte?

»Mayla?« Angelika kam aus dem Burgsaal und sah sie verwundert an. »Wieso kommst du nicht herein?«

Hatte John nichts gesagt? Sie trat von einem Fuß auf den anderen. »Ich warte auf Tom, ich dachte …« Verdammt, das klang schon wieder so bescheuert. Sie zwang sich, still stehen zu bleiben. Was konnte sie sagen? Angelika sollte nicht wie manch anderer argwöhnisch ihm gegenüber werden. »Ich dachte, er kommt gleichzeitig mit uns an, und wollte auf ihn warten. Anscheinend hat er noch ein paar Dinge zu erledigen. Ein Missverständnis.«

Die alte Frau runzelte die Stirn, wodurch zusätzliche Falten über ihren ergrauten Brauen erschienen. »Auf Tom lohnt es sich nicht zu warten. Hast du das nach fünf Jahren nicht oft genug am eigenen Leib erfahren?«

»Nein, das habe ich nicht!« Und das stimmte nicht nur, weil er über mehrere Monate davon im Koma gelegen hatte. Erst seit sie wieder hier waren, verhielt er sich so rücksichtslos. Zwar war er in den vergangenen zwei Jahren regelmäßig fort gewesen und hatte auch nicht immer gesagt, wann er plante zurückzukommen, aber wenn er es gesagt hatte, war er stets pünktlich gewesen. Doch sie wollte sich weder vor Angelika rechtfertigen müssen noch ihr einen Grund liefern, ebenfalls Misstrauen gegen Tom zu hegen, weshalb Mayla abwinkte. »Er wird schon gleich kommen. Habt ihr eine Portion vom Mittagessen übrig?«

»Für dich immer, heute gab es sogar dein Lieblingsessen. Gorgonzola-Spinat-Lasagne.« Sie lächelte, wie es eine Oma zu tun pflegte. Wieso war sie eigentlich keine? Der perfekte Themenwechsel.

»Ihr habt keine Kinder, oder?«

Angelika schüttelte den Kopf, dabei entglitt ihren Lippen ein Seufzen. »Nein, die haben wir nicht. Es sollte wohl einfach nicht sein.« Mehr sagte sie nicht dazu und Mayla würde gewiss nicht nachhaken. Sie wusste, wie sehr der vergebliche Kinderwunsch an einer Frau nagen konnte, und das wollte man nicht mit jedem, der des Weges kam, diskutieren. Sie hakte sich bei Angelika ein und zusammen traten sie durch den Rundbogen in den Burgsaal. Dabei verbot es sich Mayla, zurück in die Empfangshalle zu schielen, ob nicht endlich das ersehnte Glitzern auftauchte.

Sie stürzte sich regelrecht auf die Lasagne, auch wenn sie ihr mit jeder verstreichenden Minute zunehmend wie Blei im Magen lag. Der Grund dafür war nicht schwer zu erraten – und es lag definitiv nicht am vielen Käse!

Er kam nicht. Tom kam nicht. Wieso? Was war passiert?

John schielte immer wieder zu ihr und beobachtete sie. Wollte er sichergehen, dass sie sich Sorgen machte? Dass sie nicht mit Tom unter einer Decke steckte und genau wusste, wo er sich mit den Büchern herumtrieb? Wieso nur hatte sie sie nicht einfach wieder an sich genommen, zumindest einen Teil davon. Dann hätte sie wenigstens einen wichtigen Zeitvertreib, mit dem sie sich ablenken konnte – und der auch die übrigen auf der Burg auf andere Gedanken bringen und Johns Misstrauen besänftigen würde.

Natürlich hatten Angelika und Violett darauf gebrannt, jedes Detail ihrer Erkundungsreise zu erfahren. Ausführlich hatte sie ihnen alles erzählt, während sich John im Hintergrund gehalten hatte. Lediglich die Verfolgungsjagd durch das Château de Saint Bernard schilderte er ausführlich.

Seit sie beide alles berichtet und jede Nachfrage beantwortet hatten, rätselten Angelika und Violett, was in den Büchern für Zaubertränke standen, deren Umsetzung derart schwer war, dass die Jäger regelrechte Versuchslabore aufbauten, um sie zu erproben.

»Wo bleibt denn Tom?«, ließ Violett die Ungeduld verlautbaren, die in Mayla brodelte, und schlug mit den Fäusten auf den Tisch. »Hat er gesagt, dass er noch irgendetwas erledigen will?«

Angelika winkte ab.

»Als hätte er seine Pläne je mit uns geteilt.« Auch wenn der Satz vor Hohn troff, war Mayla froh, wie selbstverständlich die Burgherrin der Situation begegnete. Wenigstens befeuerte sie nicht den Argwohn gegen Tom.

John verschränkte die Arme vor der Brust. »Kein Wunder, dass sich viele so schwer tun, ihm zu vertrauen, wenn er sein Verhalten nicht ändert.«

Keiner kommentierte seine Aussage, nicht einmal Mayla fiel ein, was sie darauf erwidern sollte. Alles hätte nur wie die müde Erklärung einer verzweifelt Verliebten geklungen. Und eine kleine Stimme in ihrem Inneren flüsterte, dass John nicht unrecht hatte.

Als Tom endlich auftauchte, waren mehr wie zwei Stunden ins Land gegangen. Mayla war mit Violett in der Bibliothek, doch sie hatte die Ohren offen gehalten, weshalb sie seine Stimme sofort hörte, als Artus ihn empfing.

»Er ist zurück.« Rasch sprang sie auf und rannte aus der Bibliothek. Während sie mit wehendem Haar den Saal betrat, schalt sie sich, dass sie nicht wenigstens auf der Treppe bereits die Schritte verlangsamt hatte. Wie sah das jetzt aus?

Tom drehte sich zu ihr um und registrierte ihre geröteten Wangen, worauf er schmunzelte. Natürlich verstand er sofort, dass sie wie eine Wilde zu ihm gerannt war. Oder wie eine Verzweifelte? Mit einem Mal kam sie sich unglaublich dumm vor.

»Entschuldige meine Verspätung, mir ist etwas dazwischengekommen.« Keine nähere Erklärung. Bedeutete das, es hatte wieder mit der geheimen Sache zu tun? Fehlte nur, dass er die Augenbrauen lüpfte oder Gänsefüßchen in die Luft malte, aber so auffällig würde Tom niemals agieren. Im Augenwinkel entdeckte sie die Bücher, die er bereits auf die

Tafel gelegt hatte. Rasch zählte sie den Stapel durch. Vollzählig. Wenigstens etwas. Erleichtert atmete sie auf. Tom hatte sie beim Zählen beobachtete, worauf sie sich ertappt auf die Lippe biss.

»Kommst du kurz mit mir in den Burggarten?« Auffordernd hielt er ihr die Hand entgegen. Wollte er ihr endlich sagen, was vor sich ging?

»Okay.« Weitere Worte bekam sie nicht heraus, so schwer fühlte sich mit einem Mal ihre Zunge an.

Violett betrat den Burgsaal. »Hey, wieso hast du nicht auf mich gewartet, Mayla? Oh, sind das die Bücher?« Begierig stürzte sie sich darauf, ebenso wie Angelika, und wenige Sekunden später saßen sie vertieft in die Lektüre an der Tafel und beachteten gar nicht, wie Tom und Mayla den Saal verließen. Nur ein Paar Augen verfolgte sie misstrauisch, doch davon bekamen Mayla und Tom nichts mit.

Sie sprachen kein Wort, bis sie in den Burggarten gelangten. Mayla war seit Jahren nicht dort gewesen, dennoch hatte sie keinen Blick übrig für die üppig blühenden Rosenranken und die Stiefmütterchen, deren stilvolles Arrangement jedem Gartenmagazin zur Ehre gereicht hätte. Sobald sie weit genug von der Burg entfernt waren, dass niemand sie von einem der Fenster belauschen konnte, blieb sie stehen. Als sie den Kopf in den Nacken legte, um Tom ins Gesicht sehen zu können, lag sein Blick in weiter Ferne.

»Wo bist du gewesen?«

Er schwieg.

»Schon wieder die falsche Frage? Mensch, ich dachte, du lieferst mir endlich ein paar Erklärungen. Tom, dein Verhalten macht es mir nicht leicht. Mir nicht und den anderen auch nicht.«

Er schwieg noch immer.

»Sind wir nur hier, damit ich meinem Ärger Luft machen kann? Rede mit mir, Tom, bitte.« Inbrünstig legte sie die Hände aneinander.

Als er sich ihr endlich zuwandte, war sein Blick offen, wie sie es aus den vergangenen gemeinsamen Jahren kannte. Er suchte nach Worten, öffnete den Mund und schloss ihn wieder. Herrgott, gleich würde Mayla vor Ungeduld explodieren. Eine der hohen Eichen im Burggarten knackste gefährlich, worauf Tom ihr sanft über die Wange strich. »Beruhige dich, Mayla, wir wollen nicht sämtliche umliegenden Wälder roden.«

Sie krallte die Hände um den Kragen seiner Lederjacke. »Dann rede mit mir.«

Seine Mimik wurde ernst und während er sie ansah, fühlte es sich an, als verschlinge er sie mit seinen grünen Augen. Eine Sehnsucht brannte darin, doch er gab ihr nicht nach, denn sein Blick veränderte sich. »Ich muss dich ein letztes Mal um Geduld bitten, Mayla. Damit du verstehst, wie wichtig das ist, wollte ich, dass du eines weißt. Ich tue es für Emma.«

Sie wurde blass. »Für Emma? Wieso kannst du es mir dann nicht sagen?« Alles, was mit ihrer Tochter zu tun hatte, ging sie ebenso etwas an wie ihn.

»Weil es dir schaden würde, wenn du davon wüsstest. Und womöglich würde es sich auch negativ auf Emma auswirken.«

Das Wissen darum, was er tat, schadete ihr und Emma noch mehr? Wenn er geglaubt hatte, ihr damit ein paar Fragen zu beantworten oder sie zu besänftigen, hatte er genau aufs falsche Pferd gesetzt. »Was zum Teufel tust du?«

Er umfasste ihre Arme. »Ich weiß, ich verlange viel von dir, aber ich bitte dich inständig, hab ein wenig Geduld.« In seinen Augen las sie einen Kampf. Wollte er ihr eigentlich alles verraten? Hinderte ihn womöglich jemand daran?

Mayla presste die Lippen aufeinander. Das Blut kochte gemeinsam mit der Magie in ihren Adern. Sie musste sie rauslassen, bevor Schlimmeres passierte. Sie wedelte mit den Händen, worauf eine Engelsstatue in die Luft ging. Besser als die Blumen. Nachher würde sie sie wieder zusammensetzen.

»Wie lange soll ich Geduld haben? John ist bereits misstrauisch. Wie viele Stunden dauert es, bis er durch seine Kommentare auch bei den anderen Skepsis sät?«

»Es ist egal, was die anderen denken. Mir ist es egal und dir sollte es auch nicht wichtig sein.« Seine beinahe schwarzen Brauen warfen Schatten auf seine Augen, deren Grün dadurch einen dunklen Schimmer bekam.

Verzweifelt klammerte sich Mayla an ihn. »Das dort drinnen sind unsere Freunde, unsere Verbündeten.«

Sein Blick ging in die Ferne. »Wenn ich eins gelernt habe in meinem Leben, dann das: Du kannst dich auf niemanden verlassen.«

Das hatte er nicht wirklich gesagt …

Ihr Herz sackte ihr in die Kniekehlen. Kreidebleich sah sie ihn an. »Auf niemanden?«

Was waren all die vergangenen Jahre wert? Was war ihre Beziehung wert?

Er fuhr sich durchs dunkle Haar, sah zu ihr hinab und fluchte leise. »Mayla, so habe ich das nicht gemeint. Dir vertraue ich, sonst würde ich dir all das gar nicht erzählen. Wenn ich es könnte, würde ich mich dir hier und jetzt anvertrauen, das weißt du.«

Der bittere Geschmack auf ihrer Zunge blieb. Entschlossen umfasste sie seine Lederjacke und rüttelte daran, als könnte sie dadurch die Wahrheit aus ihm herausschütteln. »Das reicht mir nicht, Tom. Ich will die Wahrheit wissen.« Beruhigend legte er seine Arme um sie und strich ihr über den Rücken. »Mayla, das ist gefährlich. Es geht nicht, dass –« Er stockte.

»Doch, es geht. Ich halte in erster Linie zu Emma und dir. Wenn das wichtig für euch ist, stehen meine Bedürfnisse hintenan. Ich unterstütze dich, in allem, aber dafür verlange ich die Wahrheit.« Wenn sie eine gleichberechtigte Beziehung führen wollten, musste er sie anständig behandeln. Die Wahrheit zu sagen, gehörte dazu. Hier und jetzt wollte sie darauf bestehen. Alles hatte seine Grenzen und ihre waren allmählich überschritten.

Er atmete tief durch und ohne zu antworten, blickte er auf die fernen Wälder. Auch wenn alles in ihr drängte ihn anzuschreien, biss sie die Zähne zusammen, löste die Hände von seiner Jacke und ballte sie zu Fäusten. Er war am Zug. Er musste ihr einen Schritt entgegenkommen. Scheinbar gelassen verschränkte sie die Hände hinter dem Rücken. Himmel, wie lange spannte er sie noch auf die Folter?

Endlich wandte er sich ihr zu. »Ich muss eine letzte Sache erledigen. Heute Abend komme ich zurück und dann reden wir.«

Es war nicht die Antwort, auf die sie gehofft hatte, aber ein Anfang. Und das sollte sie anerkennen, oder? Ein letzter Vertrauensvorschuss? Den Kopf schräg gelegt sah sie zu ihm auf. »Versprochen?«

»Versprochen.«

»Wann heute Abend? Ich brauche eine Uhrzeit.«

»Um acht Uhr komme ich auf die Burg zurück und dann erfährst du alles.«

Sie suchte in seiner Mimik nach einem verdächtigen Zucken, dass sein Versprechen nur ein Trick war, um sie erneut hinzuhalten, doch dort war nichts. Unverwandt schaute er sie an, als erlaube er ihr, bis tief in seine Seele zu blicken. Es war Tom. Vor ihr stand der Mann, der zwar nicht der beste Teamplayer war, der ihr jedoch mehrfach das Leben gerettet und vom ersten Moment an auf ihrer Seite gestanden hatte, auch wenn er seine Beweggründe nur selten teilte. Sie würde ihm diesen Vertrauensvorschuss geben. Zum letzten Mal.

»Okay, aber heute Abend beantwortest du mir meine Fragen. Kannst du mir wenigstens sagen, was du vorher zu erledigen hast?«

Tom schüttelte den Kopf.

Verflucht, das hatte sie sich schon gedacht. Wenn er jedoch heute Abend um acht Uhr die Dinge erklären wollte, würde sie verdammt noch mal ein letztes Mal Geduld aufbringen.

Inbrünstig umfasste er ihre Arme und suchte ihren Blick, worauf es zwischen ihren Schulterblättern kribbelte. Himmel, wieso nur reagierte sie immer noch derart heftig auf ihn? Am liebsten wollte sie sich in seine Arme werfen und von ihm zugeflüstert bekommen, dass alles gut werden würde und sie sich keine Sorgen zu machen brauchte. Doch das tat er nicht. Stattdessen blieb seine Mimik ernst.

»Ich verspreche dir, ich werde dir auf jede Frage eine ehrliche Antwort liefern. Ich liebe dich, Mayla, vergiss das nicht – egal, was passiert.« Er beugte sich zu ihr hinab und küsste sie. Der Kuss war voller Leidenschaft und Sehnsucht, zugleich lag darin ein Hauch Angst. Tom drückte sie an sich, als wolle er sich selbst trösten, und Mayla versank in dem Kuss, bis sich seine Lippen viel zu schnell von ihren lösten. Traurig lächelnd sah sie zu ihm auf – und bemerkte, dass er schon wieder den Amulettschlüssel umfasste.

»Wo gehst du hin?«

»Ich liebe dich.« Mit den Worten verschwand er und zurück blieb nichts als ein feines Funkeln, das den Anschein erweckte, sie hätte sich seine Anwesenheit und all die dazugehörigen Versprechen nur eingebildet.

Kapitel 25

Es dauerte, bis sich Mayla aufraffen konnte, in die Burg zu den anderen zurückzugehen. Das lag nicht nur an den forschen Blicken und schonungslosen Fragen, denen sie sich würde stellen müssen, sondern vor allem an ihr selbst. Sie musste ihre Gedanken sortieren, ihrer flatternden Nerven Herr werden.

Als sie eine Viertelstunde später alleine in den Burgsaal zurückkehrte, nahmen es die Anwesenden jedoch entgegen ihrer Erwartungen stillschweigend hin. Niemand fragte, wohin Tom schon wieder verschwunden war.

Violett und Angelika saßen kaum ansprechbar an der Tafel, vertieft in die Bücher aus dem Magielabor des Château de Saint Bernard.

Die in Leder gebundenen Werke handelten nicht nur von der alten Zeit, nein, sie stammten sogar aus ihr. Sie waren hunderte von Jahren alt, vergilbt und die Seiten stellenweise eingerissen. Wahrscheinlich hatten sie mithilfe des Conserva-Zaubers die Zeit überdauert.

Die Stunden bis zum Abend zogen sich ewig in die Länge. Zum Glück hatten sie jetzt die Bücher, sonst würde Mayla doch noch die ein oder andere Eiche im Burggarten mit ihrer Ungeduld fällen. Wahllos nahm sie eins vom Stapel, dessen Titel auf dem Einband nicht mehr zu erkennen war. Vorsichtig schlug sie es auf und las die Überschrift. »Justine de Martiné, Magisches Wissen.« Ein Inhaltsverzeichnis gab es nicht, weshalb Mayla die Einleitung überflog, bis sie bei einem Absatz hängen blieb.

Die Quelle der Magie ist der magische Stein, der von den Hohepriesterinnen bewacht wird. Sein Schutz hat oberste Priorität, um das Gleichgewicht aufrechtzuerhalten. Wird seine Macht missbraucht oder wird er in seiner Form verändert, wird das drastische Folgen haben. Egal welchen Zauber wir anwenden, wir sollten uns immer bewusst sein, woher unsere Magie stammt. Dankbarkeit ist das Gebot, mit dem wir unsere Kräfte anwenden müssen. Deshalb dürfen die Hohepriesterinnen in ihrer Arbeit niemals behindert, sondern sollten stets unterstützt werden. Jede Hexe und jeder Hexer, die Hand anlegen wollen an den magischen Stein, werden verdammt sein. Egal wie groß ihre Kräfte dadurch sein mögen, sie werden keinen Frieden damit finden, sondern ewig auf der Suche sein.

Was meinte die Autorin damit? Hieß das, ihre Verwandten und die anderen Gründerfamilien waren verflucht? Was war damals wirklich geschehen, als die Magie geteilt worden war? Hatten ihre Vorfahren die Hohepriesterinnen verraten? Oder waren die Hohepriesterinnen auf ihrer Seite gewesen?

Fieberhaft las Mayla weiter, doch das Ende der Einleitung war schnell erreicht. Sie blätterte durch die Seiten, auf denen nichts weiter über die Magie der Steine zu finden war. Dafür entdeckte sie einen Zauberspruch nach dem anderen. Sie handelten davon, wie man die Heilkräfte in Pflanzen verstärken, die eigenen Kräfte vermehren und sein Haus schützen konnte. Es war wertvolles Wissen, keine Frage, bloß wie sollte ihr das in dieser Situation weiterhelfen?

Müde blickte sie auf. »Violett, du hast doch herausgefunden, dass die Kräfte der Zirkel nicht an die magischen Steine gebunden sind, oder?«

Ihre Freundin war so vertieft, es dauerte einen Augenblick, bis sie den Kopf hob und sich eine verirrte rote Strähne aus dem Gesicht strich. »Genau, das stand in einem Buch aus dem achtzehnten Jahrhundert. Zu der Zeit wurden schon einmal die magischen Steine des Luftzirkels und des Wasserzirkels gestohlen, aber das hatte keine Auswirkungen auf die Energie der Mitglieder.«

Es war schon einmal geschehen? Ob das damals auch Anhänger des Metallzirkels oder Mitglieder des Hauses von Eisenfels gewesen waren? »Stand dabei, wer die Steine gestohlen hat und zu welchem Zweck?«

Violett schüttelte den Kopf. »Es war kein Polizeibericht, den ich gelesen habe. Die Verfasserin schien auch nicht dabei gewesen zu sein, sondern das Wissen ihrer Urahnen aufgeschrieben zu haben. Sie betonte, wie froh alle gewesen waren, dass es nur zwei Steine betraf.«

»Also wie heute …«

Violett nickte. »Sie warnte in ihrem Text davor, dass jemand alle Steine in die Hände bekommen könnte. Das wäre zu viel Macht in der Hand eines einzelnen und das würde sich unwiderruflich auf die Magie aller Hexen und Hexer auswirken. Wie genau, das weiß allerdings kein Mensch.« Sie zuckte mit den Schultern. »Solange du und Andrew eure

Steine besitzt, brauchen wir uns folglich keine Sorgen zu machen.«

Wenigstens war ihr Stein absolut sicher, da hatte Violett recht. Und Andrew würde sich seinen gewiss auch nicht so leicht stehlen lassen. Erst recht nicht, seit er wusste, dass die Jäger es darauf abgesehen hatten.

Mayla widmete sich wieder dem Buch, fand jedoch keinen weiteren Anhaltspunkt. Müde massierte sie sich die Schläfen. So kamen sie nicht weiter, verdammt. Was hatten die Jäger vor? Wenn sie bereits in der Lage waren, die alte Magie anzuwenden, wofür brauchten sie dann die Steine? Ging es tatsächlich um Macht? Wollten sie die Quelle der Magie in ihren Händen wissen? Was würde das für die Hexenwelt bedeuten? Ein Schaudern überfiel sie bei dem Gedanken, dass die Jäger über so große Macht verfügen könnten. Zum Glück war ihr Stein gut versteckt und der des Luftzirkels ebenso. Und Tom hatte erzählt, dass der Stein seiner Familie wahrscheinlich verschollen war. Kein Grund zur Panik also. Die Jäger waren im Besitz von zwei Steinen, das war nicht einmal die Hälfte.

Hoffentlich stimmte es und die Jäger waren wirklich noch nicht im Besitz des Metallsteins. Aber Mayla wollte optimistisch bleiben. Immerhin war es auch Toms Meinung gewesen, dass der Stein des Metallzirkels heute noch in Berthas Versteck ruhte, das sie niemandem anvertraut hatte.

Gerade wollte sie die Nase wieder in das Buch stecken, als laute Stimmen aus der Eingangshalle zu ihnen drangen.

»Jetzt warte doch mal!«

»Nein! Ich will ihn sofort sprechen! Ich will ihm in die Augen sehen und sagen hören, dass er es nicht war!«

Waren das Andrew und Georg?

Mayla und Violett wechselten einen Blick, gleichzeitig standen sie auf und schauten den beiden Männern entgegen, die bereits in den Saal stürmten. Sie hatte richtig getippt. Andrew, der Oberhexer des Luftzirkels, lief vorneweg und ließ sich von Georg kaum bremsen, der händeringend hinter ihm herkam. Andrew war schmal wie in Maylas Erinnerung und kleidete sich in die gleichen dunklen Klamotten, die zu seinem fast schwarzem Haar passten. Seine Erscheinung war eine Mischung aus Bedrohung und Charme. Die fein geschwungenen Lippen fest aufeinander gepresst sah er sich unter den Anwesenden um. Kaum entdeckte er Mayla, kam er mit blitzenden Augen auf sie zu. Sie waren wenigstens wieder gänzlich grün geworden, der dunkle Schleier vollends verschwunden. Hatte sein Ziehvater, Cesaro Aguilera, die letzten Jahre an seiner Seite verbracht und ihn wieder ins Leben geholt? Ihm die Zuversicht zurückgegeben?

Zufrieden sah Andrew allerdings nicht aus. Wütend stürmte er auf Mayla zu und brüllte: »Wo ist Tom?«

Überrumpelt sah sie ihn an. Kein Hallo nach all den Jahren? »Wieso suchst du ihn?«

»Wo er ist, habe ich gefragt!«

Mayla klappte der Mund auf. So ließ sie nicht mit sich reden! Bevor sie fragen konnte, was das sollte, erhob sich Angelika von ihrem Stuhl und sah ihn streng an. »Ich verbiete mir diesen Ton, junger Mann.«

Andrew schnaubte, während Georg sich an seiner statt an Mayla wandte. »Es ist wirklich wichtig. Weißt du, wo Tom ist?«

Sie sah Andrew nicht an, richtete ihre Antwort ausschließlich an Georg. »Er hat ein paar Dinge zu erledigen. Heute Abend kommt er zurück.«

Andrew tobte. Eine Ader pochte deutlich über seinem linken Auge. »Was zu erledigen? Ich kann dir sagen, was er zu erledigen hatte. Er hat den Stein meines Zirkels gestohlen!«

Empört fuhr Mayla auf. Was sollte diese dreiste Unterstellung? Wie weit sollte die verleumderische Aktion gegen Tom noch reichen? Erkannte nicht einmal Andrew, wie die Jäger die Strippen zogen und sie gegeneinander ausspielten, obwohl er jahrelang unter ihnen gelebt hatte? Er wenigstens musste doch wissen, wie sie arbeiteten. »Was erzählst du für einen Blödsinn!? Wieso sollte er das tun?«

»Ich habe ihn gesehen.«

Mayla wurde blass. Nein. Nein! Das war nicht wahr. Das stimmte nicht. Konnte nicht richtig sein. Es war wieder dieser andere Typ der ihm ähnlich sah und … tot war, verdammt. Trotzdem. Tom würde niemals …

»Ich habe ihn auf frischer Tat ertappt!«, betonte Andrew.

»Nein …« Sie dachte es mehr, als dass sie es sagte, während sie kraftlos auf den Stuhl zurücksank.

»Wieso hast du ihn nicht festgehalten?«, wollte Angelika wissen, skeptisch die Brauen hochgezogen. »Wenn du ihn auf frischer Tat ertappt hast, hättest du ihn daran hindern können.«

»Er war zu schnell.« Mit geballten Fäusten stapfte Andrew auf Mayla zu.

Georg hielt ihn zurück und verfrachtete ihn auf einen Stuhl. »Beruhig dich und erzähl uns genau, was geschehen ist.«

Andrew schnaubte wutentbrannt, doch ein Blick auf Georg genügte und er blieb auf dem Stuhl sitzen. »Ich war auf dem Weg zu einem Termin und wollte gerade die

Haustür schließen, wurde jedoch von einem Geräusch aus dem Inneren aufgehalten.«

»Das Haus in den Pyrenäen?«, erkundigte sich Mayla. Jedes Detail war wichtig, um die Machenschaften der Jäger aufzudecken.

Andrews Gesichtsausdruck wurde eiskalt. »Hast du ihm verraten, wo es sich befindet?«

Meine Güte, das Wiedersehen mit ihm hatte sie sich angenehmer vorgestellt. Abwehrend hob sie die Hände. »Nein, ich wusste nicht einmal, dass ihr es noch bewohnt, geschweige denn, dass es geheim ist.«

»Es ist geheim. Gewesen! Weil du es diesem ehrlosen, hinterhältigen –«

Mayla sprang auf. »So redest du nicht über Tom!«

Andrew wollte ebenfalls aufspringen, aber Georg baute sich vor ihm auf.

»Was ist dann passiert?«

Der Lufthexer fluchte, dann fuhr er fort. »Ich bin noch mal rein. Die Geräusche kamen aus dem Wohnzimmer. Ich bin in den Raum und habe Tom gesehen. Er stand am Fenster. Für eine Sekunde haben wir uns angesehen und bevor ich fragen konnte, was er unangemeldet in unserem Haus zu suchen hat, ist er fortgesprungen.«

Mayla wollte empört auffahren und Gegenfragen stellen – so einfach konnte diese Geschichte nicht abgelaufen sein! Doch Georg übernahm den Part für sie, und das auf seine ruhige, überlegte Art, was definitiv besser war.

»Bist du dir sicher, dass er es war?«

»Er war es. Hundertprozentig.«

Georg ließ nicht locker. »Wie kannst du dir so sicher sein?«

»Ich habe es in seinen Augen gesehen. Er sah schuldig aus.«

Mayla schüttelte den Kopf. Was redete Andrew für einen Blödsinn? Er sah schuldig aus? Das war doch keine Erklärung! Und erst recht kein Beweis. »Was willst du damit sagen?«

Andrew neigte sich zur Seite und sah an Georg vorbei zu Mayla, das Gesicht wutverzerrt. »Er erweckte den Anschein, sich rechtfertigen zu wollen, nur hat er das nicht getan. Ohne ein Wort zu sagen, ist er verschwunden.«

Entgeistert warf Violett die Arme in die Luft. »Das gibt es doch nicht.« Offenbar glaubte auch sie den unerhörten Erzählungen. Entgeistert starrte Mayla sie an. Wie konnte sie nur ebenfalls so schnell an Tom zweifeln? Bevor sie sich dazu äußern konnte, erzählte Andrew weiter.

»Ich bin sofort zu dem geheimen Versteck in den Bodendielen gestürzt, wo ich den magischen Stein versteckt hatte. Und er war fort. Weg. Tom hat ihn gestohlen.«

Mayla schüttelte den Kopf. Nein. So einfach konnte das nicht sein. »Vielleicht war er zufällig da oder wollte dich besuchen und hat den eigentlichen Dieb auf frischer Tat ertappt. Er ist nur schnell abgehauen, weil er wusste, wie es aussieht.«

John bedachte sie mit einem kühlen Blick. »Und wie sieht es jetzt aus, weil er einfach abgehauen ist?«

Niemand sagte etwas. Alle waren still. Auch Mayla wusste nicht, was sie darauf erwidern sollte.

Es konnte nicht wahr sein. Tom war nicht der Dieb. Das hatten sie doch längst gehabt – bei den anderen beiden Steinen. Er war zwar nicht an ihrer Seite gewesen, aber trotzdem nicht derjenige, der sie entwendet hatte. Das konnte nur eines bedeuten. Entsetzt blickte sie die anderen an.

»Ich habe wieder eine Wanze an mir. Schnell, Georg, durchsuch mich, bestimmt wussten sie deshalb, dass Tom nicht bei mir war. Sie stellen uns eine Falle, seht ihr das nicht? Sie wollen einen Keil zwischen uns treiben. Sie wollen verhindern, dass ihr ihm vertraut und ihn in euren Reihen aufnehmt.«

Georg blickte fragend zu John, der mit den Schultern zuckte. Violett stand sofort auf. »Ich werde dich absuchen, Mayla. Keine Sorge, ich finde den Abhörzauber, wenn einer auf dir liegt.«

Während sich Violett mit flinken Fingern an Maylas Bluse und Rock, selbst ihren Pumps und den Haaren zu schaffen machte, schwiegen die anderen still. Mayla hatte nicht den Eindruck, dass sie es aus Angst, belauscht zu werden, taten. Vielmehr hing ein jeder seinen eigenen Gedanken nach. Niemand schien der erste sein zu wollen, der den Verdacht laut aussprach, gleichzeitig zweifelte keiner an Andrews Worten, das konnte Mayla in ihren Gesichtern lesen.

Violett richtete sich auf. »Es ist nichts da, Mayla, du bist sauber.«

Ungläubig drehte sie sich zu ihr herum. »Das kann nicht sein. Okay, dann hat uns jemand belauscht. Oder beobachtet. Jemand hat gesehen, wie er abgehauen ist.« Es musste eine logische Erklärung geben!

Georg umfasste sie an den Schultern. »Mayla, bleib ruhig.«

Ihre Wangen röteten sich von all der Wut und Enttäuschung, die in ihr brodelten. »Bestimmt nicht. Ihr verdächtigt Tom. Ich fasse es nicht.«

Andrew bebte, entgegnete jedoch gefasster als zuvor: »Und du zweifelst an meinen Worten.« Vorwurfsvoll sah er sie an. »Ich habe dir vertraut, Mayla, aber ihm nicht. Es ist an der Zeit, dass du dich für eine Seite entscheidest. Seine Seite oder unsere.«

»Nein, das ist doch Unsinn!« Das Blut rauschte ihr durch die Ohren und ihr Magen fuhr Achterbahn. Wie hatten die Dinge nur so schnell aus dem Ruder laufen können?

Auch Georg hob die Hand. »Nun mach mal halblang, Andrew. Niemand muss sich für irgendeine Seite entscheiden.«

Violett bedachte Andrew ebenfalls mit einem befremdlichen Blick und schüttelte missbilligend den Kopf, doch der Lufthexer fuhr schon wieder aus der Haut.

»Ich dachte, wir stehen beieinander. Egal aus welchem Zirkel wir sind, wir lassen kein Unrecht mehr zu.«

»Beruhig dich, Andrew.« John stellte sich zu ihm und schlug ihm auf die Schulter. »Ich glaube dir. Ich habe gesehen, wie Tom sich verhält, seit er wieder da ist. Er verheimlicht uns etwas, das steht fest. Die Frage ist nur, ob Mayla davon weiß.« Seine grauen Augen ruhten auf ihr, aber Mayla ließ sich von ihm nicht einschüchtern.

»Wie bitte? Ihr seid doch nicht ganz bei Trost!« Ein Bild krachte von der Wand, worauf Angelika eingriff.

»Ruhe jetzt. Wir setzen uns auf der Stelle gemeinsam an den Tisch und reden miteinander, wie wir es all die Jahre getan haben, und zwar sachlich und gelassen. Und du, Mayla, du holst den Stein des Feuerzirkels.«

Empört sah Mayla sie an. Glaubte Angelika immer noch, sie könne ihr Befehle erteilen? Nur weil ihre Oma nicht da war, hieß das nicht, dass Angelika ihre Stelle einnehmen durfte. Außerdem war der Stein an dem Ort, wo er versteckt war, bestens aufgehoben. »Wieso soll ich das tun? Er ist in Sicherheit.«

Angelikas Blick bohrte sich regelrecht in ihr Innerstes. »Weiß Tom, wo er versteckt ist?«

Mayla wurde blass. Was wollte Angelika ihr unterstellen? Oder ihm?

»Das dachte ich mir.«

War Angelika auf Andrews Seite? So schnell ließen sie ihn alle fallen? Kein Wunder, dass Tom sich allein auf weiter Flur sah und niemandem vertraute. Allmählich bekam sie Verständnis für seine Art, die Dinge anzugehen und für sich zu behalten. Enttäuscht musterte sie Angelika. »Verdächtigst du ihn etwa auch?«

Die Burgherrin richtete sich gerader auf, als sie sich ohnehin die meiste Zeit hielt. Sie wirkte wie eine Königin, die keinen Widerspruch duldete. »Ich will, dass der Stein in Sicherheit ist.«

Mayla wollte widersprechen. Wie ungerecht verhielten sie sich? Wie schnell verdächtigten sie Tom? Das durfte nicht wahr sein. Bevor sie sich mit der Burgherrin anlegen konnte, schoben Georg und Violett sie aus dem Saal. »Was soll das?«

»Beruhig dich, Mayla.« Violett umfasste ihre Hand. »Wir sind auf deiner Seite, das darfst du nicht vergessen.«

»Seid ihr auch auf Toms?«

Sie wechselten einen kurzen Blick, worauf Georg sie entschlossen ansah. »Wir sind auf deiner Seite und wenn das heißt, dass wir auch auf seiner sind, dann ist das so.« Violett nickte bestätigend.

»Trotzdem«, fuhr Georg fort, »ist es wichtig, dass du den Stein herbringst.«

Fing er jetzt auch noch an? »Aber –«

»Es ist der einzige Weg, um zu beweisen, dass er nichts damit am Hut hat.«

»Hört mal, der Stein ist wirklich sicher, dort, wo er liegt. Tom, meine Oma und ich haben den Schutz gemeinsam gesprochen. Keiner außer uns dreien kann ihn finden. Der Stein ist in seinem Versteck gut aufgehoben – im Gegensatz zur Burg, wo mehrere Leute ein- und ausgehen. Sollte er hier fortkommen, ist es nahezu unmöglich herauszufinden, wer ihn entwendet hat.«

Georg schüttelte den Kopf. »Trotzdem. Um die anderen wieder an unserer Seite zu wissen und allen zu beweisen, dass wir Tom vertrauen können, ist es wichtig, dass sie sehen, dass er den Stein nicht gestohlen hat.«

Mayla atmete tief durch. Sie befand sich in einer Zwickmühle. Georg hatte recht. Nur wenn sie allen den Stein zeigte, würden sie die Verdächtigungen gegen Tom auf sich beruhen lassen. Hoffentlich war das nicht der Plan der Jäger, dass sie den Stein aus dem Versteck holte und er weniger gut geschützt war. Aber offenbar blieb ihr keine Wahl. Sie schielte auf die Uhr. Es war kurz nach sechs. Die Zeit reichte locker, um den Stein zu holen und rechtzeitig zurück zu sein, bevor Tom wieder auftauchte. Sie wollte ihn nicht ohne Rückendeckung in die Höhle der Löwen gehen lassen – insbesondere nicht, solange sie nicht allen den Stein gezeigt hatte. Ergeben nickte sie. »Ist gut, ich gehe.«

Georg umfasste den Amulettschlüssel. »Ich begleite dich.«

»Das musst du nicht, ich kann ruhig ohne –«

»Nach allem, was gerade geschieht, wäre ich ruhiger, wenn ich dich nicht unbegleitet mit dem Stein unterwegs wüsste.«

Nachdenklich sah sie ihn an. Hatte er dieselbe Befürchtung? Dass die Jäger nur auf diesen Augenblick warteten?

Violett drückte Maylas Hand. »Lass ihn mitgehen. Zu zweit seid ihr stärker, falls einer der Jäger den Stein holen will.« Offenbar dachte auch Violett in denselben Bahnen.

Ergeben stieß Mayla die angehaltene Luft aus. »Hältst du die Stellung, falls Tom früher zurückkommt? Nicht, dass sie ihn zerfleischen.« Sie grinste halbherzig.

Violett salutierte scherzhaft. »Du kannst dich auf mich verlassen.«

Erleichtert drückte Mayla Violett und Georg gleichzeitig an sich. Zum Glück waren die beiden auf ihrer Seite. Tom lag falsch. Es war wichtig, anderen zu vertrauen und sie einzubeziehen. »Danke, dass ihr meine Freunde seid.«

Violett strich ihr über den Rücken. »Für immer, Mayla, für immer.«

Kapitel 26

Mayla und Georg landeten im Reinhardswald. Der Ruf einer Eule empfing sie und sogleich stapften sie los.

Auf der Suche nach einem geeigneten Versteck für den magischen Stein hatte sich Melinda für eine kleine Weltenfalte entschieden, in der sie nicht wohnten und die nichts mit dem Feuerzirkel zu tun hatte, die jedoch noch am Rande auf einem der starken Energiepunkte lag, die sich rund um den Erdball erstreckten. Derselbe, auf dem auch das Hauptquartier des Feuerzirkels ruhte. Die zusätzliche Magie sollte ihren Schutzzauber verstärken, weshalb sie sich alle drei einig gewesen waren, dass der magische Stein an diesem Ort vor den Jägern sicher war.

Mayla verstand, weshalb Angelika darauf gedrängt hatte, den Stein zu holen. Es entlastete Tom und sie alle würden sich wohler fühlen, wenn sie den magischen Stein in ihrer Mitte wussten. Dennoch haderte sie mit sich, ob es wirklich richtig war, den Stein aus seinem Versteck zu holen. Ein mulmiges Gefühl bemächtigte sich ihrer, zog von ihrem unteren Rücken die Wirbelsäule hinauf und saß ihr im Nacken wie ein drohender Gedanke, wie die blanke Gefahr höchstpersönlich. Allerdings wusste sie keinen Ausweg. Zum Glück war sie nicht alleine. Auch wenn ihre Kräfte mächtig waren, war es tröstlich, ihren besten Freund an ihrer Seite zu wissen.

Georg wusste nicht, dass sie sich in der Nähe des Hauptquartiers bewegten. Noch waren er und Violett nicht verheiratet, weshalb er in keines der Geheimnisse des Feuerzirkels eingeweiht worden war. Er lief neben ihr und blickte sich dabei immer wieder zu allen Seiten um, ob ihnen jemand folgte. Aber es war niemand zu sehen.

Eine Eule kreiste über ihnen. Sofort schoss ihr die Erinnerung in den Kopf, wie die Krähe von Vincent von Eisenfels sie auf Schritt und Tritt überwacht hatte. Gehörte das Seelentier zu den Jägern? Georg blickte gen Himmel und zwinkerte dem Tier zu, worauf Mayla aufatmete. Es musste Creola, sein Seelentier, sein. Als sie das Knistern von Vorjahreslaub hörte und kurz darauf eine schwarze Schwanzspitze zwischen den Büschen entdeckte, schmunzelte sie. Auch Karli befand sich in der Nähe. Er hatte ihre Unruhe gespürt, blieb auf Abstand und spendete ihr durch seine Anwesenheit eine Zuversicht, die sie gut gebrauchen konnte. Wärme hüllte sie ein und ihre Schritte wurden leichter. Sie holte jetzt gemeinsam mit Georg diesen Stein, zeigte ihn anschließend allen und dann überlegten sie endlich, wie sie die Jäger aufhalten konnten.

Sie warf Georg einen neugierigen Blick zu, dessen Mimik angespannt war. Die kleine Ader auf seiner Stirn pochte, wie immer, wenn er hochkonzentriert war.

»Glaubst du Andrew?«

Er seufzte schwer auf und warf seinen Zauberstab von der linken Hand in die rechte und wieder zurück. »Ich will ihm nicht glauben, aber er hat keinen Grund zu lügen.«

»Trotzdem besteht die Möglichkeit, dass er sich geirrt hat. Dass es eine Verwechslung war.«

Er zuckte mit den breiten Schultern. »Ich will es hoffen, Mayla, wirklich, auch wenn das bedeutet, dass die Jäger stärker sind, als wir es befürchtet haben. Wenn sie sogar in unsere geschützten Heime einbrechen können ...«

Georg hatte recht. Das war nicht gerade erbaulich. In ihr Heim waren sie jedoch auch eingebrochen und damit hatte Tom hundertprozentig nichts zu tun gehabt. Immerhin war Emma in der Schusslinie gewesen.

»Hat er dir gesagt, was er treibt, während er fort ist?«, unterbrach Georg ihre Grübelei.

Ertappt blickte Mayla zu Boden. Lügen war einfach so gar nicht ihrs. Vielleicht war das der Grund, weshalb Tom ihr bislang nicht die Wahrheit anvertraut hatte. Sie wusste zwar, dass etwas im Gange war und er offenbar Dinge tat, die der Geheimhaltung bedurften, allerdings hatte er ihr nicht anvertraut, was er ohne sie machte. Sie musste folglich gar nicht lügen. »Nein, ich weiß es nicht.«

Georg nickte. »Wir werden es schon herausfinden, spätestens heute Abend, wenn er denn wirklich kommt.«

Sein unterschwelliges Misstrauen versetzte ihr einen Stich. »Er hat es mir versprochen. Er wird auftauchen, um acht Uhr.«

»Wenn du es sagst.«

Mayla wollte etwas entgegnen, doch ihr fehlte die Kraft dazu. Emma war fort, ihr Glück in Gefahr und Tom hatte

Geheimnisse vor ihr. Vor Georg musste sie sich nicht überschlagen mit Argumenten, die für Tom sprachen. Er kannte ihn gut genug, um ihn einschätzen zu können. Und wen wollte sie eigentlich überzeugen? Georg oder sich selbst?

Sie überquerten die kleine Lichtung und erreichten die alte Eiche, an deren Fuß sie den Stein versteckt hatten und dessen Stamm so dick war, dass Georg und Mayla ihn gemeinsam nicht umfassen konnten. Der Baum befand sich inmitten weiterer Eichen, die sich wie Wachen um das Versteck postierten. Die Luft knisterte von der Magie, die durch den starken Energiepunkt freigesetzt wurde und die dem Wald eine mystische Atmosphäre verlieh.

»Hier ist es.« Mayla ging in die Hocke und legte ihre Handflächen über die Erde, die mit Moos bewachsen war. Ein letztes Mal vergewisserte sie sich, dass sie bis auf ihre Seelentiere die einzigen im Wald waren.

»Te aperi, latibulum lapidis!«

Das Moos hob an und langsam, als würde von unten jemand drücken, schob sich die Erde nach oben und zur Seite. Zum Vorschein kam ein hölzernes Kästchen, gänzlich schmucklos, das Mayla sofort an sich nahm. Erleichtert – hatte sie doch in ihrem tiefsten Inneren ein wenig gezweifelt? – drückte sie es an sich. »Siehst du? Es ist noch da.«

Georg streckte ihr die Hand entgegen. »Darf ich ihn mal sehen?«

»Natürlich.« Mayla öffnete die Schatulle mit einem Lächeln und hielt sie Georg entgegen. Während sie das Kästchen drehte, damit er in das Innere sehen konnte, gefror ihr das Lächeln auf dem Gesicht. Langsam dreht sie es zu sich zurück und starrte in das Innere. Es war leer. Der Stein war fort.

O mein Gott.

Mayla sackte auf den Boden, die Augen starr auf das blanke Holz gerichtet, als würde der Stein durch einen Zauber lediglich unsichtbar sein und jeden Moment wieder auftauchen. Doch das tat er nicht.

Georg sprach kein Wort, bis Mayla ihn ansah. Flehentlich.

»Er kann nicht …«

»Wer wusste von dem Versteck? Wirklich nur ihr drei?«

Mayla nickte.

»Hat euch jemand belauscht?«

Sie schüttelte den Kopf.

»Bist du dir absolut sicher?«

Verdammt, sie war es. Niemand hatte von dem Versteck erfahren. Wieder nickte sie, auch wenn sie gerne etwas anderes getan hätte.

Georg fuhr sich mit den Händen an den Kopf. »Meinst du, deine Oma hat ihn mitgenommen, nachdem sie mit Emma geflohen ist?«

Wieder schüttelte sie den Kopf, die Augen starr auf das leere Kästchen gerichtet, bis sie müde den Blick hob. Wem machten sie eigentlich etwas vor? »Er war es. Er muss es gewesen sein. Ich weiß es. Nur warum hat er das getan?«

Achselzuckend schüttelte Georg den Kopf. Er sah ebenso enttäuscht aus, wie sie sich fühlte. »Wenn ich das wüsste. Hat er dir nichts gesagt?«

»Nein. Er –« Sollte sie Georg einweihen? Aber Tom wollte das nicht. Wenn sie jetzt sein Vertrauen brach, indem sie Georg die wenigen Dinge verriet, die sie wusste, würde er ihr dann heute Abend überhaupt die ganze Wahrheit erzählen? Wohl kaum. Und sie wusste ohnehin nichts. Nichts, was irgendwie von Belang war. Also schüttelte sie den Kopf und blickte wortlos auf das Kästchen, das ebenso leer war, wie sie sich fühlte.

»Vertraue mir – egal was passiert. Ich tu es für Emma«, hallten seine Worte wieder und wieder durch ihren Kopf. Mit aller Kraft hinderte sie sich daran zu zerbrechen. Tom hatte einen triftigen Grund. Den hatte er immer. Sie durfte auf der Zielgeraden nicht das Vertrauen in ihn verlieren. Vor wenigen Minuten auf der Burg hatte sie den anderen Vorhaltungen gemacht, wie schnell sie Tom misstrauten. Sie durfte nicht den gleichen Fehler begehen. Entschieden hob sie den Kopf und sah Georg an. »Ich vertraue ihm.«

Georg strich sich durch den kupferroten Bart. Wollte er sie umstimmen? Ihr erklären, wie dämlich sie sich verhielt? Doch nichts dergleichen kam über seine Lippen, stattdessen sah er sie an, wortlos, bis er langsam nickte, als wäre alles gesagt. »Die anderen werden sich Sorgen machen.«

O ja, das würden sie. Sie sah das Theater bereits vor sich. »Sie werden mit Heugabeln auf Tom losgehen, sobald er Burg Donnersberg betritt.«

»Vielleicht kannst du den Stein erst einmal als gestohlen melden, ohne zu betonen, dass nur Tom, du und Melinda in der Lage wart, ihn aus dem Versteck zu holen.«

»Gute Idee.«

Georg zog die Brauen zusammen. »Oder wissen sie es?«

Mayla schüttelte den Kopf. Erneut wollten sie Zweifel überkommen. Wieso tat Tom ihr das an? Was hatte Emma damit zu tun? Oder hatte er sie vielleicht nur als Grund vorgeschoben?

Nein! Nein! Nein! Stopp, Mayla. In weniger als zwei Stunden kam Tom zu ihr, um ihr alles zu erklären. So viel Geduld würde sie jetzt auch noch aufbringen.

Georg zog sie hoch auf die Füße. Sie hatte gar nicht bemerkt, dass sie wie erstarrt auf dem Waldboden gehockt hatte. »Wir müssen zurück, sie erwarten uns.«

Ihr Herzschlag beschleunigte sich. Was würden sie sagen? Würden sie es überhaupt glauben, wenn sie sagte, der Stein sei gestohlen worden? Mayla zögerte, während Georg hilflos die Hände hob.

»Wir haben keine Wahl. Wenn wir nicht ehrlich mit ihnen sind, werden wir ihre Unterstützung vollends verlieren. Aber wie gesagt, behalte die Information zurück, dass Tom den Stein genommen haben muss. Wir sagen einfach, der Stein ist fort. Das ist keine Lüge.«

Erschöpft ließ sie die Schultern sinken. »Sie werden ihn ohnehin verdächtigen.«

»Verdächtigen ist nicht dasselbe, wie sich absolut sicher zu sein.«

»So wie wir es sind.« Ihr Magen fühlte sich an, als hätte sie sich minutenlang im Kreis gedreht. Hieß das, Tom hatte auch die anderen Steine genommen? Die gleiche Frage las sie in Georgs Augen, doch sie beide zögerten es laut auszusprechen. Eine Antwort würde ihnen ohnehin nur Tom liefern können.

Wie hatten sie sich nur so kurz nach ihrer Rückkehr in solche Schwierigkeiten bringen können?

Maylas Knie wurden weich und mit aller Kraft hielt sie sich aufrecht. Sie wollte nicht zusammenklappen. Durfte es nicht. Sie hatte Tom versprochen, seine Beweggründe heute Abend abzuwarten, und dann würde sich alles aufklären. Bestimmt. Er hatte einen triftigen Grund. Für Emma.

Ohne dass Mayla es bemerkte, ergriff Georg ihre Hand und umfasste seinen Amulettschlüssel. »Bist du bereit?«

Es dauerte, bis seine Worte wie durch einen dichten Nebel in ihr Bewusstsein drangen. Langsam drehte sie sich zu ihm. Sie würde niemals bereit sein für das, was nun kam. Nur was blieb ihr anderes übrig?

Sobald sie nickte, drückte Georg ihre Hand fester, während er die Worte murmelte, die ihre Angst befeuerten.

»Perduce nos in arcem!«

Kapitel 27

Als Maylas Absätze lautlos auf den Steinboden knallten, ruckte sie in die Knie. Georg hielt sie fest, bevor sie zu Boden fallen konnte. Er umfasste ihre Hand und gemeinsam schritten sie in den Saal von Burg Donnersberg, das leere Kästchen in den Händen, als bräuchten sie irgendeinen Beweis, um die Ungeheuerlichkeit zu belegen.

Sobald ihre Schritte durch den Saal hallten, erstarben die Gespräche. Mit wild schlagendem Herzen schaute Mayla sich um. Als hätte jemand die Zeit angehalten, sah sie eine Momentaufnahme vor sich. Sah Violett und Angelika, die noch immer über den Büchern brüteten und zu ihnen aufblickten, neugierig, hoffnungsvoll. Entdeckte Anna, die es sich gegenüber von den beiden bequem gemacht hatte, ebenfalls ein Buch vor sich, und die über ihre Schulter zu ihnen spähte. Erkannte Artus und Pierre, die zusammen in einer Ecke standen und die Hände nutzten, um ihre Diskussion zu befeuern, die Augen nur beiläufig auf sie gerichtet. Entdeckte Andrew, der an der Tafel saß und dessen dunkles Haar verstrubbelt war – wahrscheinlich hatte er in den letzten Minuten nichts anderes getan, als durch seine Haare zu raufen – und der sie anstierte, abwartend, verurteilend. Zum Schluss sah sie John, der mit verschränkten Armen neben Andrew saß und sie anlächelte wie ein Raubtier, das seine Beute in der Falle weiß.

Maylas Mimik, ihre blasse Gesichtsfarbe und ihre leeren Augen schienen mehr zu sagen, als es Worte vermochten. Keiner von ihnen kehrte zu dem zurück, was er gerade getan hatte. Sie alle drehten sich ihnen vollends zu, sprachen kein Wort, hielten still, bis Georg Mayla das Kästchen aus der Hand nahm. Ohne ihn würde sie den Augenblick nicht überleben – so fühlte es sich zumindest an.

»Wir haben schlechte Nachrichten.« Seine Stimme klang fremd, abgeklärt und sachlich, genauso, wie wenn er vor seinen Kollegen eine Ansprache zu einem neuen Fall hielt. Vielleicht tat er das auch. Vielleicht war er einfach in seine Rolle geschlüpft, um die Ungeheuerlichkeit zu überspielen, dass einer von ihnen das getan hatte. In welche Rolle konnte sie schlüpfen? Die besorgte zukünftige Oberhexe? Die verängstigte Mutter? Die hilflose Zukünftige? Doch es wartete keine Rolle auf sie. Sie war Mayla, wie sie es immer war, unfähig sich zu bewegen und die Dinge aufzuhalten, die bereits dabei waren, sie zu überrollen.

Georg öffnete die Schatulle und zeigte den Anwesenden, dass sich nichts darin befand. »Der Stein des Feuerzirkels wurde ebenfalls gestohlen.«

Stille. Starre. Keiner bewegte sich, nicht einmal Mayla und Georg. Niemand gab einen Laut von sich, bis ein leises Maunzen die Stille durchbrach. Es war Karli, der treue

Freund, der kläglich miauend um ihre Beine strich. Danke, kleiner Schatz, dass du bei mir bist.

Zur Antwort schickte er ihr Wärme und Halt.

Das Auftauchen des Katers durchbrach die Schockstarre und auf einmal passierte vieles gleichzeitig. Angelika und Violett kamen auf sie zugestürmt, Anna fluchte laut, Artus und Pierre diskutierten, während sie auf sie zuliefen, nur John und Andrew blieben am Tisch sitzen. In ihren Gesichtern las Mayla eine Genugtuung, die angesichts der Dramatik völlig fehl am Platz war.

»War das Kästchen noch in seinem Versteck?«, wollt Angelika wissen.

Mayla nickte bloß. Georg übernahm die detaillierten Antworten. Unauffällig stieß er sie in die Seite. Er hatte recht, sie durfte nicht lethargisch wirken. Geschockt ja, verängstigt okay, aber nicht schuldbewusst oder verraten. Andernfalls war jedem auf einen Schlag klar, wen sie verdächtigte.

»Wir müssen Melinda informieren!«, betonte Violett.

»Nein!« Von jetzt auf gleich war Mayla voll und ganz da. »Sie darf nicht kommen, sie kümmert sich um Emma. Wir bewältigen diese Krise ohne sie.« Die zweifelnden Blicke, die daraufhin auf ihr ruhten, ließen ihre Stärke zurückkehren. Selbstbewusst streckte sie den Rücken durch und schilderte, wie sie das leere Kästchen aus dem Boden geholt hatte, wich gekonnt jeder Frage aus, die darauf abzielte, dass sie eine Verdächtigung gegen Tom aussprach, und schaute so souverän einem jedem von ihnen in die Augen, wie man es von einer zukünftigen Oberhexe erwarten durfte. Und da war sie, die Rolle, die ihr half, all das durchzustehen.

»Wir müssen uns beruhigen und sachlich überlegen, was wir tun können.« Mit einer Handbewegung forderte sie die

Verbündeten auf, an der Tafel Platz zu nehmen, an der John und Andrew nur auf ihre Gelegenheit warteten. »Wer außer Melinda und dir war dabei, als ihr den Stein versteckt habt?«, fragte John. Sein argloser Blick sollte den Anschein erwecken, er spräche einen spontanen Gedanken aus, doch Mayla wusste es besser. Unerschrocken sah sie ihn an, auch wenn sich ein flaues Gefühl in ihrem Magen breitmachte.

»Außer meiner Oma und mir war Tom dabei.«

»Wahrscheinlich hat euch jemand beobachtete …«, warf Georg ein.

Andrew schnalzte mit der Zunge. »Drei Gründerfamilien-mitglieder, einer davon ein Hexer, in dem die alte Magie vereint ist, legen einen Schutzzauber über einen Gegenstand. Wer außer einer von den dreien könnte ihn brechen?«

Artus räusperte sich und zupfte an seinem schneeweißen Bart. Seine Augen ruhten dabei auf Mayla. »Weißt du, wo Tom ist?«

Beherzt begegnete sie seinem anklagenden Blick. Versuchte es zumindest. Sie hatte nichts zu verbergen. Und sie stand hinter Tom. »Er wird um acht Uhr auf die Burg kommen.«

Pierre schlug mit der Faust auf den Tisch. »Merde! Ich bin gespannt, was er zu seiner Verteidigung vorbringen wird.«

Missbilligend schnalzte Violett mit der Zunge. »Wir wissen nicht, ob er es wirklich war. Die Jäger hantieren mit alten Zaubern, wie wir an diesen Büchern sehen können. Wer weiß, auf welche mächtigen Sprüche sie gestoßen sind.«

Angelika zog die weißen Brauen zusammen. »Wer auch immer ihn gestohlen hat, derjenige ist nun im Besitz aller vier Steine. Mayla, hat Tom dir gesagt, wo der Stein seiner Familie ist?«

»Damn, was fragst du? Natürlich in seinem Besitz.« John blitzte sie aufgebracht an.

»Nein, das ist er nicht.« Mayla wusste nicht, ob Tom wollte, dass sie darüber sprach, aber gerade ging es um mehr. Sie musste ihnen irgendetwas liefern. »Bertha hatte den Stein. Tom weiß nicht, wo sie ihn damals versteckt hat.«

»Und du glaubst wirklich, er hat dir die Wahrheit gesagt?« Mitleidig sah John sie an.

»Natürlich! Er würde mich niemals anlügen.«

Peng. Lüge. Verdammt. Mit aller Kraft hielt sie dem Blick des Briten stand, um ihre Unsicherheit nicht zu verraten. Hatte Tom ihr in dem Fall auch nicht die Wahrheit gesagt? Besaß er den Stein? Hieß das tatsächlich, er hatte sie nun alle? Was wollte er damit?

In aller Seelenruhe faltete John die Hände auf dem Tisch. »Die Frage ist nicht, ob er dich angelogen hat, sondern die, ob du mit ihm unter einer Decke steckst.«

Georg richtete sich auf. »Jetzt gehst du zu weit, John!«

»Tue ich das? Ich –«

»RUHE!« Artus erhob sich von seinem Thron. »Hört auf, euch gegenseitig zu beschuldigen. Das führt uns nicht weiter.«

»Aber wir müssen überlegen, wer –«, setzte Andrew empört an.

Angelika unterbrach ihn mit einem Fingerzeig. »Nein. Unüberprüfbare Anschuldigungen bringen uns nichts. Ich will keine weiteren Vorwürfe gegen Mayla und Tom hören.« Sie zeigte auf die Uhr, deren Pendel unbeeindruckt schwang, als wäre nichts geschehen. »In einer Stunde kommt Tom auf die Burg. Dann werden wir ihn gezielt und sachlich befragen. Bis dahin überlegen wir, was wir tun. Sämtliche Steine der

Zirkel sind fort. Wir brauchen Ideen, was wir unternehmen können, solange uns die Macht dazu bleibt.«

John und Andrew schauten einander kurz an, dann blickten sie wieder zu Mayla. John ließ seine Finger knacksen, worauf Georg ihn wütend anfunkelte, aber keiner setzte das Streitgespräch fort.

»Welche Möglichkeiten bleiben uns?« Fragend blickte Angelika in die Runde.

Violett hob ein Buch in die Höhe. »Schaut mal, das ist aus der Bibliothek der Burg. Es stammt von Rosalind von Flammenstein und heißt ›Altes Wissen‹.«

Mayla horchte auf. »Von ihr habe ich schon mal einen Text gelesen – sogar aus diesem Buch.« Hatte sie nicht mit ihrer Oma über dem Werk gebrütet? Wenn sie sich richtig erinnerte, war es um die Teilung der Magie gegangen.

»Mag sein, es ist öffentlich in der Bibliothek zugänglich.« Violett zeigte auf eine Textstelle. »Hier steht, dass nur jemand, der die alte Magie in sich trägt, dazu fähig ist, die Bruchstücke wieder zu einem Stein zu vereinen.«

Angelika nickte. »Das ist klar.«

»Dementsprechend sind die Personen begrenzt, denen die Steine von Nutzen sind.« Provokant zählte John an den Fingern ab. »Die Jäger, Tom …«

Mayla setzte sich abrupt auf und ballte die Hände zu Fäusten, bevor ihr ein unbedachter Zauber entfuhr. »Hör auf, ihn zu beschuldigen!«

»Ich wollte lediglich die Diskussion in Gang halten.« Gelassen hob John die Hände, als habe er nichts Unrechtes getan.

Beiläufig zog Violett Mayla auf den Stuhl zurück und winkte ab. Sie hatte recht. Er war es nicht wert. Trotzdem kochte in Mayla die Wut auf und nur unter größter Selbstbeherrschung schaffte sie es, den Blick von dem selbstgefälligen Grinsen des Briten abzuwenden.

»Ich habe ein interessantes Buch entdeckt.« Anna deutete auf das in helles Leder eingebundene Werk, das vor ihr lag, und überging damit Johns Seitenhieb. »Habt ihr das schon gelesen? Es ist ein kurzer Abriss über die damaligen Geschehnisse im Jahre 1402, nachdem die alte Magie geteilt wurde.«

Neugierig beugte sich Violett näher und warf sich die langen roten Haare über die Schulter. »Ist es ausführlicher als das, was wir kennen?«

»Absolut. Es ist von Eleonora da Fonte und liest sich wie ein Tagebuch.«

Mayla horchte auf. »Ist das nicht die Wasserhexe, die bei der Teilung der Magie dabei war, sich allerdings gegen die Aufteilung des magischen Steins ausgesprochen hat?«

Violett nickte und zusammen beugten sie sich über die Textstelle, auf die Anna mit dem Finger tippte und zu lesen begann. »*Nachdem die Trennung der Magie vollzogen wurde und die fünf Machtbereiche aufgeteilt waren, haben sich Alrun von Flammenstein, Maude de Rochat und Hazel Montgomery dafür ausgesprochen, auch den magischen Stein unter uns fünf aufzuteilen. Ich verstand ihre Beweggründe. Sie trauten Melchior von Eisenfels nicht. Er war ebenso mächtig wie wir und bei der Teilung der Magie nicht gerecht behandelt worden. Sie befürchteten, er könne versuchen, den Stein in seinen Besitz zu bekommen. Dennoch warnte ich sie, das Gleichgewicht nicht unnötig zu gefährden. Alle Hexen beziehen ihre Magie aus diesem Stein. Er wird von den Hohepriesterinnen gut verwahrt und sie geben ihr Leben, um ihn zu schützen und zu ehren, seine Magie zu erhalten.*

Wer sind wir, ihnen diese Aufgabe zu nehmen und den Fluss der
Energien zu gefährden?«

Gänsehaut wanderte über Maylas Arme. Sie konnte Eleonora da Fontes Gründe nachvollziehen und zugleich die Sorgen der anderen. Es war schwer, über Geschehnisse zu urteilen, bei denen man nicht persönlich anwesend gewesen war. Neugierig beugte sie sich wieder über den Text, während Anna fortfuhr.

»Melchior enthielt sich der Abstimmung, doch er wich uns
nicht mehr von der Seite. Er befürchtete, auch bei der Teilung des
Steins ungerecht behandelt zu werden. Er …« Anna stockte.

Am Tisch war es still. Jeder wartete gespannt darauf, dass die Erdhexe weiterlas. Anna jedoch blätterte suchend hin- und her, bis sie aufsah. »Es wurden Seiten herausgerissen.«

»Wie bitte?« Violett zog das Buch zu sich und fuhr mit dem Finger über die Zeilen, während sie sie überflog. »Das stimmt. Auf der rechten Seite geht es mit Zaubersprüchen weiter.«

»Mit Zaubersprüchen?« Mayla runzelte die Stirn. »Ich dachte, es wäre ähnlich wie ein Tagebuch.«

Anna deutete auf den Text. »Anfangs schon, doch der Hauptteil beinhaltet wie die anderen Bücher Zaubertränke der alten Magie – sonst hätte das Buch wohl kaum mit den anderen in dem Labor gelegen.«

»Die Seiten wurden entfernt?« Angelika schob den Stuhl zurück und lief zu Violett, hob das Buch an und betrachtete es von nahem. Sachte fuhr sie mit dem Finger über die innenliegende Bindung und nickte. »Hier. Ich fühle es. Eine Schnittkante. Jemand hat die restlichen Seiten herausgerissen – und sich dabei nicht einmal die Mühe gemacht, seine Spuren zu verwischen.«

Mayla sah von Angelika zu Violett. »Die Jäger?«

John schnaubte spöttisch auf. »Hatte Tom die Bücher nicht mehrere Stunden bei sich, bevor er so gnädig war, sie uns zu bringen?«

Empört schnappte Mayla nach Luft, aber Anna kam ihr zuvor. »Halt den Schnabel, Stone. Tom hat uns noch nie hintergangen und er tut es auch jetzt nicht. Vielleicht fehlen die Seiten seit hunderten von Jahren. Wir müssen bedenken, dass die Verfasserin zur Zeit der Teilung der Magie im Jahre 1402 lebte!«

John verzog missmutig den Mund und unterließ es, sich mit Anna anzulegen. Violett und Angelika beugten sich mit ihr über das Buch, um nach weiteren Informationen zu suchen, während sich John und Andrew im Hintergrund hielten. Abwartend. Sie wirkten so selbstsicher, dass Mayla sich nur schwer beherrschen konnte, kein erneutes Streitgespräch vom Zaun zu brechen. Stattdessen krachte ein Bild von der Wand, worauf Georg sich zu ihr beugte.

»Bleib ruhig, Mayla. In einer halben Stunde kommt Tom und dann wird sich alles aufklären.«

Dankbar nickte sie ihm zu, entdeckte jedoch auch in seinen Augen ein Körnchen Zweifel. Wer konnte es ihm verdenken, wenn sich selbst in Mayla die Fragen zu unüberwindbaren Haufen türmten?

Wie sollte Tom all die Verdächtigungen entkräften? War er es wirklich gewesen? Oder hatten die Jäger ihn gefangen genommen und mit einem Trick dazu gebracht, den Stein aus dem Versteck zu holen? Nein, das würde er nicht tun. Er würde Maylas Vertrauen nicht missbrauchen. Niemals!

Was war mit den anderen Steinen, denen von Andrew und Gabrielle? Bei beiden gab es Augenzeugen, die Tom gesehen hatten. Sie wollte es nicht glauben, aber seit auch der Feuerstein fort war, regten sich Zweifel in ihr.

Ich tue es für Emma, hatte Tom gesagt. Was hatte ihre Tochter mit den Steinen zu tun? Ging es darum, dass sie die alte Magie in sich barg? Wollte er für sie die Steine zusammenführen? Sollte sie es tun? Oder befürchtete er, die Jäger planten die Wiedervereinigung der Steine, und wollte ihnen zuvorkommen, damit Emma ihre Kräfte nicht verlor? Aber das betraf sie alle und nicht nur ihre Tochter.

Wollte er verhindern, dass die Jäger die Steine bekamen, damit sie Emma nicht zwingen konnten, sie für sie zu vereinen? Ja, das musste es sein. Das klang plausibel und würde sein Verhalten rechtfertigen. Bloß wieso war er damit nicht längst zu ihr gekommen? Das hätten sie doch gemeinsam mit den anderen Zirkeloberhäuptern erledigen können. Wobei, das stimmte nicht ganz. Nicht, wenn sie verhindern wollten, dass herauskam, wozu Emma in der Lage war.

Ihre Gedanken drehten sich im Kreis und Mayla krallte die Hände in ihren Rock. Diese Warterei war nicht auszuhalten. Das Ticken der Uhr mischte sich unter das leise Murmeln und befeuerte ihre Ungeduld. Je näher der große Zeiger der zwölf und der kleine der acht schritt, desto nervöser wurde sie. Am liebsten würde sie Tom vorwarnen, dass ihn ein regelrechter Untersuchungsausschuss erwartete. Aber würde er dann überhaupt kommen?

Um kurz vor acht wollte sie sich erheben und in die Eingangshalle gehen, doch Georg schüttelte beiläufig den Kopf. Verdammt, er hatte recht. Tom musste ihnen allen Rede und Antwort stehen, bevor sie sich unter vier Augen mit ihm würde unterhalten können – sofern ihn das Erschießungskommando am Leben ließ. So sehr sie das bereute, Tom hatte es sich selbst zuzuschreiben. Er musste endlich lernen, ihnen allen mit Vertrauen zu begegnen. Dann würden auch die Vorwürfe und das Misstrauen gegen ihn verstummen. Oder zumindest leiser werden.

Nicht auszudenken, wenn die Hexen und die Räte im Hauptquartier des Feuerzirkels erfuhren, dass der Stein weg war und Tom in sein Verschwinden möglicherweise involviert war. Nein, nicht möglicherweise ...

Verdammt! Mayla begann zu zittern und zuckte mit dem Handgelenk, worauf eine Schachtel Pralinen aus ihrer Handtasche zu ihr geflogen kam. Sie öffnete die Packung und betrachtete die Köstlichkeiten. Sie stammten aus dem Laden in Ulmenstadt. Tom hatte sie für sie besorgt. Jede einzelne war hübsch dekoriert mit Mandelsplittern, Schokoguss, Kokosraspeln oder Kaffeebohnen. Jede einzelne sah aus wie ein Geschenk. Das Ticken der Uhr mischte sich unter ihren Puls, während sie nach einer Praline mit Cognacfüllung griff. Langsam führte sie die Schokolade zum Mund, im Hintergrund das stetige Ticken. Tick, tick, tick. Es hörte nicht mehr auf, brannte sich in ihr Ohr. Tick, tick, tick und dann dong, dong, dong, dong, dong, dong, dong, dong.

Acht Uhr, doch aus der Eingangshalle kam kein Geräusch. Mayla schloss die Augen und zitternd schob sie die Praline in den Mund. Er war nicht gekommen.

O Tom ...

Kapitel 28

Er war nicht gekommen. Tom war nicht gekommen. Die Pralinenpackung rutschte ihr vom Schoß und Georg fing sie auf, bevor sie zu Boden fiel. Ihre Blicke trafen sich. Tom war nicht da. Sie zog die Schachtel an sich, presste sie an die Brust wie einen Panzer, der sie bewahren sollte vor dem, was nun über ihr zusammenbrach.

Langsam löste sie den Blick von Georg und sah in die Runde. Alle Augen ruhten auf ihr. Sie hatte sich nicht geirrt, sich nicht verzählt. Die verdammte Uhr hatte acht geschlagen und Tom war nicht aufgetaucht. Sie warf dem verräterischen Ziffernblatt einen Seitenblick zu, der sich wie ein Stich ins Herz anfühlte. Eine Minute nach acht.

Niemand sprach ein Wort. Selbst Andrew und John hielten sich zurück. Mayla mied ihre Blicke, stattdessen schaute sie zu Violett, Anna, zu Angelika, Artus und Pierre. Enttäuschung malte sich auf ihren Gesichtern ab, dabei konnte sie nichts dafür, dass Tom nicht da war.

Von jetzt auf gleich entbrannten die Gespräche.

»Mehr Beweise brauchen wir nicht!«

»Mach mal halblang, Andrew!«

»Er hat doch recht. Alle Steine sind fort und Tom taucht nicht auf. Die Dinge könnten nicht eindeutiger liegen.«

Artus lehnte sich in seinem Stuhl zurück und atmete schwer aus. »Ich muss zugeben, dass auch ich kein gutes Gefühl habe. Ich hätte Tom wirklich gerne dazu befragt, jetzt allerdings …« Er tauschte mit Angelika einen Blick, die die Hände gemächlich im Schoß faltete und ihm zunickte, als wäre alles gesagt. Wo war ihr Engagement von vorhin?

»Wie könnt ihr ihn alle so schnell fallen lassen?« Mayla sprang auf. Gleichzeitig fiel eine Ritterrüstung um und landete scheppernd auf dem Steinboden, worauf niemand achtete. Alle Augen ruhten auf ihr.

Zweifelnd betrachtete Pierre sie. »Hast du nicht bemerkt, dass er sich auffällig verhält, und ihn zur Rede gestellt?«

Verdammt. Klar, hatte er sich auffällig verhalten, aber das ging sie alle nichts an. Erst recht nicht, wenn sie so schnell ihr Vertrauen in ihn verloren. Und das nur, weil sein Vater ein von Eisenfels war. O wie starrsinnig waren sie alle!

»Tom hat mir versprochen, dass er kommt.«

»Und wo ist er dann?« Übertrieben suchend blickte John unter den Tisch. Am liebsten würde sie ihm an die Gurgel springen.

Violett und Georg beteiligten sich nicht an den verbalen Attacken auf Mayla, ebenso wenig wie Anna, die anderen jedoch schienen überzeugt.

»Mayla«, begann Angelika, »du musst jetzt ehrlich mit uns sein. Hat er dir seine Pläne anvertraut? Weißt du mehr dazu? Wo treibt er sich herum? Wo hält er die Steine versteckt?«

»Er hat mir nichts gesagt, verflucht. Ich weiß nichts.« Und wenn, dann hätte sie es ihnen mit Sicherheit nicht gesagt. Diesen ehrlosen … Möchtegernverbündeten. »Er hat mir versprochen, dass er um acht Uhr zu mir kommt.«

John nickte gemächlich. »Wie viel seine Versprechen wert sind, dürfte er damit nun auch dir bewiesen haben.«

Schwungvoll schlug Mayla mit der flachen Hand auf den Tisch. »Nein, gar nichts hat er bewiesen. Es muss eine Erklärung dafür geben, dass er nicht kommt. Wahrscheinlich wurde er von jemandem aufgehalten. Jeden Moment kann er bei uns auftauchen. Oder seid ihr in eurem Leben noch nie zu spät gewesen?«

Eine Antwort bekam sie nicht darauf, doch die Stille, die sich über sie legte, war bedrohlicher als jede Anklage zuvor.

Anna wippte nachdenklich mit dem Fuß. »Glaubst du, ihm ist etwas zugestoßen?«

Mayla wurde blass. Anna hatte recht. Das musste der Grund sein. Er hatte ihr versprochen, sie nie wieder anzulügen – und sie glaubte ihm, verflucht noch eins. Der einzige Grund, weshalb er nicht auftauchte, konnte nur der sein, dass die Dinge anders verlaufen waren als geplant. Ihm war nichts dazwischengekommen, er war in Gefahr. Wahrscheinlich sogar in Todesgefahr!

»Jetzt hör aber auf.« Andrew erhob sich. »Ihm ist überhaupt nichts zugestoßen. Er hat all das vorbereitet – und ich hoffe für dich, Mayla, dass du nicht mit ihm unter einer Decke steckst.«

Wütend funkelte sie ihn an. Liebend gern hätte sie ihm Vorhaltungen gemacht, weil sie ihm und Cesaro geholfen hatte und wie undankbar er sich verhielt. So schwer es ihr fiel, verbiss sie sich dennoch jeden Kommentar. Stattdessen drängte sich in ihr die Panik hoch. Die blanke Angst. Etwas war geschehen. Deshalb war Tom nicht hier. »Anna hat recht, versteht ihr das nicht? Tom würde mich niemals hintergehen. Ihm muss irgendetwas zugestoßen sein, sonst wäre er längst gekommen!«

John schüttelte den Kopf. Er sah sie mitleidig an, als wäre sie ein Kind, dem man die rosarote Brille abnimmt. »Wie lange willst du noch Ausreden für ihn erfinden? Sieh es ein. Tom ist ein Verräter!«

»Ruhe, John«, ging Artus streng dazwischen, aber anstatt ihn zurechtzuweisen, stützte er sich mit den Unterarmen auf dem Tisch ab und wandte sich an Mayla. »Ich befürchte, wir müssen der Tatsache ins Auge sehen. Tom spielt ein doppeltes Spiel und wir müssen herausfinden, was das ist, bevor die gesamte Welt der Magie darunter leidet.«

»Ihr haltet ihn für einen Verräter?« Mayla ballte die Hände zu Fäusten, wodurch die Knöchel weiß hervortraten. Sie musste sich beherrschen, musste den anderen die Augen öffnen. »Er ist unser Freund, oder habt ihr vergessen, was er vor wenigen Jahren getan hat? Er hat sich gegen seine eigene Familie gestellt, um uns alle zu schützen.«

Artus sah sie an, einen bitteren Zug um die Lippen. »Und wer sagt dir, dass er sich nicht gerade wieder gegen seine eigene Familie stellt?«

Etwas brach in Mayla. Nicht, weil sie Artus glaubte, nein. Sie war entsetzt. Empört. »Wie könnt ihr so undankbar sein!« Ohne sich zu rechtfertigen, stand sie auf und verließ den Saal.

»Sehr unauffällig«, rief Andrew ihr hinterher. »Jemand sollte sie begleiten, sie wird uns auf direktem Wege zu ihm führen.«

»Untersteh dich, Andrew!«, zischte Angelika, sagte allerdings nicht mehr dazu. Immerhin hielt sie niemand auf. Offenbar waren alle zu geschockt. Oder gab es noch einen Funken Anstand in ihnen?

Violett und Georg eilten hinter Mayla her und erreichten sie in der Halle. »Wo willst du hin?«

»Ich werde ihn suchen.«

Entsetzt sah Violett sie an. »Das ist gefährlich, Mayla. Die Jäger, die Steine, wer weiß, wie lange du noch deine Kräfte hast.«

»Das ist mir egal. Tom ist aufgehalten worden, wahrscheinlich sogar in Gefahr. Ich bin mir sicher. Sonst wäre er gekommen.«

Georg fuhr sich durch den Bart. »Ich weiß, Mayla, und deshalb begleite ich dich.«

Dankbarkeit erfüllte sie. Georg und Violett waren die einzigen, die sie und damit Tom unterstützten. Von beiden konnten sich alle da drinnen eine Scheibe abschneiden! Mit zusammengepressten Lippen nickte sie Georg zu. Sie spürte Tränen in sich brennen, doch keine bahnte sich ihren Weg, sie alle verblieben in ihrem Inneren.

»Ich halte die Stellung und versuche, die anderen zur Vernunft zu bringen. Passt auf euch auf.« Violett küsste Georg auf die Wange und drückte Mayla fest an sich, bevor sie einen Schritt von ihnen zurücktrat.

»Wohin gehen wir?«, fragte Georg und umfasste Maylas Hand. Es fühlte sich warm und vertraut an. Wie die Hand deines allerbesten Freundes.

Als sie antwortete, hörte sich ihre Stimme befremdlich an. »Zurück nach Frankreich, nach Burgund.«

»Wie kommst du darauf, dass er dort ist?«

Mayla wusste es nicht, es war eher eine Vermutung. »Nachdem wir auf dem Château waren, blieb er für mehrere Stunden fort. Er muss dort etwas entdeckt haben – oder jemandem begegnet sein.«

Georg nickte und umfasste seinen Amulettschlüssel. Während er den Spruch dachte, verschwamm die Eingangshalle um sie herum und mit ihr Violetts Gesicht, die ihnen zuversichtlich zuwinkte. »Bis später!«

»Bis später«, flüsterte Mayla, auch wenn sie nicht sicher war, ob sie je auf Burg Donnersberg zurückkehren würde.

Kapitel 29

Sie landeten an derselben Stelle, an der sie am Mittag mit Tom angekommen waren, mitten auf dem Gebirge Morvan – mit dem Unterschied, dass sie diesmal nur zu zweit waren. Langsam löste Mayla ihre Hände aus Georgs und blickte sich um. Die Sonne ging bereits unter, der Horizont war rosa gefärbt und die Bäume warfen lange Schatten. Automatisch folgte sie Georg in die Hocke, der hinter einem Strauch Deckung suchte, den Blick auf das dunkle und prachtvolle Château de Saint Bernard gerichtet, das sich schwarz vor dem Abendhimmel abhob. Der hohe Turm reckte sich wie ein Soldat in den Himmel, die Spitze wie ein Schwert, als wollte das Gebäude höchstpersönlich jedem Ankömmling drohen. Es war still, nichts rührte sich. Ob der betagte Diener bereits zurückgekehrt war?

Georg schien ihre Gedanken erraten zu haben. »Monsieur Partout befindet sich noch auf der Wache. Er war nervös, ob ihm die Jäger schaden, weil er sie verraten hat, weshalb er erst morgen gemeinsam mit ein paar Kollegen zurückkommen wird.«

Mayla besah sich das Anwesen, das verlassen und ruhig vor ihnen lag. »Dann dürfte sich streng genommen niemand darin aufhalten, oder?«

Georg nickte, worauf Mayla auf ein Fenster im zweiten Stock zeigte. »Wieso brennt dann dort eine Kerze?«

»Wo?« Er folgte ihrem Fingerzeig mit den Augen und schüttelte den Kopf. »Ich sehe nichts.«

»Da.« Es war kaum auszumachen, nur wenn man lange genug auf die Scheibe und den Vorhang blickte, konnte man das flackernde Licht einer Kerze entdecken.

Er verengte die Augen zu Schlitzen. »Ich sehe es nicht, wahrscheinlich weil ich ein Wasserhexer bin. Dir liegt das Element Feuer näher. Kannst du mehr erkennen als die Flamme?«

Mayla spähte durch die Dunkelheit zu dem Fenster. Außer dem schwachen Schein konnte sie nichts ausmachen. »Leider nein.«

»Glaubst du, das ist Tom?«

Ratlos hob sie die Schultern. Dass er einfach dort oben saß, eine Kerze vor sich hatte und womöglich in einem Buch blätterte, das durfte nicht sein. Niemals hätte er einfach die Zeit vergessen … oder?

Georg richtete sich langsam auf. »Lass uns reingehen.«

Mit klopfendem Herzen erhob sie sich. Neben ihm schlich sie über die Wiese bis zu dem riesigen Anwesen. Wie am Mittag war das Tor nicht verriegelt, sodass sie lautlos hindurchschlüpfen konnten. Es quietschte nicht einmal, während sie es hinter sich zudrückten. Zwei knirschende Schritte mussten sie über den Kiesweg machen, bis sie an dem Feld mit den Weinreben angelangten und lautlos über die Grasbüschel laufen konnten. Sie eilten weiter, bis sie erneut den Kiesweg betreten mussten. Auf Zehenspitzen schlichen sie darüber bis zu der breiten Treppe, die zu dem Vorhof und damit zum Eingangsportal führte.

Mayla blickte die Treppe hinauf, die Stimme gedämpft. »Anklopfen wäre wohl keine gute Idee …«

Georg winkte an der Treppe vorbei. »Lass uns nachsehen, ob es einen Dienstboteneingang gibt.«

In gebeugter Haltung gingen sie weiter, Georg mit gezücktem Zauberstab, Mayla einen Lähmungszauber auf den Lippen, doch ihnen begegnete niemand. Sie umkreisten das Château und liefen einen abschüssigen Trampelpfad entlang, bis sie an eine schmale unscheinbare Holztür gelangten. Die Dämmerung war vorangeschritten, sodass sie das Schloss nur schemenhaft erkennen konnten, aber natürlich steckte kein Schlüssel darin und die Tür ließ sich auch nicht aufdrücken.

»Te aperi!«, dachte Mayla, worauf die Tür aufschwang.

Mit einem Fingerzeig deutete Georg ihr ins Innere zu schleichen, was sie sogleich tat. Sie erreichten eine geräumige Küche, die so aufgeräumt aussah, dass Mayla Monsieur Partout später unbedingt nach seinen Zaubertricks fragen musste. Hinter der Küche gelangten sie an eine breite, einfache Treppe, die hinaufführte und völlig im Dunkeln lag. Mayla blies eine Flamme auf ihre Fingerspitze. Nur ein leises Tapsen nach dem anderen war zu hören, während sie Stufe für Stufe nach oben schlichen. Georg lief vorneweg, sodass er ihr sofort ein Zeichen machen konnte, wenn sie die Flamme auspusten sollte. Ohnehin hielt sie das Feuer so klein, dass der Schein nicht sonderlich weit reichte.

Sie gelangten in einen großen Raum, der dem Tisch und den Stühlen zufolge das Esszimmer sein musste. Niemand hielt sich darin auf. Sie schlichen durch eine Seitentür und fanden sich in einem Flur wieder, durch den sie am Mittag gehetzt waren. Mayla wies auf die Eingangsdiele, von wo aus Treppen in die oberen Etagen führten. Schließlich hatte sie die Kerze durch eines der oberen Fenster schimmern sehen. Georg nickte und gemeinsam gingen sie weiter, sprachen kein Wort und sahen sich aufmerksam um, soweit es das kleine Licht zuließ.

Auf Zehenspitzen erklommen sie die Treppen und erreichten das zweite Stockwerk. Auch dort oben war alles still. Seltsam. Woher war das Kerzenlicht gekommen? Georg schien dieselbe Frage zu beschäftigen, denn er hob die Schultern und wies fragend auf die zahlreichen Türen, die zu den Seiten abgingen. Mayla blies die Flamme auf ihrer Fingerspitze aus, um eine Lichtquelle finden zu können, doch es blieb finster, selbst durch die Ritzen der Türrahmen drang kein schwacher Schein.

Aber sie waren im richtigen Stockwerk. Ganz in der Nähe musste das Fenster sein, durch das Mayla den Kerzenschein gesehen hatte. Sie zeigte auf zwei Räume, die beide infrage kamen. Sie würden sie gleichzeitig öffnen. Maylas Herz klopfte schneller, während sie sich vor die eine Tür stellte und Georg vor die andere. Mit den Fingern zählte er und bei drei drückten sie die Türen auf.

Mayla hob die Hände, bereit, jeden mit einem Lähmungszauber festzuhalten, doch es war niemand zu sehen. Auch aus Georgs Richtung drangen keine Kampfgeräusche. Ihre Anspannung ließ trotzdem nicht nach. Langsam trat sie in das Zimmer, blies eine Flamme auf den Finger und näherte sich dem Fenster. Auf dem Fensterbrett stand eine Kerze in einem Messinghalter. Der Docht rauchte.

»Georg!«, zischte Mayla, worauf er sofort zu ihr stürmte. Alarmiert sah er sich um. »Hast du jemanden entdeckt?«

»Nein, aber sieh mal. Die Kerze hat bis eben noch gebrannt. Jemand ist hier gewesen.«

Wachsam blickten sie sich in dem Raum um. Neben einem Regal voller Tierfiguren befanden sich ein Tisch und ein paar Stühle darin, zwei Pflanzen standen neben dem Fenster, mehr war nicht da. Dennoch glaubte Mayla einen Hauch menschlicher Präsenz zu spüren. Jemand war vor wenigen Augenblicken da gewesen.

Fröstelnd rieb sie sich über die Arme. »Glaubst du, derjenige hat uns bemerkt?«

»Sieht ganz so aus.« Fluchend trat Georg ans Fenster und stockte. Sofort ging er hinter den Vorhängen in Deckung. »Mayla, da draußen ist jemand.«

»Was?« Sie stürmte zum Fenster und konnte sich gerade rechtzeitig bremsen, nicht das Gesicht und die Hände gegen die Scheibe zu drücken. Stattdessen verbarg sie sich hinter dem anderen Vorhang und linste hinab. Auf dem Kiesweg befand sich tatsächlich jemand. Ein Schatten. Und er schlich von dem Château fort in Richtung des Eingangstores.

»Wer ist das?« War das Tom? Die Silhouette war kaum auszumachen.

Georg schüttelte ratlos den Kopf. »Es ist zu dunkel. Wir sollten hinterher.«

Das musste er nicht zweimal sagen. Sofort stürzte Mayla aus dem Raum. Hätte sie geahnt, dass sie so oft auf Verfolgungsjagd gehen musste, hätte sie vielleicht versucht, mehr zu trainieren. Ob das genützt hätte, blieb natürlich höchst fraglich. Georg hängte sie in kürzester Zeit ab. Er drehte sich zu ihr um, doch sie winkte ihn weiter. Sie durften den Schatten nicht verlieren.

Als sie durch die große Eingangstür hinaus auf den Vorhof stürmte, war Georg bereits auf dem Kiesweg und der Schatten verschwunden. Georg hielt zielgerichtet auf das Tor zu, wahrscheinlich hatte er ihn in dieser Richtung wegrennen sehen.

Mayla hastete hinter Georg her, der bereits durch das Tor davoneilte, während sie über die letzte Treppenstufe sprang und auf dem Kiesweg landete. Ihre Absätze gruben sich zwischen die Steinchen, jeder ihrer Schritte knirschte, doch das war jetzt egal. Sie durfte Georg nicht aus den Augen verlieren. Keuchend hastete sie hinter ihm her. Wer war derjenige? Wieso rannte er davon? Hatte er sie bemerkt? War es wirklich Tom? Aber er wäre niemals weggerannt.

Sie erreichte das Tor und spähte durch die Dunkelheit. Weder Georg noch der Schatten waren zu sehen. Sie waren tiefer in den Wald gerannt. Mayla zögerte nicht und eilte weiter, als Kitty ihren Weg kreuzte. Maunzend stürmte die Katze auf sie zu.

»Kitty? Was machst du hier?«

Miauend strich die Katze um ihre Beine. Verdammt, warum nur konnte sie mit ihr nicht kommunizieren, wie sie es mit Karli tat? Aber an ihren treuen Kater wollte sie lieber nicht denken – nicht, dass er herkam und in die Schusslinie geriet. Auch wenn er mittlerweile ausgewachsen war, blieb er für immer ihr süßer kleiner Schatz, den sie keinesfalls in Gefahr bringen wollte.

»Ist Tom etwas passiert?«

Kitty miaute und strich um ihre Beine.

»Keine Angst, ich helfe ihm!« Ohne zu zögern, rannte sie in den Wald. Sie musste aufpassen, dass sie nicht über Wurzeln stolperte, weshalb sie langsamer lief als ohnehin schon. Kitty hetzte neben ihr her, miaute kläglich, worauf Mayla versuchte schneller zu werden.

»Ich rette ihn, Kitty. Alles wird gut.«

Die dichten Baumkronen verschluckten den letzten Lichtschimmer des Abendhimmels, weshalb Mayla eine Flamme auf die Fingerspitze blies. Wohin zum Teufel war Georg verschwunden?

Sie hörte ein monotones Geräusch. Was war das? Es wurde lauter. Mayla rannte weiter, bis sie erkannte, worum es sich handelte. Rauschen. Wasser. In der Nähe befand sich ein Fluss. Instinktiv wurde sie langsamer. Das Geräusch von reißendem Wasser schwoll an, weshalb sie Kitty nicht mehr maunzen hörte. Wenig später erreichte sie eine Klippe, an der ihr Weg den Fluss kreuzte. Das Rauschen war so laut, dass Mayla nichts anderes vernahm. Es erfüllte den Wald und verschluckte sämtliche anderen Töne.

Vorsichtig beugte sich Mayla über den Rand, sorgsam darauf bedacht, stabil zu stehen. Ein breiter Wasserfall ergoss sich über die Felsen hinab und dort, wo er landete, versank alles in tiefer Schwärze.

»Georg?« Verdammt, er würde sie bei der Geräuschkulisse niemals hören, egal wie laut sie nach ihm rief. Wo war er hin? Wo war der Schatten? Sie musste einen Zauber anwenden.

»Quaere Georgem!« Ein kleines Licht bildete sich über ihren Handflächen und surrte durch die Luft, bevor es den Wasserfall hinabzischte. Na super, einen Kopfsprung aus der Höhe würde sie nicht mal im Schwimmbad wagen. Wie kam sie jetzt dort runter? Halt, war dort nicht eben ein Geräusch gewesen? Mayla hob den Finger und die kleine Flamme tanzte wild auf ihrer Fingerkuppe. Die Gewalt des Wasserfalls löschte ihr kleines Licht, doch zuvor entdeckte sie einen Weg. Er führte den Felsen hinunter und war nicht mehr als ein schmaler Trampelpfad. Befand sich Georg dort unten?

Erneut blies sie eine Flamme auf den Finger, schirmte sie mit der anderen Hand vor dem starken Luftzug und den Wasserspritzern ab und lief den Pfad entlang. Jeden Schritt maß sie genau ab. Unzählige Steine und scharfe Felskanten säumten den Weg. Wenn sie jetzt stürzte, dauerte es vermutlich ewig, bis jemand sie fände. Der Wasserfall rauschte laut neben ihr und Tropfen spritzten auf sie und durchnässten ihre Bluse in Kürze. Wieder vernahm sie ein Geräusch, das nicht von dem Wasserfall herrührte. Es klang wie ein Stück Metall, das auf Stein fiel. Was konnte das sein?

So schnell es ihr möglich war, eilte sie den Trampelpfad hinab. Unglaublich, wie lang er war. Der Wasserfall stürzte tiefer, als sie vermutet hatte. Wieder ertönte das Geräusch. Von dem Lichtfunken hingegen, mit dem sie Georg hatte finden wollen, war nichts zu sehen. Hieß das, er war dort unten? Hatte sich der Zauber deshalb bereits aufgelöst?

Ihr Puls beschleunigte sich – im Gegensatz zu ihren Schritten. Der Weg wurde steiler, verwinkelter, es dauerte, bis sie wusste, wohin sie den nächsten Fuß setzen konnte, ohne die Böschung hinabzustürzen.

Als sie endlich ebenen Boden unter den Absätzen spürte, seufzte sie erleichtert auf. Ihre Hände zitterten. Sie ignorierte es, hob die Hand mit der Flamme und versuchte mehr zu erkennen. Oder jemanden. Und tatsächlich. Dort lag jemand. Ein Schatten am Boden. War das der Fremde? Oder Tom?

Mayla schlich näher und hörte eine Eule schreien. War das Georgs Seelentier? Wachsam spähte sie zu den Seiten und drehte sich einmal um die eigene Achse. Es war nicht auszuschließen, dass das eine Falle war. Einen Fuß setzte sie vor den anderen, während ihre Augen von den Seiten zu dem Schatten am Boden huschten. Sie war keine fünf Schritte mehr davon entfernt. Ein letztes Mal blieb sie stehen, als sich ein Gefühl ihrer bemächtigte. Ein Schaudern. Es wanderte über ihren Rücken und hinterließ Gänsehaut. Da niemand von den Seiten auf sie zustürzte und auch kein Lichtfunken einen Angriff ankündigte, schlich sie weiter, bis sie bei dem Schatten angelangte. Langsam beugte sie sich über ihn – und schrie erstickt auf.

Es war Georg.

Er lag bewusstlos auf dem Boden. Sie beugte sich über ihn und befühlte seinen Hals, bis sie seinen Pulsschlag fand. Langsam zwar, aber stetig. Erleichtert seufzte sie auf. Sie umfasste seine Schulter und rüttelte. Zunächst sanft, dann fordernder, die Stimme nur ein Flüstern.

»Georg, Georg.«

Er rührte sich nicht.

Wachsam spähte Mayla in den dunklen Wald. Alles war still. Selbst die Eule blieb stumm. Wo war Georgs Seelentier hin? Rasch legte sie die Hände auf seine Brust. Sie hatte keine Ahnung, was ihm fehlte. Vielleicht reichte ein üblicher Heilspruch.

»Sana!« Licht strömt aus ihren Handflächen und breitete sich über ihm aus. Er regte sich. Stöhnte.

»Georg, Georg, schnell, wach auf!«

Er ächzte, noch immer bewegte er sich kaum. Mühsam blinzelte er. »Mayla?«

Erleichtert beugte sie sich über ihn. Er wurde wach. »Ja, ich bin es. Was ist passiert?«

Er keuchte, sein Atem ging stoßweise. »Schnell, verschwinde. Es. Ist –« Er verstummte, driftete erneut ab in Bewusstlosigkeit.

Kurzerhand klatschte ihm Mayla mit der Handfläche auf die Wange, worauf seine Lider flatterten. »Georg, ich bring dich hier weg.«

Er setzte an zu sprechen, doch seine Kraft reichte nicht aus. Was war nur passiert? Sie musste ihn fortbringen. Nur wohin? Auf Burg Donnersberg? Nein, lieber brachte sie ihn zu Violett und seinem Haus. Dort war er in Sicherheit. Sie umfasste ihren Amulettschlüssel und seine Hand. Den Spruch auf den Lippen, hielt sie inne. Laub knisterte, Zweige knackten. Wenn sie das trotz des Wasserfalls hörte, musste jemand dicht bei ihr sein. Alarmiert fuhr sie herum, um nicht von einem Fluch in den Rücken getroffen zu werden. War dort derjenige, der Georg das angetan hatte? Der Jäger?

Es war zu dunkel, sie sah niemanden. Wer auch immer kam, sie musste ihn aufhalten. Ein Freund hätte längst ihren Namen gerufen. »Animo linquatur!«, dachte sie. Gleichzeitig glomm ein lilafarbener Schein auf. Verdammt. Es war ein Jäger. Und gegen einen Schutzzauber der alten Magie kam sie nicht an. Sie musste fliehen, durfte Georg nicht dem anderen überlassen. Selbst wenn sie sich wehrte, konnte ein verirrter Zauber ihren Freund treffen.

In Sekundenschnelle entschied sie sich dagegen anzugreifen, sondern für die Flucht. Als könne ihr Gegenüber ihre Gedanken lesen, verschwand der Schutzschild. Verfluchter Mist, sie musste sich beeilen. Während sie den Amulettschlüssel erneut umfasste und den Spruch begann zu denken, zeichnete sich bereits die Silhouette des Mannes schwach vor der Finsternis des Waldes ab. Wahrscheinlich war er derjenige, den sie hatten fliehen sehen. Um fortzuspringen, war es zu spät.

»Mayla, hau ab!«, schrie Georg, in der Hand den Zauberstab. Ein dicker Wasserstrahl zischte auf den Mann zu und schwappte ihm ins Gesicht, worauf der Fremde verschwand.

Mayla drehte sich zu Georg, den der Zauber alle Kraft gekostet hatte. Bewusstlos lag er am Boden, die Hand mit dem Zauberstab bewegungslos neben sich, die Lider geschlossen, und in der anderen Hand hielt er ein kleines Säckchen.

Wo kam das denn her? Hatte er es dem Fremden entrissen? Schnell nahm sie es an sich. Den Inhalt würde sie kontrollieren, sobald sie in Sicherheit waren, auch wenn sie bereits eine Vermutung hatte. Es fühlte sich kantig und hart an.

Der Schatten war fort. Sie musste es wagen, mit Georg fortzuspringen. Entschieden umfasste sie den Amulettschlüssel, doch ein klägliches Maunzen ließ sie innehalten. Alarmiert horchte sie auf.

»Karli?«

Augenblick, das war nicht nur ihr geliebter Kater, das waren zwei Katzen. Karli und … Kitty? Waren sie in Gefahr? Hatte sie der Jäger in seine Gewalt gebracht wie damals Eduardo? Dann durfte sie nicht einfach abhauen!

Hochkonzentriert horchte Mayla in die Finsternis. Sie musste die Richtung ausmachen, aus der das Maunzen erklang. Entschlossen richtete sie sich auf, als sie ein Schlag auf den Hinterkopf traf. Sie stürzte auf die Knie, taumelte und landete hart auf dem Boden. Ihr Gesichtsfeld verschwamm, Schwärze wollte sie umfassen. Etwas holte sie noch einmal zurück, eine Berührung, jemand fasste an ihre Hand und löste das Säckchen aus ihren Fingern. Mit letzter Kraft öffnete sie die Lider und sie erkannte, wer sich über sie beugte.

Tom.

Anstatt ihr zu helfen, nahm er das Säckchen an sich, erhob sich und lief davon. Bevor ihn die Dunkelheit vollends verschlang und Mayla irgendetwas sagen oder denken konnte, verlor sie das Bewusstsein und versank in undurchdringlicher Finsternis.

Liebe Leser,

endlich geht das Abenteuer mit Mayla und Tom weiter. Nachdem ich viele liebe Nachrichten von Euch bekommen habe mit der Bitte, die Geschichte weiterzuführen – und ich selbst bereits viele Ideen hatte, wie ich die Weltenfalten-Trilogie zu einer Weltenfalten-Saga erweitern könnte, kam der zündende Funke im Frühjahr. Sofort habe ich mich begeistert ins Schreiben gestürzt und eine Fortsetzung zu der Trilogie geschrieben. Dass es ein Doppelband werden würde, war schnell klar.

Es hat unglaublich viel Spaß gemacht, mich wieder gemeinsam mit den Figuren in die Weltenfalten zu begeben. Es war ein schönes Wiedersehen und ich würde mich freuen, wenn Ihr mir schreibt, ob Euch die Fortsetzung gefallen hat. Wie immer bin ich über jede Mail und vor allem jede Rezension dankbar. Damit helft Ihr mir sehr.

Dankbar bin ich auch meinem Dreamteam, das ich an meiner Seite weiß und das mich unermüdlich unterstützt. Ich habe mich sehr gefreut, dass alle sofort zugestimmt haben, als ich sie gefragt habe, ob sie bei zwei weiteren Abenteuern in den Weltenfalten dabei sind. Gemeinsam mit euch hat es noch mehr Spaß gemacht, Mayla auf ihrer neuen Reise zu begleiten. Fühlt euch fest gedrückt!

Wenn Ihr, liebe Leser, Interesse an Bonuskapiteln, (Hardcover-)Gewinnspielen und tollen Zusatzaktionen zu meinen Büchern habt, kommt gerne in meine Lesergruppe. Sie ist fernab von Social Media, solltet Ihr soziale Netzwerke meiden. Auf www.jennyvoelker.com könnt Ihr Euch dazu anmelden. Ein- bis zweimal im Monat erhaltet Ihr Mär-chenpost und von meiner bevorstehenden Neuerscheinung bekommt Ihr die ersten Kapitel einen Monat früher zum Lesen. Ich freue mich auf jedes neue Mitglied.

Ich habe noch einige Seelentier-Postkarten, sowohl von den Katzen als auch den Krähen und den Eulen. Sie sehen unglaublich goldig aus. Wenn Ihr wissen wollt, welches Seelentier zu Euch kommt, sobald eure Hexenkräfte erwachen, kommt in die Lesergruppe und schreibt mir. Ich schicke Euch gerne (auf Wunsch auch eine bestimmte) Postkarte zu.

In Band 5 »Mit Erde verbunden« erfahrt Ihr, wie es mit Mayla und Tom weitergeht. Bis dahin verbleibe ich mit magischen Grüßen und wünsche Euch alles Liebe

Eure Jenny

Die Weltenfalten –
Mit Erde verbunden (Band 5)

Mayla geht auf eigene Faust los, um die Jäger aufzuhalten. Sie muss Emma schützen und um jeden Preis erfahren, was hinter all dem steckt. Als sich ein unerwarteter Helfer an ihre Seite gesellt, muss sie sich fragen, ob vieles, was sie geglaubt hat zu wissen, überhaupt seine Richtigkeit hat. Was ist das Ziel der Jäger? Wo zum Teufel steckt Tom? Und was hat es mit den Hohepriesterinnen auf sich, die früher die magischen Steine behütet haben? Ein Wettlauf gegen die Zeit beginnt.

Band 5 der magischen Weltenfalten-Saga. Werde Teil der mysteriösen Hexenwelt, die direkt neben unserer existiert, entdecke alte Geheimnisse und längst vergessenes Wissen und finde gemeinsam mit Mayla heraus, wer ihr Vertrauen wirklich verdient hat.

Kennst du schon die Geschichte von Ani und Chris?

Die gefallene Fee

Anna arbeitet in einem Baumarkt in der Gartenabteilung und findet nichts schöner, als sich tagtäglich um die Pflanzen zu kümmern. Eines Nachts wird sie von Piraten aus ihrer Wohnung entführt und landet in einem verborgenen Land, in dem Magie zum Leben dazugehört.

Plötzlich ist sie nicht mehr eine Entführte, sondern die einzige Hoffnung, die magische Welt zu retten. Wird ihr das gelingen? Und was hat es mit dem Käpt'n der Piraten auf sich, vor dem sie alle warnen?

Ein spannender Märchenroman voller Magie, Liebe und Abenteuer, in dem es um so viel mehr geht als den Glauben an sich selbst.

Kennst du schon das Märchen von Goldröschen?

Goldröschen

Würdest du einer Fremden in ein geheimes Königreich folgen?

Noah lebt zurückgezogen und als eine Art Schreiner restauriert er alte Möbel. Auf einem Antikflohmarkt entdeckt er einen Schminktisch und in dem Spiegel erscheint nicht sein Abbild, sondern das einer schlafenden Frau. Schneller, als er sich versieht, landet er in dem Märchen, das ihm seine Mutter als Kind erzählt hat, und soll die Königin erlösen. Aber wieso er? Und wird ihm das gelingen?

Erlebe ein magisches Märchenabenteuer und finde heraus, was es mit der Schlafenden in dem Spiegel auf sich hat.

Würdest du gerne mit einem Prinz auf einem Ball tanzen?

Im Bann der verwunschenen Zeit

Hannah hat als Alleinerziehende kaum Zeit für sich. Sie muss ohne Hilfe sämtliche Arbeiten stemmen, um sich und ihre Kinder finanziell über Wasser zu halten. Eines Morgens flattert eine Einladung zu einem königlichen Ball in ihre Wohnung. Von der Königsfamilie hat sie noch nie etwas gehört. Und der Ort, an dem der Ball stattfinden soll, ist nicht mehr als eine verfallene Ruine.

Als am Abend eine Kutsche mit sechs weißen Pferden vor ihrem Haus erscheint, muss sie sich entscheiden. Soll sie ihren Alltag durchbrechen und dieser mysteriösen Einladung auf den Grund gehen? Wird sie mit dem Prinzen tanzen? Aber was, wenn er ein unglaubliches Geheimnis hütet?

Begleite Hannah auf ihrer magischen Reise und erlebe ein spannendes Abenteuer!

Weißt du schon von der Magie der Sterne?

Sternmarie

Als es mitten in der Nacht an Maries Schlafzimmerfenster klopft, ergreift sie die Gelegenheit, ihr Leben zu verändern, und folgt einem Unbekannten in ein uraltes Königreich. Der Unbekannte bezeichnet sie als die Auserwählte, die die Sterne beschützen und den Menschen Hoffnung schenken soll – plötzlich befindet sie sich auf der Flucht und steckt mitten in einem lebensgefährlichen Abenteuer.

Eine magische Reise voller Elfen, Zwergen und Hexen, die auf Besen reiten, beginnt. Folge Marie in ein fantastisches Abenteuer und lass dich verzaubern von der Magie der Hoffnung.

Ein Scheidungsanwalt und eine Fee?

Verwünschung

Eine alte Liebe, die nicht sein darf. Ein todbringender Fluch, der angeblich auf seiner Familie lastet. Und ein unbekanntes Königreich, das auf keiner Landkarte existiert.

Als der erfolgreiche Scheidungsanwalt Kai Lenz bei seinem morgendlichen Dauerlauf im Wald einer Fee begegnet, traut er seinen Augen nicht. Die kleine Fee braucht sofort seine Hilfe und schon bald steckt er in einem lebensgefährlichen Abenteuer – doch was hat seine Familie mit all dem zu tun?

Komm mit auf Kais Reise in ein verborgenes Märchenreich, und entdecke alte Geheimnisse, die nicht nur sein Leben bedrohen.

Wunder, die vom Himmel fallen

Anne ist Bäckerin und schuftet hart im Familienbetrieb. Ihr Ofen geht allmählich kaputt und sie braucht dringend einen neuen. Da sie wieder keinen Stand auf dem Weihnachtsmarkt bekommen hat, weiß sie allerdings nicht, wie sie den bezahlen soll.

Wie gut, dass der Engel Gabriel durch ein Missgeschick auf sie aufmerksam wird. Schon bald wird ihm klar, dass er Anne helfen will. Doch als er verbotenerweise auf die Erde hinabsteigt, ahnt er nicht, welchen Preis er dafür zahlen muss.

Begleite Anne und Gabriel auf ihrer außergewöhnlichen Reise, lass dich verführen vom Duft frisch gebackener Plätzchen und finde heraus, ob es sie noch gibt: die Wunder in der Weihnachtszeit!

Ich würde mich sehr über eine Rezension freuen.
Ein oder zwei Sätze genügen.
Vielen Dank und bis zum nächsten fantastischen Abenteuer.